ro
ro
ro

HEINZ
STRUNK

DAS
STRUNK-
PRINZIP

Rowohlt Taschenbuch Verlag

Mit Infografiken des Verfassers

Originalausgabe
Veröffentlicht im Rowohlt Taschenbuch Verlag,
Reinbek bei Hamburg, Dezember 2014
Copyright © 2014 by Rowohlt Verlag GmbH,
Reinbek bei Hamburg
Umschlaggestaltung any.way,
Barbara Hanke/Cordula Schmidt
Illustration iStockphoto.com;
Foto des Autors Dorle Bahlburg
Satz Minion PostScript, InDesign, bei
Pinkuin Satz und Datentechnik, Berlin
Druck und Bindung CPI books GmbH, Leck, Germany
ISBN 978 3 499 26943 1

Inhalt

Vorwort

Dies ist kein herkömmliches VORwort, wie man es kennt und überliest, dies ist ein MACHwort. Denn man soll dieses Buch nicht einfach lesen, man soll nach seiner Lektüre machen, umsetzen, etwas tun. Anders gesagt: AUFNEHMEN – BEWERTEN – HANDELN!

Frage: Warum ist Ihre Kaufentscheidung gerade zugunsten dieses Buches gefallen? Weil Sie hochzufrieden mit sich und Ihrem Leben sind? Weil Sie bereits jetzt genug von allem haben? Geld, Sex, Macht? Weil Sie alles erreicht haben, was Sie sich vorgenommen haben?

SICHER NICHT!

Sondern weil Sie MEHR wollen, weil sie zukünftig nicht mehr zu den MITMACHERN zählen wollen, sondern zu den MACHERN. Was unterscheidet diese beiden Typen?

ERFOLG!

Deswegen haben genau SIE sich für das STRUNK-PRINZIP entschieden. Aber Vorsicht: Das STRUNK-PRINZIP lässt sich nicht mal so nebenbei lesen. Es ist keine witzige Urlaubslektüre. Einschlafgeschichten zum Träumen und Tagträumen. Seichte Unterhaltung. Das STRUNK-PRINZIP erfordert harte Arbeit, schonungslose Auseinandersetzung mit sich selbst. Denn nur wer bereit ist, seine Defizite zu erkennen, wird in der Lage sein, sie zu beseitigen! Das ist unbequem, aber es lohnt sich, denn das STRUNK-PRINZIP gibt UNGLAUBLICH VIEL zurück: Es handelt Themen nicht partiell und oberflächlich ab, sondern *in toto* – im Ganzen. Und zwar alle (in Worten: ALLE) Themen, die zum erhofften Erfolg verhelfen. Die unwichtigen Themen lässt das STRUNK-PRINZIP: WEG. Einfach genial oder genial einfach!

Nun zu Ihnen: Falls es Ihnen genügt, eine Sache *ganz ordentlich* zu machen, dann können Sie das STRUNK-PRINZIP gleich wieder weglegen. Es richtet sich nämlich an Menschen, die ein Ziel verfolgen: Nicht der Zweitbeste zu sein, oder der Beste, nein, sie wollen dahin, wo die Luft ganz dünne wird: BEST OF THE BEST.

Dazu drei der wichtigsten Maximen, die vielleicht nicht alles sind, aber ohne die alles nichts ist:

MAN KANN NIEMANDEN ÜBERHOLEN,
WENN MAN IN SEINE FUSSSTAPFEN TRITT!

WER AUFHÖRT, BESSER ZU WERDEN,
HAT AUFGEHÖRT, GUT ZU SEIN!

ES GIBT MEHR LEUTE, DIE KAPITULIEREN,
ALS SOLCHE, DIE SCHEITERN!

Kein Wunder, dass sich Erfolglose jetzt angewidert abwenden, denn sie wurden mal wieder auf dem falschen Fuß erwischt. Erfolg hat nichts mit Glück zu tun, mit Zufall oder mit günstigen Umständen, Erfolg basiert auf dem Viersatz: WUNSCH – EINSATZ – GLAUBE – WISSEN.

Was ist die Grundlage des Erfolges? Du musst ihn wollen. Du musst MOTIVIERT sein. Das Wort kennt jeder, aber wissen Sie auch, was es bedeutet? Es kommt aus dem Griechischen und heißt: *Moti* = Du kannst, *vation* = alles, was du willst. So einfach und doch so kompliziert. Wer motiviert ist, den braucht man nicht zur Arbeit zu prügeln, denn er weiß:

Wenn du 20 % einbringst, wirst du 20 % erzielen.
Wenn du 50 % einbringst, wirst du 50 % erzielen.
Wenn du 100 % einbringst, wirst du 100 % erzielen.
Doch wenn du 110 % einbringst, wirst du **1000 %** erzielen!

Der Erfolglose sagt: «Ich habe diese Woche dreimal früher Feierabend gemacht, und keiner hat's gemerkt, hihi!» Dann öffnet er das erste einer ganzen Reihe von Bierchen. Der Erfolgreiche: «Ich liebe die 35-Stunden-Woche so sehr, dass ich sie gleich zweimal hintereinander absolviere.» Der Erfolglose: «Ich hab mir wieder mal den Mund fusselig geredet und hatte doch den Eindruck, dass mein Gegenüber kein Wort verstanden hat von dem, was ich sagte.» Der Erfolgreiche weiß: «*Was* man sagt, ist zu 93 % egal, *wie* man es sagt, ist entscheidend.»

Der Erfolgreiche ist immer auch Optimist, während der Erfolglose in seiner negativen Denkweise verharrt. Der Pessimist sagt: «Erfolg muss man langsam löffeln, sonst verschluckt man sich daran.» Der Optimist: «Um Erfolg zu haben, brauchst du nur eine einzige Chance.» Der Pessimist beklagt sich über den Riss in der Hose, der Optimist freut sich über den Luftzug, usw.

Schon die Körpersprache unterscheidet diese beiden komplett unterschiedlichen Typen. Der Erfolglose: linkisch, hölzern, mit hängenden Schultern, seltsamem Watschelgang, mindestens 10 Kilo zu viel auf den Hüften und einem schweißigen, laschen Händedruck. Der Erfolgreiche, normal bis untergewichtig, Top-Kondition, stets ein Lächeln auf den Lippen, er weiß: Bereits der Händedruck ist entscheidend: Eine schwache Hand gehört gebrochen, vielleicht wächst sie ja stark wieder zusammen. Aber er *weiß* das nicht nur (der Erfolglose *weiß* es auch), nein, er BEFOLGT es auch, er macht, er tut, er setzt um! Das nennt man UMSETZUNGSKOMPETENZ! Die Erfolge des Erfolglosen: Teilerfolg, Achtungserfolg, persönlicher Erfolg, Pyrrhussieg, Scheinerfolg, mit anderen Worten: NICHTS. NJET. MINUS.

Der Erfolgreiche ist stets auch ein Macher. Er hat eine Idee, und versucht diese umzusetzen. Der Erfolglose hingegen ist ein Mitmacher, jemand, der vor dem Telefon sitzt und darauf wartet, dass er endlich mal angerufen wird.

Der Macher sagt: «Mach aus jedem Frage- ein Ausrufezeichen!» Der Mitmacher erwidert: «Ach, ach, ach, ich kann das, glaube ich, noch nicht so gut, ich übe das erst noch einmal. Am nächsten freien Wochenende oder im Urlaub.» (Der Mitmacher leidet, nebenbei gesagt, auch noch an einer schlimmen Krankheit: *Aufschieberitis*.)

Der Macher macht eine Sache richtig statt viele falsch. Der Mitmacher jammert: «Ich habe soooo viele Talente, da wäre es doch Verschwendung, wenn ich mich nur auf eines konzentrieren würde.» Der Mitmacher lamentiert ängstlich: «Ich würde gerne mal die Wall Street besuchen, diesen berühmten Ort, von dem ich schon so viel gehört habe, aber was soll ich kleines Rädchen dort schon ausrichten.» Der Macher: «Die Wall Street ist auch nur eine Straße.» Der Macher ist es gewohnt einzustecken. Selbst wenn er übers Wasser läuft, werden seine Konkurrenten lästern: «Der kann ja noch nicht mal schwimmen.» Der Macher lacht über diese armen Irren, denn er weiß: «Neid ist die Mehrwertsteuer des Erfolges.» Er sagt: «Ich hab lang genug gefüttert, jetzt will ich auch mal melken.» Der Mitmacher hingegen ist stolz darauf, bescheiden geblieben zu sein. Der Macher sagt: «Wenn der Hund ans Bein pinkelt, stinkt das Bein und nicht der Hund.» Der Mitmacher versteht noch nicht mal, was damit gemeint ist. Der Macher sagt: «Schönheit vergeht – Baugrund besteht.» Der Mitmacher versteht wieder nicht, was damit gemeint ist. Und so weiter.

Der Erfolglose klagt über Muskelschwäche und andauernde

Müdigkeit. Der Erfolgreiche hat bereits mit Anfang zwanzig wegen Überlastung seinen ersten Schlaganfall erlitten und beklagt sich? NIEMALS!

Jetzt liegt es an Ihnen. Switchen Sie um vom «Ich weiß nicht»- zum «Ich kann»-Denker! Es ist allein Ihre Entscheidung: Wollen Sie Wirtschaftskapitän, Diktator oder Malerfürst sein oder als Wurzelsepp, Latrinenwart oder Olm im Rinnstein enden?

Denn Erfolg hat nur, wer etwas tut, während er auf den Erfolg wartet! In diesem Sinne wünsche ich Ihnen viel ERFOLG beim Studium des STRUNK-PRINZIPS.

Ihr Heinz Strunk

*Das **STRUNK-PRINZIP**, was heißt das jetzt eigentlich genau? Jugendliche fragen, Heinz Strunk erklärt in Kindersprache: Verschlackten Ganglien, porösen Enzymschläuchen, ja, dem gesamten inneren Rohrleitungssystem wird so lange in den Arsch getreten, bis die Transmitter in doppelter Geschwindigkeit arbeiten. Das **STRUNK-PRINZIP** bietet Antworten auf über 9000 der wichtigsten Fragen.*

ERNÄHRUNG – ein «fettes» Thema

Ernährung – zu viel, zu wenig, zu fett, zu mager, zu wenig Eiweiß, zu viel Kohlehydrate, Mangel an Vitamin B24 usw. usf. Frage: Soll sich das STRUNK-PRINZIP nun auch noch auf Scharmützel um diesen Reizthemenkomplex einlassen? Antwort: Klares und beherztes JA! Denn das STRUNK-PRINZIP bezieht immer Position, provokant, sachlich und – faktenbasiert.

Beginnen wir mit einem kurzen Exkurs über *Junkfood*, die Geißel der modernen Häppchengesellschaft. Junkfood, so nennt man Speisen ohne jeglichen Nährwert. Junk = Abfall – fettig, salzig, minderwertig, Nahrung, die selbst Tiere instinktiv verschmähen. Junkfood überzieht die adipösen, der *Verhordung* (siehe auch Bierendorff-Hypothese S. 356 ff.) anheimgefallenen Nachschlaggesellschaften wie ein Krebsgeschwür. Junkfood – Schnellnahrung für Hobbypsychotiker, todsicherer Weg in *Ganzkörperverkapselung* und Ich-Schwäche. Das STRUNK-PRINZIP mit Schockbildern, die aufrütteln: Halbwüchsige, die unter der Last von halbmannsgroßen Whoppern zusammenbrechen, klamme Teeniehände, denen an eiskalten Wurstbuden die fünfundsiebzig Zentimeter lange Bockwurst aus den Händen rutscht. Verzweifelt versuchen schon Achtjährige, sich fünflagige Bigmäcs in den noch nicht ausgewachsenen Mund zu stopfen. Wie geprügelte Hunde müssen sie aufgeben, werden, das Gesicht mit Hackpaste und Industrieketchup verschmiert, unter dem Hohngelächter des Personals aus der Filiale gescheucht. Zu Hause versuchen sie verzweifelt, ihre winzigen Münder mit Klammern, Metallstäben und Haushaltssieben so weit zu dehnen, dass ganze Spar-Menüs mit einem Happs verschluckt werden können. Ein Menschenleben zählt nicht mehr als ein Vierundzwanzigerpack Chicken Nuggets, schwerste Verbrühungen mit kochendheißem Filterkaffee («Kaffee satt») sind an der Tagesordnung, und von stundenlangem Warten dehydrierte Halbwüchsige gehen ein wie die Fliegen.

Wer im Junkfood-Tempel scheitert, scheitert im Leben. Nur wer die ungeschriebenen Regeln dieser Nahrungs-Straflager aus dem Effeff beherrscht, hat in Jugendcliquen, wie wir sie heute kennen, eine Chance: Schon bei der geringsten Verhaltensauffälligkeit darf sich der Heranwachsende nämlich bis zur Volljährigkeit nur noch mit Einwegpostern, Siebdruck oder seinem zu kleinen Glied beschäftigen. *Sensus communis –* gesunder Menschenverstand! Verschluckt? Fragt das STRUNK-PRINZIP. Neben den Spätfolgeklassikern innere Verklumpung und Brombeerhaut sind auch immer häufiger *psychische Defekte* an der Tagesordnung. Wer einmal bei McDonald's auf dem WC von einem Junkie ausgeraubt wurde, hat bis zum Lebensende Angst vor Burgern. Das am konsequentesten totgeschwiegene Tabuthema im Bereich Junkfood: Beschaffungskriminalität. Da werden Altpapiercontainer geplündert, nur um an lauwarmes Hackfleisch zu kommen. Fest steht jedenfalls eines: Solange diesem weltumspannenden Verbund der vorsätzlichen Verschlacker nicht das Handwerk gelegt wird, kehrt kein Friede ein auf Erden.

Minima de malis – das Geringere der Übel. Das STRUNK-

PRINZIP fragt: Was ist eigentlich schlimmer – die klassische Frittenbude oder der anonyme Dönerstand? Viele wissen nicht, dass auch bei *Bruder Ahmed* vermeintlich schmackhafte Grillspezialitäten mit Benzodiazepin, MAO-Hemmern und Breitbandantidepressiva kontaminiert sind. Und was ist mit den ach so gesunden Asia-Imbissstätten, deren schlitzäugige Betreiber durch geschicktes Überwürzen osteuropäischen Re-Import-Fleisches wohlschmeckendes *Healthfood* vortäuschen?

Kreisen wir das Thema Ernährung weiter im Spinnenverfahren ein. Frage: Tunke oder Trennkost, Molkekur oder Einlauf, *bad* oder *need* food, reduced salt oder (or) *cardamon driven*? Das STRUNK-PRINZIP beklagt eine inflationäre Schlagwortschwemme, Begriffe, die an Schwammigkeit kaum zu überbieten sind, geistern wie halbtote Wichsgespenster durch die Nahrungsszene: *Setpoint, Designersnacks, Genfood, Eat and Thrill* – das krankmachende Vokabular aus der Giftküche selbst ernannter Ernährungspäpste, diese Idiotismen aus dem Fabelbuch von Märchenonkeln und anderen Volksverdummern: Wer weiß bei dem ganzen Durcheinander noch, dass die Spätfolgen von übermäßigem Margarineverzehr Mundfäule und Schlupflider sind? Spätestens an diesem Punkt heißt es: *Ora pro nobis* – bete für uns!

Frage: Was ist heutzutage eigentlich noch von einem Menü zu halten, das viele Jahrtausende ganze Familien satt gemacht hat? Knochensuppe, Sackbraten mit Halskartoffeln, zum Nachtisch eine Tüte Adamsäpfel. Überkommen, überholt, überkandidelt? Weitere Themenspindeln im Schnelldurchlauf:

- Suppe – forever tiefer Teller oder überfälliges Ende einer wässrigen Ära?
- Jo-Jo-Effekt – Erfindung der Diätindustrie oder Quatsch mit Soße?

- Blindverkostung von Leberwurst – heißer (hot) Trend oder grober Unfug?
- Polar Cousine – witzige Leckereien aus der Speisekammer der Arktis oder gesundheitsgefährdender Hokuspokus?
- Fingerfood – Heilsbringer oder toxische Kleinwaffen?

Wie sollte sich der Mensch des einundzwanzigsten Jahrhunderts ernähren, um in der Bussi- und Schnorchelgesellschaft auch nur den Hauch einer Chance zu haben? Die drei goldenen Regeln des STRUNK-PRINZIPS lauten: Stets hungrig vom Tisch aufstehen, eine bis höchstens anderthalb Mahlzeiten täglich, niemals nach 14.30 Uhr essen. Das erhöht die *Natalität* (Geburtenhäufigkeit); die *Mortalität* (Sterblichkeit) hingegen sinkt. Nachteil: Eine solche Ernährung bietet wenig Genuss, sie ist ausschließlich *utilitär* (auf die bloße Nützlichkeit gerichtet). Siehe Fremdwörterlexikon. Egal, wer sich an diese Regeltrias hält, wird unter einem Problem niemals zu leiden haben: ÜBERGE-WICHT. Nächster Exkurs: Der Übergewichtige im Fokus. Sein «stattliches» Repertoire: Winkfleisch, Treppenkinn, Rollläden, Zigeuner des Körpers, Reiterhosen, Fettgrübchen, Flimmerspeck, Muffintop (H. Schebsdat), Besenreiser, Fettbrust. Anderes Wort für Hüftringe? Elchschaufeln! Das ist leider nicht besonders witzig. Gibt es Wege aus der Verklumpung? Antwort: Ja. Neben Klassikern Magenband oder Amputation die *drei großen S*: Säuberung, Schonung, Schulung. Immer einen Versuch wert: Der Gang zu einer Selbsthilfegruppe wie den *Overeaters Anonymous*. Suggestivfrage für Superdicke: Ist es noch Hunger oder schon Appetit? Stellen Sie sich eine Scheibe trockenes Vollkornbrot ohne alles drauf vor. Bock drauf? Wenn nicht, dann die nächste Mahlzeit einfach mal auslassen! Schlank und rank durch Verstand! Der ganze Mensch wird zur Fettschmelze, zu einer biochemischen Fabrik, die pausenlos altes, giftiges, faules Fleisch verbrennt. Übrig bleiben ein paar Knöchlein und eine eingetrocknete Pfütze, die man bequem mit dem Handfeger zusammenkehren kann. Jetzt wird's leider wieder traurig. Thema DDR. Auszug aus einer Speisekarte von der Leipziger Messe, 1987: *Fettleber im Zimtkreisel*. Was bei normalen (was heißt schon normal?) Menschen Übelkeit verursacht, gilt im Osten unserer Republik nach wie vor als Spezialität: Zumindest kulinarisch ist die Einheit noch nicht vollzogen! Das STRUNK-PRINZIP ist es langsam leid, ständig die Ostzone ins Visier nehmen zu müssen, aber: Sage mir, wie du sprichst, und ich sage dir, wer du bist! Also, Nahrung im DDR-Sprech: Frikadellen – *Elefantenpopel*. Hamburger – *Grilletta*. Pizza – *Krusta*. Hot Dog – *Ketwurst*. Kornbrand – *Blauer Würger*. Pralinen – *Die fruchtigen Zwölf*. Nussnougat-Aufstrich – *Nudossi Naschi*. Ragout fin – *Würzfleisch*. Und so weiter und so fort. Da wird doch der Hund in der Pfanne verrückt! Noch Fragen? Eben. Leider.

Future Trend: Die gemeinsame Mahlzeit verliert zunehmend an Bedeutung, öffentliches Essen ist tabuisiert. Gegessen wird heimlich und zu Hause, der Schwerpunkt liegt auf *weicher Nahrung*: Blutpudding, Buchstabensuppe, alles rund ums Ei (Russisch Ei, Ei mit Mayonnaise, Eiersalat, weichgekochtes Ei). Eben ein *Mixtum compositum* – ein buntes Gemisch! Softwurst als ideale Zwischenmahlzeit für Clevere. Trend: «In den Schlaf knabbern», denn auch die Zähne wollen trainiert werden. Unterm Kopfkissen stets leichte, kleine Sachen für den Nachthunger bereithalten! Witzig: Der *Handyburger*, der erste Burger, der beim Essen klingelt. Stets dran denken: Kotelett ist die ideale Eiweißtankstelle! Für diejenigen, die die ewige Molekularküche satthaben: Tubenaugenwurst von Delta Fleisch, der leider vergessene Nachkriegsschlager, oder selbstentzündlicher Rostschinken, ein Dauerbrenner aus Ungarn. Spezialitäten aus anderer Herren Länder: Norwegische Restepfanne, Schmorniere im Toastbrotmantel, Chinesenschaschlik, Schwammbrust (Laos). Und, fragt der neugierige Leser, wie hält es eigentlich das STRUNK-PRINZIP? Die kalorisch unbedenkliche Antwort: Das STRUNK-PRINZIP kocht gern – aber nicht vor Wut!

In diesem Sinne: Guten Appetit!

Heinz Strunk, der immer quirlige Unruheherd, dessen schärfste Waffen beißender Spott und bleierne Ironie sind, nimmt sich der Themen an, die üblicherweise totgeschwiegen werden. Doch wo andere auf herkömmliche Methoden wie Abrissbirne, Holzhammer und Sprinkleranlage setzen, da vertraut der hanseatische Querdenker mit seinem Satirekeyboard auf die leisen Töne: Das **STRUNK-PRINZIP.**

WOHNEN – Lifedesign paradox

Lassen Sie mich diesen Aufsatz mit einer kleinen Anekdote beginnen. Ich befand mich vor einiger Zeit auf Wohnungssuche, als der Makler mich fragte, ob ich auf sog. *Adresslage* Wert legte. Ich, selbstbewusst: «Da, wo ich wohne, ist automatisch Adresslage!»

Die Wohnung – Pickergrube, Siechpfanne, Laufstall, damals wie heute ein Russisch Roulette aus menschlichen Schicksalen, Bier und Musik. Doch gibt es auch nur einen einzigen Aufsatz, einen kurzen Essay, eine kleine Abhandlung zu diesem großen Thema? Antwort: NEIN. Da muss also mal wieder das STRUNK-PRINZIP ran. Unternehmen wir zunächst einen kurzen Exkurs in die *Wohnungstheorie*: Unter einer Wohnung versteht man den streng gescheitelten Übergang vom Kollektiven zum Privaten. Punkt. Hier werden die Akkus aufgeladen, hier ist verstecktes Essen erlaubt. Für den einen Schließanlage, Pupsloch, Zwergenkammer, für den anderen Endlager, Schneller Brüter und Wiederaufbereitungsanlage. Wohnung ist stets undundundoderoderoder, z. B. Landschaft – Schranklandschaft, Sitzlandschaft, Wohnlandschaft –, vor allen Dingen aber Vielfalt: Kinderzimmer, Boden, Hobbykeller, Ablage, offene, halboffene, geschlossene Küche, Ankleideraum und die *Räume im Raum* – Duschklo, Komfortecken und begehbare Truhen. Eine Wohnung sollte bei geöffneten Fenstern Freude, Liebe, Herzlichkeit in die Welt hinaustragen: gebrochenes Kinderlachen, Großvater, der im Garten mit seinem Gebiss nach Würmern gräbt, Mutti, die die Fischstäbchen gewohnheitsmäßig immer noch mal nachpaniert, und der Vater, der das Geld in Scheinen mit nach Hause bringt. Das STRUNK-PRINZIP nähert sich diesem Reizthema wie immer ruhig, sachlich und vor allem faktenbasiert. *Step by Step* – Schritt für Schritt:

1. **Der Flur:** Entree in die privateste aller Welten, heimliche Visitenkarte, hier beginnt das Sondereigentum, wo neben der Garderobe auch der Verstand abgelegt wird.

2. **Themenpark Wohnzimmer:** das Zimmer, in dem man keinen Maulkorb verpasst bekommt, nüchtern, sachlich, streng, fast unterkühlt, hier steht der Weihnachtsbaum noch in der Mitte, hier wird auch wochentags gesaugt.

3. **Die Küche:** geplant, gekachelt, genormt, die Einrichtung zweckmäßig, der Boden pflegeleicht. Die Einbauzeile erinnert an sofortige Zubereitung von modischem Slowfood. Die Küche (Kitchen) – ein Ort hysterischer Saufgelage, aber auch bitterer Niederlagen.

4. **Der Keller:** Zimmer im OFF, Raum ohne Augen, spirituelles Zentrum, hier verbinden sich Subtext und Metaebene zu einem dialektischen Konglomerat, Hobelbank und Weckgläser bilden einen erotischen Schulterschluss. Doch welche dunklen Geheimnisse verbergen sich hinter dem Doppelzentner eingelagerter, fauliger Frühkartoffeln? Und was ist mit dem halbtoten Kater, der sich von defekten Gummidichtungen ernährt?

Das STRUNK-PRINZIP deckt auf: Die Wohnung kann auch Ort großer Tragödien sein! Arbeitslose Plattenbautler, die sich mit tränenleeren Augen hinter zugezogenen Gardinen abmelken, vor Hunger und Durst halb wahnsinnige Ostrentner, die im Delirium ihre eigenen Duschvorhänge essen (wer spricht schon gern darüber, wenn Alte auf der Suche nach einem Schluck Wasser mit dem Dosenöffner den Küchenboden aufgraben), Eheleute, die sich gegenseitig mit abgelaufenen Salben, Milbenkot und Kalkreinigern foltern. The *Dark Side of Living*, das sind Kokeleien, Wundpflaster, Snuffvideos, das sind Pferdeposter im Abstellraum, ausgelaufene Waschmaschinen, verfaultes Essen, der allgemeine Trend zur Versachlichung.

Was wäre eine Wohnung ohne Einrichtung? Genau: Nicht der Rede wert. Doch sind wir mit dieser Feststellung noch keinen Millimeter weiter gekommen. Das STRUNK-PRINZIP praxisnah: Wer sich Möbel der Preiskategorie A nicht leisten kann, muss eben mit welchen der Preiskategorie B oder C vorliebnehmen. Reizthema Reinigung. Wichtig: Sie sollte strengen, aber nicht starren Regeln unterworfen sein. Altmodische Akkordschrubberei ist «out», der Wischmob jedoch schon wieder «in». Warum? Weil er ein moderner Klassiker ist, ein sympathischer Evergreen, ein frecher Lausbub! Der Hausputz sollte nüchtern kalkuliert auch *tote Räume* mit einbeziehen – Schmutzecken, Staubgerinnsel, Drecksatolle. Und damit sind wir auch schon beim Tabuthema Nr. 1, der *Vermüllung*, auch Wohninfarkt genannt. Offen herumliegende Bleistifte, Eierreste oder halbvolle Trinkgläser zeugen von diesen Tragödien.

Kommen wir jetzt (endlich!) zum Garten. Er steht nicht für sich, sondern ist integraler Bestandteil der Wohnung, sollte also auch als solcher verhandelt werden: Ein pulsierender Organismus in Echtzeit, der Erholung, Entspannung, Transzendenz verspricht. Analysieren wir die sinnliche Architektur dieses

Wunderwerkes: Das *Herz des Gartens* ist der Geräteschuppen. Er pumpt unermüdlich Harken, Scheren, Spaten, Jätkolben und Kantentrimmer bis in die entlegensten Winkel der Laube, und bringt den Kreislauf des Lebens erst so richtig in Wallung. *Seele des Gartens* ist die Kompostkuhle. Gras, Zweige, Laub, Fladen und Rinde erzählen Geschichten aus Tausendundeiner Nacht! *Haut des Gartens* ist der Rasen, und die Haut muss was? Atmen! Deckt man den Rasen mit Planen, Pferdedecken und Luftmatratzen ab, geht der Garten ein. Weiter: Die Hecke ist das *Gebiss des Gartens*. Wagt sich ein Eindringling zu nahe heran, schnappt die Hecke nach ihm und fügt ihm schlecht heilende Wunden zu. Sträucher und Bäume: *Arterien und Gefäße*. Wie ein Säuglingskörper bedarf auch der Garten unablässiger Pflege. Fällt auch nur ein Teil aus, wird der Garten krank und geht an *Gartenfäule* ein, vergleichbar der Basedow'schen Krankheit. Er beginnt zu nässen, *Beetjucken, Baumschorf, Eiterhecke*, und im Endstadium wird der Garten zum Feld. Frage: Was ist eigentlich mit dem Gärtner, dem vermeintlich harmlosen Ausputzer? In Wahrheit hasst dieser hinterhältige Patron Bäume, Pflanzen, Sträuche und Johannisbeeren. Mit blutunterlaufenen Augen und meckernder Ziegenlache bringt er zweitausend Jahre alten Eichen mit der Durchforstungsschere nur aus Jux und Tollerei schwere Wunden bei. Ein teuflischer Gnom, der im Bierrausch Landserlieder grölt, mit stechendem Urin zarte Rosenknospen wegätzt oder mit hartem Trinkerstuhl Jungpflanzenkolonien dichtkotet. Der Gärtner – ein marodierender Jätteufel, der am Ende seines Vernichtungsfeldzuges immer kleinere Kreise zieht und schließlich implodiert. Eine ebenso verkommene Gestalt ist der *Laubenpieper*, für den der Garten nur ein gigantischer Selbstbedienungsladen darstellt, den er bis zur vollkommenen Besinnungslosigkeit ausquetscht wie Selfmade-Imker alte Bienen. Deshalb, wie der Engländer sagt: «*Take care of the garden*», denn der Garten ist Wahrheit, Wachstum, Wandel und eben Teil der Wohnung!

Das STRUNK-PRINZIP psychologisch. Mit der gewissenhaften Beantwortung der folgenden Psychotests können Sie Ihr *Wohnprofil* herausfinden!

- **Psychotest 1:** Sie betreten die Wohnung eines Fremden. Haben Sie spontan Lust, sich hinzusetzen?
- **Psychotest 2:** Sie möchten umziehen. Spielt die Größe der neuen Wohnung eine Rolle?
- **Psychotest 3:** Sie sind gerade umgezogen. Sind Sie gleich in der Stimmung, jemanden einzuladen?

Sie haben nur dann etwas von diesen Tests, wenn Sie sich selbst gegenüber absolut ehrlich sind!

Wir konnten die Themenspindel *Wohnen* hier natürlich nur abrissartig abhandeln. Was ist z. B. mit dem Untermieter, welche Rolle spielt die Klingel, das ewigen Mysterium Hausordnung, welche Räume werden zukünftig aufgewertet, welche verlieren an Bedeutung? Fragen über Fragen, die möglicherweise erst in vielen Jahren beantwortet werden können. Bleiben wir deshalb kleinlaut und bescheiden uns mit einer elementaren Erkenntnis: Die Wohnung – Raum des Menschen.

*Heinz Strunk hat seinen Satirestachel noch mal richtig
angespitzt! Piekst er zu, erkranken seine «Opfer» an
Lachkrämpfen, Witzeinfarkt und Pointenverschluss. Und
dann kann sie nichts mehr retten, noch nicht einmal
das* **STRUNK-PRINZIP***!*

GEFÜHLE – Vielfalt pur from Love to Hate

Trauer, Freude, Hass, Neid, Sehnsucht undundund: Gefühle,
anders gesagt: Emotionen pur.

Das STRUNK-PRINZIP fragt: Sind Gefühle lediglich willkür-
liche «Hormonduschen» oder steckt mehr dahinter? Wir begeben uns auf die Suche nach dem «Freudensaft» ß-Endorphin,
wir entschlüsseln das Zusammenwirken von Dopamin, Seroto-
nin und Noradrenalin, erklären die Wirkungsweise von Strom-
stößen (Elektroschocks) und nehmen ganz nebenbei Stellung
zu der Behauptung: «Düfte sind die Gefühle der Blumen.»

Doch beginnen wir, wie gewohnt, systematisch und «von der
Pike auf», wie man es vom STRUNK-PRINZIP gewohnt ist.

1.) Grundgefühle. Es gibt lediglich 7 (in Worten: sieben)
Grundgefühle: Wut, Ärger, Angst, Traurigkeit, Verachtung,
Ekel und Freude. Von diesen *Basics* lassen sich alle anderen Ge-
fühle (insgesamt ca. 376) ableiten. Auffallend bei den Grund-
gefühlen: Sechs negative stehen einem positiven gegenüber.
Interessant, nicht wahr? Aber warum ist das so?

Auch hier spielt die Evolution wieder mal die entscheidende
Rolle: Gute Gefühle werden zwar als angenehm empfunden,
bringen den Menschen aber kein Jota weiter. Unter diesem
Aspekt gesehen sind Schuld, Scham und Minderwertigkeits-
gefühle gute Gefühle, denn zum einen gibt es dafür immer

einen Grund, zum anderen helfen sie, im Leben voranzukommen.

Nächstes vermeintlich «schlechtes Gefühl»: Neid. Bei genauerem Hinsehen (für dass das STRUNK-PRINZIP bekannt ist) entpuppt sich der Neid sogar als eine der wichtigsten Sprungfedern im evolutionären Prozess, denn er führt dazu, dass wir mehr haben, erreichen und verdienen wollen als unser Konkurrent. Während Zufriedenheit, von der breiten Masse als gutes Gefühl bewertet, uns saturiert, träge und faul werden lässt. Konsequenz: Totalverlust. Alles weg. Wir stehen am Ende der Zufriedenheitskette mit völlig leeren Händen da. Spätestens dann steigt unbändiger Hass auf, der Neid auf unseren Konkurrenten ergreift erneut von uns Besitz, und wir versuchen mit allen Mitteln, ihn zu überflügeln und schließlich zu vernichten.

So beginnt ein ausgesprochener Teufelskreis, ohne den aber ganze Volkswirtschaften zusammenbrechen würden. Man kann das bedauern oder nicht, aber, so fragt das STRUNK-PRINZIP: Soll man *Tatbestände* bedauern? Sie sind nun mal *a priori* in der Welt und nicht von Menschenhand geschaffen.

Nächstes Beispiel: Trauer. Ein geliebter Mensch ist plötzlich und weit vor der Zeit gestorben. Der ganz normale Impuls, für den sich niemand zu schämen braucht: Trauer. Doch nach der ersten Trauerphase (max. 12 Tage) sollte man sich zusammenreißen und auf die Suche nach dem nächsten Menschen machen, der den Verlust ganz gut auswetzen kann. Bedenken Sie: Niemand ist unersetzlich, obwohl man im ersten Moment störrisch diese objektive Erkenntnis nicht wahrhaben möchte. So lernt der Trauernde über kurz oder lang einen neuen Menschen kennen, den er sonst sicher nicht in dieser Form kennengelernt hätte. Und der Tote bleibt ja trotzdem, was er war: eine schöne Erinnerung. Plus einen neuen, lebendigen Menschen, der nach seinem Tod auch zu einer schönen Erinnerung wird. Wer nun

das Glück hat, auf diese Art und Weise viele neue Leute kennenzulernen, kann auch in dunklen Stunden in den schönsten
Erinnerungen schwelgen.

Das STRUNK-PRINZIP fragt frech (und ketzerisch?): Gibt es
überhaupt Gefühle, die *ausschließlich* negativ sind? Wie verhält
es sich beispielsweise mit der Eifersucht, diesem als nagend,
hässlich und destruktiv empfundenen Zustand? Wem nützt Eifersucht, ist der erste *Frageimpuls.* Das STRUNK-PRINZIP kommt
·wieder (nicht zum ersten Mal!) mit einer verblüffenden Antwort
«um die Ecke»: Eifersucht dient dazu, den Freund/Partner noch
besser zu kontrollieren, dass er macht, was man sagt, und nicht
auf dumme, dümmste und allerdümmste Gedanken kommt.
Der Partner soll ein für alle Mal wissen, wo er hingehört, und
sich über die Konsequenzen im Klaren sein, die er hinzuneh-
men in der Lage sein muss, wenn er nicht genau das macht, was
man ihm aufträgt. Eifersucht erscheint also im ersten Moment
als «nervig», führt aber «im Endeffekt» (Fremdwort) zu etwas.

Gefühle vs. physiologisches Empfinden

Was ist mit Hunger, Durst, Wärme oder Kälte? Sind das
Gefühle? Glasklare Antwort: nein. Hunger und Durst sind *phy-
siologische* (körperliche) Empfindungen. Dazu zählen auch au-
ditive, visuelle, olfaktorische und haptische Wahrnehmungen,
während *Gefühle* ausschließlich psychologischer Natur, daher
also nicht oder nur schwer nachweisbar sind.

Kommen wir noch einmal zurück zum physiologischen
Empfinden «Hunger». Starker Hunger wird zwar als quälend
empfunden, erfüllt aber in unserer modernen Schling- und
Fress-Gesellschaft einen wichtigen Zweck, denn der durchschnittliche Pro-Kopf-Mensch ist viel (73 %) zu dick. Und dadurch traurig. Definition Trauerkloß: dick *und* traurig. (Ganz
schlimm dran ist übrigens auch das *Gefühlsopfer* oder, anders
ausgedrückt, jemand, der Opfer seiner Gefühle wird, oder noch

anders: seinen Gefühlen *ausgeliefert* ist. Bei kleinsten Anlässen (Geld alle, irgendwas kaputt) löst sich das Gefühlsopfer sofort in Tränen, Schweiß, Glibber und Schleim auf. Das sieht weder schön aus, noch ist es schön.

Egal. Hunger. Normalerweise stopft sich der Fette eine Pizza rein, aber was passiert, wenn ihm die Nahrung gewaltsam entzogen wird? Über Stunden, Tage, Wochen? Bedenken Sie: Nie waren die Menschen gesünder als in der Nachkriegszeit, als es praktisch nix zu fressen gab. Top Blutfettwerte; Gicht, Arthrose, Rheuma, Herzkreislauferkrankungen – Fehlanzeige!

Bleiben wir beim Beispiel Trauerkloß. 143 Kilo bei 173 cm, plus schwere Depression. Nach drei, vier Wochen verflüchtigt sich mit dem Schwimmring, oh Wunder, auch die Schwermut! Hand aufs Herz: Wem stehen 20, 30, 40 oder mehr Kilo *weniger* nicht gut zu Gesicht? Und, ganz nebenbei: Bis der Mensch verhungert, ist es ein sehr weiter Weg. Beispiel: Ein 60-Jähriger mit 200 Kilo Übergewicht kann praktisch nicht mehr verhungern, weil er bis zum Erreichen seiner Lebenserwartung genügend Reserven «am Mann» hat.

Grauzonen

Wir erinnern uns: Es gibt lediglich sieben (in Zahlen 7) Grundgefühle. Was ist aber mit *zappelig, ahnungslos, gehässig, schlapp, wortkarg, zögerlich*? Sind das Gefühle? Oder *Gefühlsregungen*, eine minderwertige Variante? Oder gar *Affekte*, auf chemischen Reizen beruhende Reflexe, wie wir sie von Affen, Ratten und niederen Insekten her kennen?

Ereignis – Gedanke – Handlung.

Schockthese: Der Mensch hat keinen eigentlichen Wesenskern und kann sich daher jederzeit selbst umprogrammieren (Fremdprogrammierung = Manipulation). Die Formel dafür lautet: Ereignis – Gedanke – Handlung.

Beispiel:

- Ereignis: unverschuldeter Autounfall mit Blechschaden.
- Gedanke: Das Schwein (gemeint ist der Unfallgegner) sollte man umbringen.
- Handlung: Wut, Sie greifen Ihren Widersacher an und verletzen ihn schwer.

Die gleiche Kette *nach* einer «neurolingualen Umprogrammierung».

- Gleiches Ereignis (Unfall, Delle im Blech), ABER:
- Gedanke: Ein Glück bin ich noch am Leben!
- Handlung: Freude, Sie unterhalten sich mit dem Unfallverursacher.

Gefühle in der modernen Bussi- und Schnorchelgesellschaft

Während frühere Generationen ihre Gefühle und Triebe jederzeit hemmungslos ausleben konnten, wird der moderne Zahlen- und Apparatemensch gezwungen, sein Innenleben zu ignorieren, ein wider die Natur laufendes Vabanquespiel, das auf Dauer nicht gutgehen kann. Denn die Gefühle sind tief im limbischen System gespeichert; je mehr man sie zu unterdrücken versucht, desto unbändiger kommen sie zu allen passenden und unpassenden Gelegenheiten nach oben gesprötzelt, machen einen nach allen Regeln der Kunst verrückt, und man wird über kurz oder lang zum Waschbeckenpisser, Eimer oder Dunkelmenschen.

Das STRUNK-PRINZIP hat zum Schluss wieder eine Extraportion wertvoller Tipps dabei, die Ordnung ins Gefühlschaos bringen. Tipp Nummer 1: Jeden Tag eine Extraportion gute Laune *abholen*. Das kann so einfach sein. Denken Sie an die schönen Dinge des Lebens wie Tiere, Schmusimusi oder weiche Socken. Erinnern Sie sich an Ihre Kinderzeit! Im Sommer mit

dem Brennglas Ameisenstraßen verkokeln, im Winter Schorf-
spiele und Lesen, und fertig war die glückliche Kindheit.

So muss jeder seine eigene Methode finden, um am Ende ein
tolles Leben mit quietschbunten Emotionen sein Eigen nennen
zu können. Das STRUNK-PRINZIP kann nur Hilfestellung anbie-
ten – was Sie draus machen, liegt bei Ihnen. Ein letzter Tipp:
Die besseren Töpfe stehen auf den hinteren Herdplatten!

*Das **STRUNK-PRINZIP**, das mit neu entwickelten Methoden aus der Quantenforschung und überhaupt der Wissenschaft bekanntlich auch härteste Nüsse knackt, wartet schon wieder mit einer niegelnagelneuen Innovation auf: Es erfüllt ab sofort mit weniger als 23 Mikropond in der Minute die sehr strenge EU-Norm 938 und darf sich als erste europäische Kolumne überhaupt strahlungsarm nennen. Aber Strahlung hin, Strahlung her: Das **STRUNK-PRINZIP** «kann» richtig was!*

LEHRER – Kobolde des Wissens

Die Geburt – Mit einem großen Hallo wird ein Häufchen Knochensalat auf Mutter Erde begrüßt. Alle freuen sich, und das kleine Dingenskirchen schreit aus vollen Rohren. Das Menschenbündel muss jetzt auf den richtigen Weg gebracht werden, die Eltern schrauben am neuen Erdenbürger so lange herum, bis es freundlich piep und papp sagt und mit akkurat sitzendem Haarschnitt herumhüpft wie ein Brummkreisel und allen ein Wohlgefallen ist, oder so ähnlich. Das Menschlein ist zunächst noch ein grober Holzklotz ohne alles. Es braucht jetzt einen Schnitzer, der aus dem knarzenden Block ein Kunstwerk schmirgelt. Aber wenn er sich verschwurbelt, wird aus dem Holzblock ein hässlicher Stumpf, der, außer Kontrolle geraten, durch die Stadt marodiert und Kaugummiautomaten in die Luft sprengt. Oder er wird vom *Holzbock* befallen, sprich: den schlechten Genen. Dann kann der liebe Schnitzer noch so viel schmirgeln und schmurgeln und schrauben; wenn die Grundsubstanz vermodert ist, helfen selbst Förderkurse und Prügelstrafe nichts mehr. Kindergarten, Vorschule,

Orientierungsstufe: Erziehung ist viel zu häufig wischiwaschi *de luxe*. Verschickung, Boot Camp, Kopfnuss oder Streichelzoo, am besten von jedem etwas und alles durcheinander – da hat der Wahnsinn/Irrsinn/Schwachsinn Methode. Stopp, ruft das STRUNK-PRINZIP! Verkorksen und verpanschen könnt ihr billigen italienischen Rotwein!

Genau an dieser Stelle tritt die Schule auf den Plan. Jetzt muss der Profi ran: Lehrer! Sein Motto: *Docendo discimus* – durch Lehren lernen wir. Seine Ausbildung: gründlich. Seine Methoden: fragwürdig. Wie das STRUNK-PRINZIP verifizieren wird.

Das Berufsbild des Lehrers hat sich in den zurückliegenden Jahrzehnten grundlegend geändert. Wo früher der schnarchnasige Cordhosenzombie die Education-Scene dominierte, ist 2014 ein anderer Typ gefragt: Der *Leader of the Psycho-Ranch*. Die Schule von heute ist eine ausgesprochene Nervenklappe, in der Lehrer mit einem Repertoire aus grausamer Mindfolter ihre Mündel zu willenlosen Lernrobotern manipulieren. Wo früher der Rohrstock sein blutiges Regiment führte oder krachend Schlüsselbunde durch die Luft flogen, da wird heute subtiler, aber nicht weniger brutal gearbeitet. Der Lehrer des einundzwanzigsten Jahrhunderts: Drillinstructor, Tooldesigner und Handypusher in Personalunion. Der gläserne Schüler liegt mit aufgeschraubtem Kopf vor ihm, während Direx, Tutor, Klassenlehrer und Hausmeister Schiffe versenken spielen. *Manus manum lavat* – eine Hand wäscht die andere!

Wie viele Versuche wurden gemacht, sich dem *Phänomen Schule* anzunähern. Vermeintlich seriös, meist jedoch unerträglich polemisch, vulgärsoziologisch, strukturell ungenau und allgemein inkohärent eiern die schlimmsten dieser Pamphlete unter dem Deckmantel von Dialektik und Tiefenpsychologie in den Schleppnetzen von Billigtheoretikern ohne

Impfpass und Führerschein vor sich hin. Den Versuchen ist eins gemein: Es sind Versuche geblieben. Das STRUNK-PRIN-ZIP hingegen geht systematisch vor. Behauptung: Lehrkörper ist nicht gleich Lehrkörper. Wer sich mit tausendfach abge-nudelten Allgemeinplätzen wie Burnout, Frühpensionierung und Schleimbeutelentzündung an der Debatte beteiligen will, katapultiert sich mit einer gewaltigen Arschbombe ins diskur-sive Nirwana. Das STRUNK-PRINZIP stellt eine entscheidende Frage: Durch welches virtuelle Fadenkreuz sind die einzelnen Lehrkörper miteinander verbunden? Was haben Mathe- und Sportlehrer gemein, wo sind die Verbindungen zwischen Chemie- und Englischpauker, welche dunklen Geheimnisse teilen Franz- und Relilehrer, und welch unselige Rolle spielen Schulsekretärin und Hausmeister. Der Fisch stinkt immer vom Kopf, deshalb ist der Schuldirektor (umgangssprachlich Direx) der verkommenste Schrottvogel von allen. Ursprünglich ein besserer Pausenclown, hat er sich mit einem atemberaubenden Repertoire perfidester Psychotricks an die Spitze des Lehrer-zimmers gemobbt und gibt nun kein Jota nach. *Homines sumus non dei* – wir sind Menschen, keine Götter. Da lacht dieser zum Mensch geronnene Sauspatz nur dreckig! Tabuthema Haus-meister. Gerade etwas dickere Mädchen um die sechzehn ver-lieben sich in diesen Troll mit den geschickten Händen. Wenn er flink kaputte Sicherungen austauscht, marode Treppenge-länder repariert oder einfach nur feucht durchwischt, heizt das weibliche Pubertätsphantasien unnatürlich auf, ein leichter Schlaganfall kann die Folge sein. Weiter! Das STRUNK-PRINZIP Step by Step – Schritt für Schritt:

Der Mathelehrer: ein meist unnatürlich dünner, linkischer Kauz, der mit schlechter Haltung an der Tafel steht und ins Nichts doziert. Amalgamzähne, muffige Norwegerpullis und Käsemauken – Nach nur einer Unterrichtseinheit stinkt das

Klassenzimmer wie ein DDR-Obdachlosenasyl. Den Schülern vergällt er die Lust auf Leben durch Abhängigkeit von Zahlen. Denn das möchte der verhärmte Rechenbock aus seinen Schutzbefohlenen (Schutzis) machen: willenlose *Zahlenmenschen*. Im Spinnennetz aus binomischen Formeln, Peters'scher Gleichung und Strichrechnung verzauselt und verstrickt, strampeln sie verzweifelt mit ihren dünnen Kinderärmchen und -beinchen und verheddern sich dabei unrettbar. Chemie-, Bio- und Physiklehrer sind aus dem gleichen hölzernen Holz geschnitzt: Geschlechtslose Molche, die, über und über mit Kreide beschmiert, in ungelenker Krickelschrift veraltete Forschungsergebnisse an die Tafel klieren. Musik, Französisch, Religion und Gemeinschaftskunde gelten im menschenverachtenden Fachchinesisch der Schulbehörde als sog. *weiche Fächer*. Nebulöser Hirnschaum und polypöse Geschwulstsätze sind die Sickergrube, in der auch der gesündeste Menschenverstand untergeht. *Lumen naturale* – das natürliche Erkenntnisvermögen? Ersatzlos gestrichen!

Welche Eigenschaften einen *alle* Lehrer?, fragt das STRUNK-PRINZIP. Antwort: Geiz und Hunger. Ein vermeintlich längst schrottreif geschossenes Vorurteil, das lediglich einen Haken hat: Es stimmt! Geiz in Verbindung mit Hunger bildet den Humus, der aus dem Schüler die allerschlechtesten Eigenschaften herauskitzelt: Häme, Starrsinn und Platzangst. Wie soll der Schüler nun den Schildkrötenpanzer der Lehrkörper knacken, wie kann er bei intakter seelischer Gesundheit das machen, worauf er ein grundgesetzlich festgeschriebenes Recht hat: Nämlich lernen? Damit dem Schüler des einundzwanzigsten Jahrhunderts nur der Hauch einer Chance bleibt, muss er seine Lehrkörper nach allen Regeln der Kunst manipulieren: ein Strauß frischer Feldblumen, selbst gehäkelte Kreideetuis, geile Grüße an der Windschutzscheibe, zerstochene Fahrradreifen:

So wird der Kackspecht zu Wachs in zarten Teenyhänden – knet, knet –, schon bald ist aus einem verbeamteten Formelroboter eine ferngelenkte Voodoomarionette geworden, aus der es Einser nur so regnet.

Weiter geht's: *Become Part of his Life* – werde Teil seines Lebens! Besucht in immer neuen Verkleidungen eure Lehrer zu Hause – als Zeitschriftendrücker, Obstmystiker, Nonnen, Politiker, Getränkeschlosser, Zahnärzte, Putzteufel, Reporter, undundundundoderoderoder. Erlaubt ist, was gefällt!

Das STRUNK-PRINZIP *in globo* – im Ganzen: Es bleibt die Hoffnung, dass Pausenraum, Kreuzbau, Sprachlabor, Turnhalle, Lehrerzimmer und Raucherecke nicht die Orte sind, in denen Neugier, Intelligenz, Lebensfreude und Wissensdurst der finale Garaus gemacht wird, sondern als Plätze der Erweckung, als Tempel der Wissens, als Moscheen des Fleißes eine glänzende Wiedergeburt, ein fulminantes Comeback feiern. Bis dahin bedeutet Schule, was Leben immer schon bedeutet hat: Die Summe der schlechten Momente möglichst gering halten.

*Das **STRUNK-PRINZIP** ist mehr, als es scheint, man könnte es als gesellschaftssanitäre Maßnahme in großem Stil bezeichnen. Heinz Strunk bekleidet dabei die Funktion eines klassischen Bogenschützen, dessen Pfeile im doppelmannsgroßen Köcher darauf warten, zielführend ihre brisante Ladung in Herz und Hirn festzuzutzeln.*

MODE – ein Reizthema im Fokus

Ich habe erst als ausgewachsener Mann begonnen, mich ernsthaft für Mode zu interessieren: Meine frühen Jahre verliefen nach dem traurigen Motto «Alle anderen ja, ich nein». Es gab nämlich mit der Verwandtschaft aus der Ostzone einen selbst für damalige Verhältnisse ungewöhnlichen Deal: Jeden Monat schickten meine Eltern riesige Fresspakete in die DDR, und retour kam Kinderkleidung: Hosen, Pullover, Jacken, und vor allem Schuhe, die als solche kaum mehr erkennbar waren, fingerbemalte Holztreter aus den Werkstätten psychiatrischer Tageskliniken. Die unförmigen Klamotten aus sozialistischer Fertigung hatten den entscheidenden Nachteil, dass sie mir stets perfekt passten: Ich war so wohl der einzige Junge in der ganzen Gegend, der ausschließlich Textilien aus dem Einflussbereich des Warschauer Paktes auftragen musste.

Na ja, *Tempi passati*! Wie eine Raupe habe ich viele Jahre in einem feinen Kokon aus Polyestermischungen vor mich hin geschlummert, um später in meiner verschwitzten Wohnlandschaft süß-sauer dünstend wiederaufzuerstehen, ein schon etwas älterer *Jeansboy paradox*.

Um ein wenig Theorie einfließen zu lassen: Ich trage grundsätzlich keine symmetrische, sondern stets asymmetrische

Kleidung, denn Symmetrie ist die Schönheit der Dummen. Aber das weiß heutzutage ja jedes Kind! *Per aspera ad astra*: nach unendlichen Mühen zum Erfolg! In meiner grundsympathischen Orientierungslosigkeit bin ich mir oft selbst nicht ganz sicher: Ist das, was ich gerade trage, vollmodulare Bigstylerkleidung oder strukturell immer noch Nachkriegsmode?

Von den Demütigungen früher Jahre erholt man sich bekanntlich nur schwer bis gar nicht. Beispiel Farben: Wo in meinem Freundeskreis zwanglos und selbstverständlich mit psychedelischen Kombinationen wie Indisch-Moos, Ocker oder Safran experimentiert wird, greife ich im Zweifelsfall immer wieder zum Klassiker *Eierschale* in den Schattierungen Blasskarotte, Beige und Hellbraun. Ich bin nämlich Mayonnaisetyp. Man kann die ganze Menschheit erwiesenermaßen in zwei Kategorien einteilen: den Ketchuptyp und den Mayonnaisetyp.

Zurück zur Sache: Alltagskleidung sollte zwei Kriterien erfüllen: Sie sollte typengerecht sein und zum individuellen Gesundheitsprofil passen. Da ich einen niedrigen Grundumsatz habe und zudem unter erhöhter Standnervosität leide, ist für mich die Wahl atmungsaktiver Kleidung sehr wichtig, Stichwort *Wohlfühlklamotten*. Im übertragenen Sinne bevorzuge ich sog. halbdimensionale Mode, oder, wie der Engländer sagt: THE ROOF IS ON FIRE. Während sich meine Freunde auf einem uneinholbaren geschmacklichen Informationsvorsprung ausruhen, arbeite ich mit unablässigen Paradigmenwechseln bis hinein in ekstatische Desorientierung. *Con forza!*

Weiter geht dieser Parforceritt, diskursiv und im Schweinsgalopp. Denn ich höre meine Feinde schon brüllen: Verifikation, Strunk, Falsifikation! Und: *Multum, non multa:* Gründlichkeit, nicht Oberflächlichkeit!

Deshalb an dieser Stelle kurzer Exkurs Arbeitskleidung: Da meine Arbeitsweise im Wesentlichen eine häusliche ist, kom-

⤺ Buch bitte drehen

biniere ich insbesondere in der kalten Jahreszeit Thermohose mit Ganzkörperoverall, Knie mit Sack- und Ohrenschützern aus *Asbestas*, dem Ass unter den Asbestmassen. Beim habituellen Gang *um den Pudding* habe ich oft noch ein Stück Obst in der Hand, meist Banane oder Apfel, Winterobst in leuchtenden Farben eben. Ein frischer Look, der beeindruckt oder einfach nur gute Laune macht. Zu Eierschale kann man übrigens praktisch jedes frische Obst tragen. Da sich um meinen Bauch in jüngerer Zeit eine mittelgroße Fettschürze gebildet hat, binde ich mir oft eine selbstgebastelte Kühltasche um die Hüften, die diesen körperlichen Mangel kaschiert und gleichzeitig als neutrales, aber kiebiges Accessoire immer wieder für bewundernde Blicke sorgt. *Body tumulto! Mocca double!*

Ich bin als sog. Wirkungstrinker, dessen Gesicht im Laufe der Jahre durch den routinierten Umgang mit harten Alkoholika in Form geschnitzt wurde, auf kleine, aber feine Verrücktheiten zur Ablenkung angewiesen: Ohrenschützer, Fernglas oder eine passgerechte Spanplatte leisten mir so schon seit Jahren treue Dienste. Zum Glück kann ich mir als Privatier Entgleisungen jeder Art erlauben. Sieht ja keiner, haha!

Gestatten Sie mir zum Schluss noch einen Ausblick auf das kommende Modejahr. *What's hot – what's not*, was kommt – was geht, *no go – show go* undundoderoderoder. Trend *numero uno* jedenfalls: Unisex! Zum Verwechseln ähnliche Entwürfe für *sie* und *ihn*. Ein modischer Diskurs in sachlich-frechem Duktus, der Eigenarten und Marotten auf lakonische Art umspielt, ironisch unterfüttert und Schwachstellen ausbügelt. Echte Burner beispielsweise sind Hosen-Westen-Kombinationen: ein stimmiger, jedoch nie aufdringlicher Gesamt-Look; der identische Oberstoff der Kleidungsstücke verschmilzt zu einer Art Partneroverall, eine ekstatische Studie, die ihrer Zeit weit voraus ist.

Dunkelblau – die Farbe der kommenden Saison, gleichzeitig die von so vielen herbeigesehnte Erlösung vom ewigen Schwarz, Grau und Polnischgrün der letzten Jahre.

Und – Riesenüberraschung – das Comeback des Nadelstreifenanzugs kündigt sich an, und zwar auf Siebenmeilenstiefeln! Jedoch, und jetzt halten Sie sich fest: quergestreift, um den Vorwurf von Spießigkeit und Knauserei bereits im Keim zu ersticken. Ein sinnhaftes Koordinatensystem, das gekonnt zwischen Archaik und Zerebralität oszilliert. Abwechselnd durchlaufende und unterbrochene Streifen – eine mutige Wahl. Auf ironische Art wird hier die Erzählperspektive gewechselt, der musealen Drögheit anekdotenseliger Kollektionen früherer Jahre mit dem diffusen Aroma der späten Sechziger kontra gegeben, hier wird mutig mit Cuts operiert, wo andere noch Nähte ziehen. Zeitlos gerade geschnittene Hosen – das ist keineswegs geschmäcklerisch, das *hat* Geschmack. Eierschneiderhosen zurückliegender Jahrgänge ist damit endgültig der Garaus gemacht.

Kommen wir zu den Westen, die vor allem eins sind: raffiniert. Für die Damen: extreme Konnotation der Taillen mit wasserrundem Ausschnitt und aggressivem Schalkragen-Revers. Für die Herren das unschlagbar elegante Ensemble *Fels in der Brandung* – hanseatische Doppelreihe, kombiniert mit provokant schrägen Taschen und seltenem Revers mit Spitzfasson. Das ist modisches Neuland vom Allerfeinsten!

Eine subtile Herausforderung bedeutet die Knöpfung. Hier scheidet sich die Spreu vom Weizen, der Kleingeist vom Großmeister. Wer auch nur ein Mini-My danebenliegt, hat es verdient, als Baumwollpflücker wieder von ganz unten anzufangen. Zum Beispiel *really hot*: Horn-Knöpfe, in die das zitronengelbe Logo *Die liegende Null* eingearbeitet ist. Aus diesen zu Kunstwerken geronnenen Ideen spricht kein Kauderwelsch, Esperanto oder Lallsingsang, sondern höchste italienische Handwerkskunst. Ideen von einem anderen Stern, Wurmlöcher der Mode, subtiles Spiel von kosmologischen Dimensionen, Weltraummode fürs nächste Jahrtausend. Nicht vergessen: Dieser Sommer wird der Sommer der frechen Accessoires. Witzig: Ganzkörperspange, Presspappe zum Umhängen oder, für den kleinen Geldbeutel, einfach nur ein Netz Zitronen.

Merke: Mit dem nötigen Selbstbewusstsein getragen, geht 2015 nahezu alles.

Denn, und jetzt heißt es ein letztes Mal aufgepasst: Was bedeutet Mode in ihrem eigentlichen Sinn? Ein ganzes Leben unterwegs sein zu seiner wahren Figur, dem passenden Äußeren, dem wesenseigenen Kern.

Die moderne Häppchengesellschaft ist ein Moloch, der den Einzelnen ohne Rücksicht auf Verluste schluckt. Leben today heißt, Erniedrigungen gleich im Dutzend aushalten, sich in der nach oben offenen Spirale der dialektischen Verstauchung unrettbar verheddern, als klaustrophobische Wundertüte zu scheitern. Abhilfe? Nicht in Sicht. Oder etwa doch? Was ist zum Beispiel mit dem STRUNK-PRINZIP, von dem man in letzter Zeit so viel hört und liest?

DIE DEUTSCHE JUSTIZ –
ein System wird enttarnt

Gerechtigkeit und Sexualität, ein Reizthema, das in der heutigen, vermeintlich tabufreien Instantgesellschaft zu den letzten wirklich heißen Eisen gehört. Schon wenige Stichworte lassen erahnen, welch rituelle Verknüpfungen diese scheinbaren Gegensätze verbinden: Schnellgericht, Sicherheitsverwahrung, sofortige Vollstreckbarkeit, Zwangsarbeit und *besondere Schwere der Schuld*. Klingt das nicht nach dem geilen Vokabular eines manischen Erotomanen, nach einem virtuellen Multiorgasmus zweifelhafter Konsistenz? Das STRUNK-PRINZIP spricht darüber!

Was spielt sich wirklich ab unter den unnatürlich weit geschnittenen Roben der Staatsanwälte? Welche sexuellen Gewaltphantasien verbergen sich hinter dem reglosen Antlitz des Gerichtsdieners? Und was passiert eigentlich *nach* Sitzungsschluss im Amtszimmer des Vorsitzenden Richters? Die strenge Ordnung einer Verhandlung, geil gestelzte Formulierungen in der Anklageschrift, das nervöse Pickern des Stenotypisten – alles liefert pornographischen Phantasien mehr als genügend

Nährschlamm. Das STRUNK-PRINZIP bewegt sich heute auf mehr als dünnem Eis, doch soll es sich etwa diskret zurückziehen und Larifarithemen wie Renovierung oder zivile Luftfahrt behandeln? Das STRUNK-PRINZIP wäre nicht das STRUNK-PRINZIP, wenn es Konfrontationen aus dem Weg ginge.

Zeichnen wir zunächst ein Psychogramm der Rechtsbüttel: Aus welchen topversauten Gründen entschließt man sich überhaupt dazu, Justitia zu dienen? Suche nach Gerechtigkeit oder eher Lust auf Macht, Bock aufs Urteil oder *in nuce* (im Kern): pure, unverfälschte Geilheit? Die Rückfallquote des mächtigen Erotomanen Gerechtigkeit beträgt jedenfalls satte 100 Prozent. Gehen wir systematisch vor. Wer ist der schärfste Bock Justitias? Topranking: Wie nicht anders zu erwarten, der *Vorsitzende Richter*, und gleich danach sein Kettenhund, der *Staatsanwalt*, der mit hormongesättigtem Wasser vor dem Mund sein Plädoyer hält. Je härter das von ihm geforderte Strafmaß, desto schärfer wird er. Wenn nur die *Todesstrafe* noch erlaubt wäre, er würde vor Erregung ohnmächtig werden. Meist asexuelle Memmen sind dagegen die *Rechtsanwälte*, die ja nicht umsonst diesen zweifelhaften Beruf ergriffen haben. Ausflüchte, Lügen und Rechtfertigungen sind das wenig aufregende Repertoire, das diese Trottel in der immer gleichen Manier abspulen, ausgedörrte Pflaumen ohne jeden Lebenswillen. Allein schon ihr Äußeres spricht Bände: Schlechte Zähne, krumme Haltung, dahinter: miese Gesinnung. Was sind das eigentlich für Menschen, die sich allen Ernstes und noch dazu von Berufs wegen für die Freilassung mehrfach vorbestrafter Scheckbetrüger einsetzen? Welche seelischen Abgründe tun sich auf, wenn man ohne die geringste Gefühlsregung dafür plädiert, Ladendiebe als geheilt zu entlassen, Anklage gegen rückfallgefährdete Kunstfälscher einfach so fallenzulassen und ganz allgemein für sog. *humanen Strafvollzug* trommelt? Vogelgesichtige Winkel-

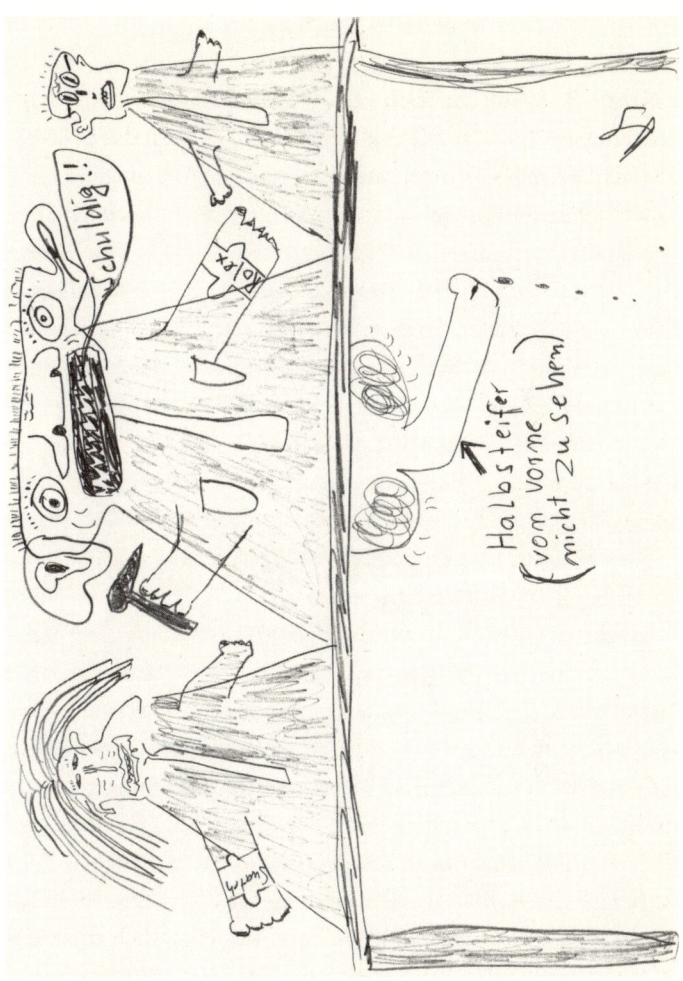

☞ Buch bitte drehen

advokaten, deren trauriger Anblick eine Mischung aus Mitleid und Langeweile erzeugt. Wofür eigentlich das Ganze, fragt das STRUNK-PRINZIP? Die traurige Antwort: *Pro domo* – zum eigenen Nutzen!

Am allerliebsten sind Verteidigern sich über Jahrzehnte hinziehende Zivilprozesse, bei denen sie sich nach allen Regeln der Kunst die Taschen vollschaufeln können. Und überhaupt Zivilprozesse: Quatschveranstaltungen, die selbst das stärkste Gemüt in Sekundenschlaf und Selbstverstümmelung treiben, wenig potente Inszenierungen, spannend wie Scheinexekutionen. Das STRUNK-PRINZIP provokant: Nur für Hüftsteife und Lendenlahme empfehlenswert! Verstand und Libido werden an der Garderobe abgegeben, der Marathon kann beginnen. Top 1 der Zivilprozesse: *Liegenschaftsangelegenheiten*, ein Höhepunkt der etwas anderen Art, bei dem selbst Folteropfer vor Langeweile ihre Schmerzen vergessen.

Nächstes Thema: Zeugen. Warum wird man überhaupt Zeuge? Eben. Zu viel Zeit und nichts zu tun. Sie hocken mit kaputten Rücken und Ermüdungsbrüchen auf den harten Bänken des Gerichtsflurs, schwach, schweißig, schwielig. Zeugen antworten am liebsten wie? So schwammig wie möglich, denn man will es sich ja mit niemandem verderben! Seit 1964 auf Platz eins der beliebtesten Zeugenaussagen: «*Auf der einen Seite ist es ihm zuzutrauen, auf der anderen Seite ist es ihm nicht zuzutrauen.*»

Noch etwas von Staats wegen legalisierter Wahnsinn gefällig? Beispiel *Zeugenschutzprogramm*. Frank R. (Name geändert) wurde vor über einem Jahr in Leipzig (DDR) Opfer eines Überfalls: Die als Pipi-Oma bekannte Erika W. (Blitzprügel, Tunnelflucht, Kokeln mit Chemieabfällen – ihr Vorstrafenregister ist so lang wie ihr Damenbart) überfiel den arbeitslosen Kältestuckateur, machte ihn mit Senfgas gefügig und räumte blitzschnell seine Wohnung leer. Anhand von Laserfotos konnte die mutmaßliche Täterin bereits zwei Tage später von einer Fußstreife gestellt werden. Aber Achtung, jetzt wird's skandalös: Allein der von der Rentnerin während des Verhörs in die Kladde gesprochene Satz «Wenn ich den erwisch, gibt's Saures.» genügte, um Frank R. in die Obhut eines Zeugenschutzprogramms aufzunehmen: Fünf-Sterne-Wellness-Hotel auf der Karibikinsel St. Barth, tägliche Champagnerduschen und Strip-Poker inklusive. Kosten für den deutschen Steuerzahler: 14 000 Euro. Am Tag! Ein schöner Zusatz-Soli für den lebenslustigen Ostler! *Mundus vult decipi* – die Welt will betrogen sein!

Nächste Gruppe: Schöffen. Ach so harmlose Volksvertreter, in Wahrheit aber mit genauso viel Macht wie der Richter ausgestattete, total scharfe Bumstypen, deren heißer Atem die Unterschrift auf dem Urteil trocknet, bevor es überhaupt geschrieben wurde. Frage: Was passiert eigentlich im Sitzungszimmer, wenn Richter und Schöffen in Marathonsitzungen über das Urteil beraten? Antwort: Fummeln, grabbeln, zutzeln, Light und Heavy Petting, Schorf- und Venenspiele, all das passiert hinter dieser verschlossensten aller Türen. Mit dicken Augenrändern kehren sie in den Gerichtssaal zurück, um dem total aufgepumpten Publikum das versaute Urteil zu verkünden. Der feuchte Griff des Vollzugspersonals nach den zarten Ärmchen einer minderjährigen Trickbetrügerin, die mit gespreizten Beinen noch im Gerichtssaal nach Rauschgift und Waffen durchsucht wird, der provozierend schleppende Gang des über 200 Kilo schweren Gerichtsdieners und das obszöne Räuspern des Nebenklägers bilden zusammen die obsessive Glocke der Geschlechtlichkeit, schlimmer als jedes Skandalurteil. *Quod non in actis, non in mundo* – was nicht in den Akten steht, ist in der Welt nicht existent: Das ist Zynismus pur! Chronisch unterschätzt, jedoch ausgesprochene Wölfe im Schafspelz sind die

Gerichtsschreiber – erotomanische Biester, speichelleckende Vorteilsnehmer und parasitäre Paragraphenmaden in Personalunion. Sexuelle Ausbeutung frisch Verurteilter? Wo gehobelt wird, da fallen Späne!

Vielleicht sollten wir die Abhandlung hier abbrechen, denn in Wahrheit befinden wir uns immer noch an der Oberfläche. Das STRUNK-PRINZIP hat die Probleme bestenfalls anreißen können, ohne sie wirklich abzureißen. Ich bin mir der Schwäche dieses Aufsatzes wohl bewusst, muss aber auch einmal die Frage stellen: Was soll denn *noch* alles kommen? Ist nach diesen Zeilen wirklich noch jemand an einem *tête à tête* mit einem Paragraphenhengst interessiert, träumt noch irgendwer von einem erotischen Lebenslänglich mit einem einfachen Amtsrichter? Um der allgemeinen Ratlosigkeit das Sahnehäubchen aufzusetzen, endet das STRUNK-PRINZIP zur Abwechslung einmal mit einem Witz: «Herr Vorsitzender, ich kenn meine Rechte – aber ich kenn auch meine Linke!»

*Und wieder eilt das **STRUNK-PRINZIP** im Schweins-galopp durch das Land, in dem Bier und Sülze fließen. Jetzt neu: Das **STRUNK-PRINZIP** hat ab sofort eine eingebaute Progression, d. h., es erneuert sich von alleine und wird automatisch immer besser. Im begehbaren Kleiderschrank dieser sachlich frechen Methode hängen immer ein paar geile Fummel, die Problemzonen kaschieren oder einfach nur gute Laune machen!*

PSYCHOLOGIE – Quatsch mit Soße

Depression, Schizophrenie, Verfolgungswahn – Wenn die Synapsen Armageddon spielen. Psychische Defekte, die Geißel unserer modernen Bussi- und Schnorchelgesellschaft. Moleküle, Synapsen und Ganglien haben sich hoffnungslos verheddert und jagen den Irren durch ein verschmiertes Labyrinth aus Chemieunfällen, Sitzenbleiberphantasien und Kriegssehnsucht. Wenn die Superbirne zur Abrissbirne mutiert und umgekehrt, beginnt eine verschwitzte Jagd durch die Untiefen der Kopfsuppe. Hier setzt das STRUNK-PRINZIP ein, und zwar mit dem Echolotverfahren: Eine Kugel wird in einen tiefen Brunnen geworfen, bis sie auf Widerstand trifft. Aus diesem Widerstand berechnet das STRUNK-PRINZIP mit Hilfe aufwendiger mathematischer Gleichungen die Antworten. Denn es gilt: *Nihil tam difficile est, quin quaerendo investigari possit* – nichts ist so schwierig, dass es nicht erforscht werden könnte!

Schockthese: Das beginnende einundzwanzigste Jahrhundert ist, pathologisch gesehen, weder bakteriell noch viral, sondern *neuronal* bestimmt. Neuronale Erkrankungen wie Depression, ADHS, Borderline (BPS) oder Burnout-Syndrom

(BS) bestimmen die pathologische Landschaft. Sie sind keine Infektionen, sondern *Infarkte*, die nicht durch die Negativität des immunologisch anderen bedingt werden, sondern durch ein Übermaß an Positivität!

Der Angstpatient der heutigen Instantgesellschaft leidet unter *seelischen Störungen* aller Art. Ob Systemakne oder Leinenzwang – sein von Ticks und Neurosen geprägter Alltag ähnelt einem roboterhaften Maskentanz mit Eisendutt und Schwanzknute. Der geschwollene Leib des modernen Apparatemenschen sitzt wie ein offener Bruch auf einem Sofa aus Fellsubstituten, über ihm eine fiebrige Geißel, die sich *schizo-affektive Psychose* schimpft. Also ab ins Irrenhaus? Tagesklinik? Depotspritze? Oder genügt eine *ambulante Therapie* im Warmen? Das Problem: Therapien gibt es wie Biker nach einem warmen Sommerregen. Während der Psychologe A dich in der sog. *Gestalttherapie* zwingt, eine Puppe zu zerhacken, setzt Psychologe B bei der gleichen zugrunde liegenden Problematik (Vatertagskomplex) auf *kognitive Dissonanz*: Er sperrt seinen Patienten über ein verlängertes Wochenende in einem Ringhotel ein, wo er mit einem geknebelten Schaf Mühle spielen muss und/oder von Leihmüttern mit Sekundenkleber vollgeschmiert wird. In der sog. *dynamisch-vegetativen Gruppenarbeit* werden ausschließlich Rollenspiele gemacht, z. B. kackt man sich gegenseitig auf den Kopf. Oder die Verrückten müssen tage- und nächtelang auf dem Fußboden hocken und aus Bauklötzen Vater und Mutter nachbauen. Irgendwann kommt der Irrenarzt und tritt das Gebilde wieder ein. Der Effekt = Zero.

Das STRUNK-PRINZIP enttarnt Psychologie als das, was sie ist: Eine Mogelpackung biblischen Ausmaßes! Denn Psychotherapie/Analyse arbeiten mit Annäherungen, Schätzungen, Mutmaßungen, sie sind keine Wissenschaften, sondern bestenfalls nebulöses Herumeiern in der Kopfterrine. *Post nubila*

phoebus – Nach Wolken kommt Sonne! Wer so etwas behauptet, muss sich Vorwürfe gefallen lassen, die keiner gerne hört. Auch ein Holzweg ohne Wendemöglichkeit: die *doppeltlineare Traumdeutung*: Sie arbeitet mit guter und schlechter Symbolik, dazwischen ist nichts. Schlechte Symbole: das Pferd. Es symbolisiert Tod, Zerfall und Untergang. Je harmloser, desto todbringender. Wer von einem Pony träumt, wird am nächsten Tag vom Balkongitter aufgespießt (Beispiel!). Auch kleinere Nagetiere, Singvögel, Zähne, DDR und Grundwasser sind Negativsymbole. Positive Module: Strümpfe, Restappetit, Holz und Wunschdenken. Problemträume junger Menschen, Justin R. (Name geändert): «Ich bin 15, habe aber dauernd Träume erst ab 18. Komm ich jetzt ins Gefängnis?»

Wie kann Peter E. (Name geändert) geholfen werden? Er ist Opfer des allerneuesten Psychodefekts, der *Entsorgungssucht*, d. h., ihn plagt der diffuse Zwang, Glas, Papier und gebrauchte Schuhe in den dafür vorgesehenen Containern zu entsorgen, eine ernst zu nehmende Erkrankung, die unbehandelt für den Patienten das Risiko birgt, sich selbst mit im Altglas zu entsorgen. Zu allem Überfluss leidet er noch dazu an einer der psychiatrischen Forschung bisher unbekannten *Phobie*, nämlich der Angst davor, «wieder in die Baumwolle» zu müssen.

Schockthema *Selbstzwang*: Es gibt immer mehr Menschen, die von Zwängen, Regeln und Kontrollen nie genug kriegen, erst unter dem Damoklesschwert eines selbst geschaffenen Strafgerichts aufblühen. Maulkorb und Duldungsstarre, ein pathologisches Vokabular, welches in ein abgründiges Leben weist, das ausschließlich aus Tabus und Verboten besteht. Er zwingt sich zum Duschen, zum Nachsalzen und zur Tierliebe, erst unter Schmerzen, Angst und Hoffnungslosigkeit blüht er richtig auf. Aus den Tagebucheintragungen eines chronischen Selbstzwänglers (Name geändert):

«Dienstag – wie immer zerschlagen aufgewacht, zum Körbchen gegangen, dem Hund ins Gesicht gerülpst, gemütlich mit der ganzen Familie gefrühstückt, dabei die Kinder unter dem Tisch getreten; mit öffentlichen Verkehrsmitteln zur Arbeit gefahren, halb ohnmächtig den Körper in die Sitze gepresst, Eisblumen von der Scheibe geleckt, mit steifem Glied den Pförtner passiert, den Chef gegrüßt, dabei Popel an den Händen; im Büro die Post mit den Zähnen aufgerissen, unter dem Schreibtisch Sackschaukel, derweil mit dem Außendienst telefoniert; in der Mittagspause allein im Büro, Gewaltphantasien; Nachmittags Konferenz, gepupst (brauner Bremser, schwarzer Sänger, gelber Färber), Essensreste unter den Tisch geschmiert; auf der Heimfahrt die Sitze angekokelt; Abendbrot mit der ganzen Familie; im Bad Kerze in den Po gesteckt; Oma im Heim besucht, Klistier entwendet; zu Hause sofort ins Bett, nachts in den Keller, mit Gleitcreme eingeschmiert, alte Lieder gesungen, ans Klistier gedacht, Sekundenschlaf; am nächsten Morgen erschöpft wieder hoch und von vorn!»

Gibt es Auswege aus dieser Mausefalle? Antwort: Leider nein, denn der Selbstzwang ist der Zwang aus sich selbst heraus und damit schwer zu greifen. Bis flächendeckende Feldstudien erste Ergebnisse zeitigen, werden möglicherweise noch Jahre vergehen. Bis dahin bleibt dem Selbstzwängler nichts anderes übrig, als sich über die kleinen Dinge des Lebens wie Essen, Tiere und Lesen zu freuen und ab und an mal seinen Zwang zu vergessen. *Difficile est satiram non scribere* – es ist schwierig, darüber keine Satire zu schreiben!

Psychische Defekte in der DDR: Ein heißes Eisen mit hohem Brennwert. Deshalb wird dieses Thema demnächst in einem STRUNK-PRINZIP-SPEZIAL verhandelt! Egal, weiter. Frage: Hoffnung, Linderung, Heilung? Was vermag das STRUNK-PRINZIP in diesem Zusammenhang zu leisten? Fakt: Das STRUNK-

PRINZIP funktioniert wie ein *trizyklisches Antidepressivum*; wenn nach ca. 14 Tagen der *Spiegel* erreicht ist, dann setzt die stimmungsaufhellende Wirkung ein und hält normalerweise bis zum Sankt-Nimmerleins-Tag. Experten vergleichen das STRUNK-PRINZIP mit *MAO-Hemmern* oder *Benzodiazepin*, dem Aspirin unter den Psychopharmaka. Anders gesagt: Das STRUNK-PRINZIP ist der chemische Zinnsoldat, der dafür sorgt, dass die Neurotransmitter im *synaptischen Spalt* so miteinander interagieren, dass stets eines dabei herauskommt: Gute Laune. Mit noch anderen Worten: Das Leben ist zu kurz für ein langes Gesicht.

Und warum ist das so? Weil das STRUNK-PRINZIP faktenbasiert ist! Grundkurs Gehirn: Der Kopf, der vielleicht komplizierteste Bauteil des Menschen, ist erst zu 0,03 Prozent erforscht. Was sich da genau in den Transmittergewittern abspielt, was wie warum und auf welche Weise zusammenwirkt, wird sich wahrscheinlich nie klären lassen. Werfen wir einen Blick ins Gehirn: endlose Tabellen, Berechnungen und Gleichungen, aber auch Träume, Phantasien, Schwadroniergeschwülste. Der Kopf gleicht einem Vogelpark, in dem Abermillionen kleiner Piepmätze eine verwirrende Lautmalerei erzeugen. Der Verstand verliert den Verstand und der Irre landet mit einem dumpfen Knall auf dem Betonboden des Death Valley. Dort sitzt er mit Wunderkerzen und Matetee vor einem Duftbaum, hört Zwölftonmusik und stiert ins Leere. Die Haare werden lang wie ein Vorhang, die Gelenke rotten weg und die Zehennägel rollen sich zu monströsen Fußschnecken ein. Er hat sich komplett aufgegeben, sitzt mit schreckgeweiteten Augen vor dem randvoll gefüllten Kühlschrank und verhungert, erfriert im Hochsommer, fängt beim Baden Feuer oder verdurstet im Angesicht zwanzig Meter hoher Getränkesilos (Wassertürme).

Doch soll dieser Aufsatz nicht noch für mehr Verwirrung

sorgen, als an der Psychofront ohnehin schon herrscht. Das STRUNK-PRINZIP rät: Das richtige Maß finden und vor allem halten, Zeit dehnen statt stauchen, Pausen aushalten können, bewahren statt bewegen, fünfe krumm sein lassen (Witz!), auch mal zwischendurch hinsetzen und feucht abrubbeln. Der Effekt ist verblüffend!

↳ Buch bitte drehen

Der Knecht Ruprecht des Humors kommt heute wieder
mit seinem hydraulischen Unterziehschlitten vorgefahren, um
mit der in unserer Gesellschaft so verbreiteten Vollkasko-
mentalität abzurechnen. Nebulöser Hirnschaum und polypöse
Geschwulstsätze gehören allerdings nicht in die breitbandig
vernetzte Kausalkette dieses Durchunddurchpragmatikers,
nein, Heinz Strunk bevorzugt das **STRUNK-PRINZIP.**

KINDER – Rahm der Gesellschaft

Themenspindel A) **Sprache**: «Die Krankenakte eines neugebo-
renen Kindes ist Bestandteil der mütterlichen Krankenakte, bis
das Kind versicherungsrechtlich als auch lebend das Krankenhaus zum ersten Mal verlassen hat.»

«Still (tot) geborene Kinder werden im Bestattungsrecht
‹Leibesfrüchte› genannt. Im Gegensatz dazu außerhalb des
Mutterleibs, denn das sind ‹Leichen›.»

Das ist nicht etwa bitterböse Satire oder Nazivokabular, sondern Bürokratensprache aus deutschen Amtsstuben!

Themenspindel B) **Witze** auf Kosten von Kindern:

«Pass auf, wenn du in einer fremden Stadt ein Kind schlägst,
es könnte dein eigenes sein.»

«Wer Geld hat, schickt sein Kind ins Bad, wer keins hat,
wäscht es selber ab.»

«Auf einer Party vermisst die Dame des Hauses ihre Tochter. Sie findet sie im Wintergarten auf dem Schoß eines jungen
Mannes. ‹Du stehst sofort auf›, schimpft sie. ‹Nein›, antwortet
die Tochter trotzig: ‹Ich war zuerst da.›»

Dreimal laut gelacht? Herzlichen Glückwunsch, meint das
STRUNK-PRINZIP.

Themenspindel C) **Das Zitat**: «Die Kinder von heute sind Tyrannen. Sie widersprechen ihren Eltern, kleckern mit dem Essen und ärgern ihre Lehrer.»

Von wem mag dieser Satz wohl sein? Von der Supernanny? Roger Willemsen? Günter Grass? Grundfalsch: Dieses Zitat stammt von *Sokrates* (469–299 v. Chr.!!!).

Will das STRUNK-PRINZIP vorsätzlich verwirren? Eben nicht! Das STRUNK-PRINZIP tastet sich im Spinnenverfahren an den hauchdünnen Faktenkern heran, um unvermittelt zuzuschlagen. *In extenso* – ausführlich!

Beginnen wir von der Pike auf, Schritt für Schritt (Step by step). Kind anno dunnemals vs. Kind heute. Früher liefen Kinder «einfach so mit», nützliche Idioten, Nervensägen, Quatsch auf Beinen, Landplagen. Kleine Erwachsene, die im Haushalt oder im Betrieb je nach Bedarf als Wischmob, lebende Schutzschilde, Kleinbademeister oder Schleckermäuler eingesetzt waren. Heutzutage hingegen werden die Steppkes als kostbares Luxusgut behandelt *(return of invest)*, ihr Einsatz als beispielsweise Spargelstecher oder Klomann gilt als *not p.c.* Das STRUNK-PRINZIP meint: Da schlag doch einer lang hin. Die kleinen Würmer (wahlweise Kurze, Zwerge, Mäuse genannt – Haben Eltern eigentlich Ahnung von den Spätfolgen solch despektierlicher «Kosenamen»? Das STRUNK-PRINZIP nach einer Stippvisite in der geschlossenen Kinder- und Jugendpsychiatrie schon!!!) werden in einem Kokon aus Sicherheits-, Isolations- und Vorsichtsmaßnahmen künstlich kleingehalten, bis überlebenswichtige Reflexe verkümmern. Beispiel Fahrradhelm. Wer früher ernsthaft mit einem Helm aufgelaufen wäre, den hätte man mit Baseballschlägern aus der Stadt geprügelt! Ein Loch im Kopp pro Saison war Pflicht, darunter ging gar nichts. Fallrückzieher wurde auf Kopfsteinpflaster geübt, ausgeschlagene Zähne, Erpressungen und Ladendiebstahl waren an der

Tagesordnung. Und, hat es irgendjemandem geschadet? Eben. Das STRUNK-PRINZIP tastet sich im Schneckentempo weiter zum Faktenkern vor:

Erziehung. Die ewige Frage: Lange Leine oder Maulkorb? Fakt ist: Kindheit, wie wir sie heute kennen, ist, ebenso wie die Liebesheirat, eine romantische Erfindung des 18. Jahrhunderts (Anstelle von Schnullern kannte man beispielsweise im Mittelalter sog. Lutschbeutel, die den Säugling mit Alkohol schläfrig machen sollten). *Docendo discimus* – Durch Lehren lernen wir!

Kinderarbeit. Eines der letzten Tabus unserer überalterten Anti-Aging-Gesellschaft. Dabei würden Kinder eigentlich am liebsten von morgens bis abends schuften (Straßenbau, Entrümpelung, Montanindustrie). Und trotz der extraweichen Samthandschuhe, mit denen man sie anfasst, empfinden viele Teenys ihr zuckersüßes Nasch- und Schleckermaulleben paradoxerweise als «Sklaverei» und klagen an: «Hilfe, ich bin Teenysklave.» Abtrocknen, dass Bett zusammenklappen, den Fernseher ausschalten – unzumutbar? Fragt das STRUNK-PRINZIP. Etwas anderes ist es, wenn Neunjährige die gesamte Elektrik unter Putz legen, den Hund waschen oder ihren Eltern die Haare schneiden sollen. Das STRUNK-PRINZIP hat noch andere Schockbeispiele parat: Dustin-Marc R. (Name geändert), der mit einer Zahnbürste alte Beläge entfernen musste. Jason T. (Name geändert), der in den großen Ferien im Raum Dresden (DDR) als mobiler Starkstromelektriker «unterwegs» war. Oder die schier unglaubliche Geschichte der erst zwölfjährigen Nancy P. (Name falsch): «Ich war eine medizinische Versuchsperson.»

«Hilfe, ich kann nicht mehr.» Norman K. (Name geändert) – ein stummer Schrei klagt an. Was sind die Folgen von moderner Kinderarbeit? Eintrocknen lebenswichtiger Gelenkschmiere, Angst vor Insekten, Endstation Testesser oder Kältestuckateur. Und vieles kommt erst gar nicht ans Licht, da die Opfer oft schon mit achtzehn das Land verlassen und sich in Zwergstaaten eine neue Existenz aufbauen. *Ignorantia iuris nocet* – Unkenntnis schützt nicht vor Strafe!

Ein weiteres trauriges Kapitel: Kindheit in der DDR. Wer mit *Halberstädter Schmalzfleisch, Kalter Hund Brotaufstrich* und *Waffelröllchen Aschenbrödel* aufwuchs, bei dem blieb die «Karriere» meist schon in den Startlöchern stecken. Übrigens: Das einzige Kinderbuch, das in der DDR erhältlich war, hieß «Das Kackimännchen», Gesamtauflage 3,8 Millionen Ex., Autorin: Margot Honecker. Noch Fragen?

Nächster Themenkomplex: Einzel- vs. Geschwisterkind. Das STRUNK-PRINZIP vertritt hier eine glasklare Haltung: Kinder sollten einzeln («An only child is a person with no siblings, either biological or adopted.») aufwachsen (Kosten/Nutzen – siehe N. Schelling, «Verschlankung von Humanressourcen», S. 88 ff.)

Beispiele, die belegen, welche Konflikte unter Blutsverwandten toben:

1. Der Stiefsohn ohne Stammbaum: wirft diabolisch grinsend seine Nennschwester aus dem Fenster, um das zu erwartende Erbe nicht teilen zu müssen.
2. Die bereits 70-jährigen eineiigen Zwillinge Oma Herta und Oma Tony, die, wiewohl im gleichen Hause wohnend, seit Jahrzehnten nicht mehr miteinander geredet haben und bislang erfolglos versucht haben, sich gegenseitig mit Tollkirschen zu vergiften.
3. Der pferdegesichtige Erstgeborene, Diagnose: Verschratung. Aus Eifersucht und Hass fixiert er allabendlich sein jüngeres Geschwisterchen mit Paketband und Fliesenleim ans Kinderbettchen und träufelt ihm Leitungswasser in die Augen.

Kampfzone Kinderzimmer. Ein erbarmungsloser Stellungs-
krieg um jeden Millimeter. Denn das typische Jugendzimmer
ist ein sog. *Raum ohne Raum*, Bruder und Schwester: tief ver-
feindete Kindersoldaten, deren von Hass und Akne entstellten
kleine Pickerköpfe sich in blutigen Verteilungskämpfen allabendlich klaffende Biss- und Risswunden zuführen. Oft, und
das ist eine besorgniserregende Entwicklung, mit Billigung der
Eltern, die ähnlich wie bei illegalen Hundekämpfen perverse
Platz- und Siegwetten auf ihren Nachwuchs abschließen.

Vor dem Repertoire an Psychodusche, Blitzschmerz und
Stromspielen heutiger Geschwisterpaare hätte so mancher Na-
zischerge den Hut gezogen. Da wird der Impfpass gefälscht,
der eine oder andere gute Freund in abgelegene Baumhöhlen
deportiert oder dem blutsverwandten Todfeind einfach Abend
für Abend ins Bett geschissen. Gibt es denn eigentlich Mög-
lichkeiten, dieser nach oben offenen Spirale der Gewalt die Luft
rauszulassen, dem Blizzard des Verderbens das innere Auge
herauszustechen? Antwort: Ja. *In omnem eventum* – für alle
Fälle!

Das STRUNK-PRINZIP präsentiert wichtige Deeskalations-
tools: Bringen Sie Ihrer Schwester, Ihrem Bruder ab und an mal
was mit, Altglas zum Beispiel, einen Strauß Brennnesseln, defekte Elektrogeräte oder getrocknete Insekten. Orientieren Sie
sich über die privaten Vermögensverhältnisse Ihrer Geschwister. Nehmen Sie mit ihnen gemeinsame Mahlzeiten ein. Weiter.
Vom STRUNK-PRINZIP entwickelte, hochmoderne Psychotests:

- **Psychotest 1:** Die Eltern sind im Kino. Ihr Geschwisterchen
  liegt zusammengekrümmt im Bett. Es hat sich bereits
  mehrmals übergeben und klagt über starke Schmerzen im
  Unterbauchgewebe. Jetzt bittet es Sie, den Arzt zu rufen.
  Wie verhalten Sie sich?

- **Psychotest 2:** Ihre Schwester/Ihr Bruder wird auf dem Festnetz angerufen, Sie nehmen versehentlich den Anruf entgegen. Wie verhalten Sie sich?

Das STRUNK-PRINZIP plädiert für die längst überfällige Versachlichung der Diskussion, denn die tiefsitzenden emotionalen Verstauchungen können nur mit dem Gips fortschreitender Lebenszeit geheilt werden, damit frühkindliche Staubgerinnsel auf dem Kehrblech der Liebe zusammengefegt und in dem großen Osterfeuer namens Liebe verbrannt werden. Vielleicht dauert es noch viele Jahre, aber eines Tages werden Sie mit Ihrem Geschwister an einem gemeinsamen Tisch sitzen können! *Sapienti sat est* – Weisheit ist Glück!

Und siehe da, die erste wirklich herzliche Umarmung mit Ihrem Geschwister wird Ihr erster Sekundenbruchteil gelebten Lebens sein! Schließen möchte das STRUNK-PRINZIP mit einem flammenden Plädoyer *pro Kind* des Dichterfürsten Znieh KNURTS.

Kleine Kerlkes
Sind so kleine Fingers aus Knorpel, Haut und Blut.
Darfst du nicht drauf schlagen, Finger gehen kaputt.
Sind so kleine Füßkens, mit winzig kleinen Zehn.
Darfst du nicht drauf tretmach, Füß könn sonst nicht gehn.
Ist ein kleines Näsken, winzig klein und zart.
Darfst du nicht drin popeln, sieht sonst aus wie Tomat.
Sind zwei lütte Armkes, mit Venen voll von Blut.
Darfst kein Haschgift spritzmach, Venen gehn kaputt.
Sind so kleine Kerlkes, mit Köpke Arm und Bein.
Mußt sie immer liebhaben, Kerlkes tun sonst schrein.
Sind so kleine Kerlkes, mit Augen, Ohr und Nas.
Mußt sie immer streicheln, verfallen sonst dem Hass.

Auch der Adolf Hitler war ein toller Hecht,
Als er ein kleins Kerl war, später wurd er schlecht.
Rösner und Degowski (Geiselgangster, Gladbek, 1988)
  waren früher gut.
Später wateten sie metertief im Blut.
Selbst der Josef Stalin war zart mit süße Ohr.
Später lief viel schief, und er wurd Diktator.

Hat man diesen Text begriffen, dann weiß man, worum es letztlich geht:

1) «Das Wichtigste auf der Welt sind die Augen, nicht das Geld.»

2) *Ne discere cessa* – Höre nicht auf zu lernen!

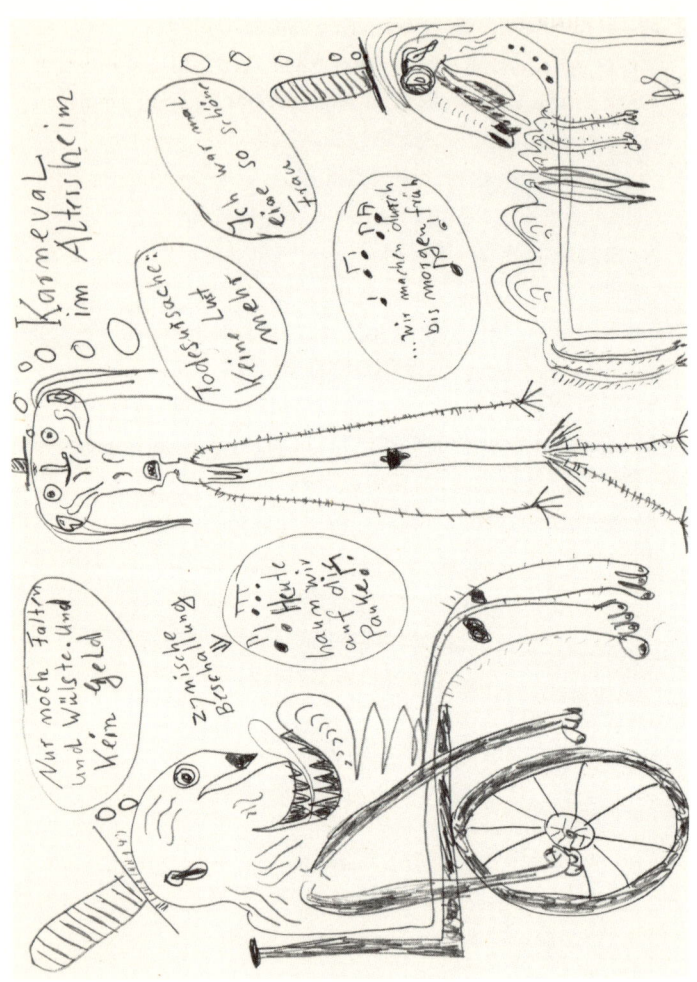

☜ Buch bitte drehen

*Das **STRUNK-PRINZIP** ist vor allem eines: zeitgemäß! Schwarze Löcher, Koma, Energiestau – nein danke. Das **STRUNK-PRINZIP** arbeitet vielmehr mit Verdichtung, Intensität, und Synergien aller Art. Strunks Arbeit ist vergleichbar mit der eines Destillators, eines Saugnapfes, eines Schleppnetzes, das die Ozeane mal so richtig leerfischt.*

ALTER – Gehirnjogging im Leerlauf

Leiten wir unser diesmal sehr ernstes Thema mit einem Text des Dichterfürsten Znieh Knurts ein:

Bückzone (1983)
Kranke, kalte Körper, gefangen in der Bückzone, hängen
    zäh und dürr am Futtertrog des Lebens.
Noch mit hundert legen sie Vorräte an, als wollten sie
    tausend werden,
Speicheln unerbittlich das Brot der Jugend ein.
Sie tippeln auf gebrochenen Oberschenkelhälsen ins Tal der
    Angst,
Tote Augen in zerfurchten Gesichtern, abgestorben, von
    Krämpfen geschüttelt.
Doch wollen sie anscheinend ewig leben,
Unnütz und geizig, gemischt mit hohen Kosten:
Das ist ihre Formel paradox.
In ihrem Narbenpanorama spiegelt sich welkes Haar,
Sie graben im Hausmüll nach frischem Obst und Peelings.
Alter als Vernichtung öffentlicher Räume,
Untoten Nebeln entsteigen poröse Leiber.
Ihre morbiden Armeen rücken unaufhaltsam vor,

abnorme Lebenslust, durch nichts gerechtfertigt,
Saugen embolisch Luft in ihre faltigen Lungen.
Mobiles aus Glasknochen und ausgefallenen Zähnen.
Essen, leben, reisen, Hedonismus, der nicht fragt. So haften
      sie mit aller Kraft am längst erloschenen Dasein.
Wir bitten um Erbarmen, Alte: Geht und lasst uns endlich
      leben!

Soweit das erbarmungslose Anti-Aging-Plädoyer von Znieh
Knurts.

Will jetzt etwa auch das STRUNK-PRINZIP ausholen zum
großen Rundumschlag, zum menschenverachtenden Rentner-
Bashing? Ist das STRUNK-PRINZIP erkrankt an *chronischer seni-
ler Rhinitis*, hat es sich gar wund gelegen? Nein, im Gegenteil,
das STRUNK-PRINZIP folgt einer uralten sibirischen Weisheit:
«Graues Haar ist eine Krone, auf dem Weg der Gerechtigkeit
findet man sie.»

In der modernen Bussi- und Schnorchelgesellschaft hingegen gelten Alte als überflüssig, unerwünscht, die Mehrheit der
Jungen beschreibt die heutige Welt als eine Seniorendiktatur:
«Steinalte, verkohlte Truthähne, so weit das Auge reicht. Sind
dauernd krank und fressen den Enten das Brot weg. Die Greise
ziehen in Kohorten orientierungslos umher, ohne Nutzen für
irgendjemanden, genießen ihren endlosen Abendfrieden, die
sinnlose Lebensverlängerung, den frech abgewandten Tod.
Verdörrte Totenschädel, die sich an blinden Scheiben die Na-
sen platt drücken, zusammengeschrumpelte Greisenpärchen,
endlos, bis zum Horizont. Wollen einfach nicht alt werden, die
Alten! Besteigen hochbetagt den Mount Everest, lassen sich mit
Ende neunzig immatrikulieren, wissen einfach nicht, wohin mit
der sinnlosen Lebenserwartung. Von Alten umzingelt, Totes,
von Totem umgeben!» (Norman-Dennis T. – Name geändert)

Sind denn alte Menschen überhaupt nichts mehr wert? Sind sie wirklich Boten des Todes, Pförtner der Schwäche, Diener des Verfalls, Söldner der Krankheit, Glöckner des Untergangs, gelebte Gerüche?

Das einzig wirksame Mittel gegen Polemik und Zynismus: Fakten. Und mit denen kann das STRUNK-PRINZIP gleich tonnenweise aufwarten, denn es verfügt über 1,8 Zetabyte (10 hoch 21 Bytes = 1,8 Billionen Gigabytes) Informationen, womit es jeder anderen Methode steinhoch überlegen ist. Klopfen wir also die Faktenlage ab, und zwar Schritt für Schritt (Step by Step).

Frage: Ab wann beginnt eigentlich das Alter? Antwort: Wenn die **klassischen Alterssyndrome** eine Rolle zu spielen beginnen, auch genannt die **vier großen I**: Intelligenzabbau, Immobilität, Inkontinenz und Instabilität. Wir erfahren im Folgenden alles über Multimorbidität, Todesnähe, Einwilligungsfähigkeit, Vorhofflimmern, Diabetes mellitus, arterielle Verschlusskrankheit und Abbau von Gewebsflüssigkeit (Exsikkose). Weiter:

- Was genau versteht man unter Messung der Handkraft?
- Wie funktioniert der Barthel-Index?
- Was ist der Uhren-Zeichen-Test?
- Sterbegeld, Sterbegeldversicherung, Sterbegeld 50 plus: Sterbegeld, so vielfältig wie das Sterben selbst!

Trauriges Zwischenkapitel: Senioren in der DDR. Das STRUNK-PRINZIP in Stichworten:

1) Als DDR-Rentner galt, wer das gebärfähige Alter überschritten hatte.
2) Mit dem Erreichen des Rentenalters errang man die volle Reisemündigkeit.

3) Der Ausreiseantrag – von Spöttern auch *Ostzonen-Abitur* genannt.

4) Im Sprachgebrauch des MfS: Rentner ist eine feindlich-negative Person, die sich mit Zersetzungsmaßnahmen trägt.

Übrigens: DDR-Rentenaltlasten, auch Altlasten Ost genannt, werden selbstverständlich über den Soli «abgewickelt». Wie auch sonst?

Was verändert sich im Alter eigentlich wirklich? Das STRUNK-PRINZIP versucht, den Alterungsprozess in allgemeinverständlicher, bildreicher Sprache zu beschreiben, weil das STRUNK-PRINZIP auch für Umschüler, Notabiturienten und «Kids & Kiddies» verständlich sein will:

Im Alter besteht der Körper überwiegend aus Fettschmand. Der wiederum gliedert sich in zwei Schichten. Hauptbestandteile der äußeren Schicht sind Fett, Wasser, Eiweiß, Sehnen und unbekannte Substanzen, deren Anteil jedoch weniger als 0,1 Prozent beträgt. Direkt darunter liegt die zweite, etwas dünnere Schicht, die sich aus altem Ei, Schuppen, Rinde und Schwermetallen zusammensetzt. Der Körper ist bemüht, diese Gifte loszuwerden, doch ist er dabei chronisch überfordert. Außerdem werden beim Abbau Zerfallsprodukte freigesetzt, die über das Blut nach einem Zufallsprinzip irgendwohin transportiert und abgelagert werden und dort über viele Jahre ihr Zerstörungswerk verrichten. Am verhängnisvollsten ist die Korrosion im Kopf, die sich durch ein beständig anschwellendes Hintergrundrauschen ankündigt, unter Tiefdruckeinfluss dumpf und druckkalt klingend, bei schönem Wetter jedoch in ein trockenes und hohl sirrendes Pfeifen umschlagend. Nachts zieht der Schleier in den Bauch, um dort in klebrige Nebel zu zerfallen, die starke Schmerzen in Hals und Nacken verursachen und im Unterleib zu einem Druckgefühl führen, als ob das ganze Gedärm nachgäbe und nach unten/hinten wegfiele. Die Schmerzen wandern wieder nach oben und haben furchtbares Zahnweh mit Kieferkrämpfen und Zungenlähmung zur Folge. Tief im Rachen entsteht ein heftiger Punktdruckschmerz, der sich wellenförmig ausbreitet. Die inneren Organe haben dem Giftbombardement nichts mehr entgegenzusetzen und entzünden sich. In einem finalen Kraftakt krümmt sich der Körper unter schweren Krämpfen, um Blei, Metalllegierungen, und Plastikreste abzustoßen, die sich seit der Kindheit im Verdauungstrakt eingelagert haben. Das Brackwasser in den Beinen verbindet sich mit Resten von gebrauchten Pflastern, kleinen Nägeln, Gips und Teppichband zu dickflüssigem Klumpenkram, der die Adern zu einem einzigen Strang aus Klumpatsch zusammenbappt. Kleinere Klumpfäden zweigen ab und pumpen immer noch Blut in die entfernt liegenden Extremitäten, jedoch mit immer schwächer werdendem Druck, nur noch vereinzelt erreichen dickflüssige, tiefrote Riesentropfen ihr Ziel. Füße und Hände sterben ab, wobei sich feine Säurekügelchen bilden, die anschwellen und irgendwann platzen. So ist der Körper eingehüllt von einem Teppich aus winzigen Explosionen. Die poröse Haut kann den ganzen Schmodder und Schleier und die Säure und Entzündungen nicht mehr zurückhalten, die giftigen Dämpfe entweichen über die Poren nach außen, verbinden sich mit Sauerstoff, sickern wieder nach innen und verrichten dort ihr Zerstörungswerk. Alles vollzieht sich mit einem Mal in rasender Geschwindigkeit. Irgendwann in der Nacht ist ein langanhaltendes blubberndes Geräusch zu vernehmen, begleitet von einer gelbgrünen Wolke, die nach oben steigt und unter der Zimmerdecke hängen bleibt. Im Bett nur noch ein großer, warmer Fleck, der zerfließt und schon nach ein, zwei Stunden steinhart ist wie schnell trocknender Estrich. Traurige Aussichten.

Das STRUNK-PRINZIP möchte diesen Aufsatz gleichwohl mit

einer Prise Optimismus ausklingen lassen, denn es gibt immer einen Silberstreif am Horizont, man muss ihn nur sehen wollen! Vorbildlich wieder mal: Die Deutsche Post (DP) mit ihrem neuen Service *«Handgeleckt»*. Die Rentner sitzen im Postamt auf einem kleinen Schemel neben dem eigentlichen Schalterbeamten und lecken Briefmarken an. Der Schalterbeamte klebt sie dann auf Briefe mit dem Vermerk *«handgeleckt»*, die etwas höher zu frankieren sind. Senioren mit besonders intensiver Speichelbildung sitzen am Paketschalter, um anspruchsvollere Aufgaben mit vielen Wertmarken zu bewältigen. Diese Elite unter den Handleckern hat neben dem winzigen Schemel auch noch einen Tritt, mit dem sie selbstständig die Paketregale begehen kann, um dort nach dem Rechten zu schauen. Das STRUNK-PRINZIP meint: … und das Alter kann kommen!

Schließen möchte das STRUNK-PRINZIP, wie es begonnen hat: mit einem meisterlichen Text von Znieh Knurts.

Alter (1972)
Der Tisch, an dem ich lebenslang
Geäst hab ohne Unterlass,
Liegt jetzt verwaist im Abendlicht
Und kaum ein Krümel macht ihn schwer

Seh ich dort die junge Magd
Im Sommerkleid vorüberhuschen,
Süß und zart der Duft der Haut,
Von der ich nicht mehr kosten darf.

Krachend setz ich mich sodann
In den morschen Eiterstuhl,
Die Hand im Schritt, doch bleibt das Rohr
Regungslos für alle Zeit.

Welke Schenkel lupengleich
Schlurfen über das Gebälk.
Knatternd aus dem Spundloch tobt
Gewittergleiche Krachluft.

Oft schon wach ich nächtens auf,
Wähn den Sensemann bei mir.
Doch hab ich nur einen See Pipi
Unter mir gelassen.

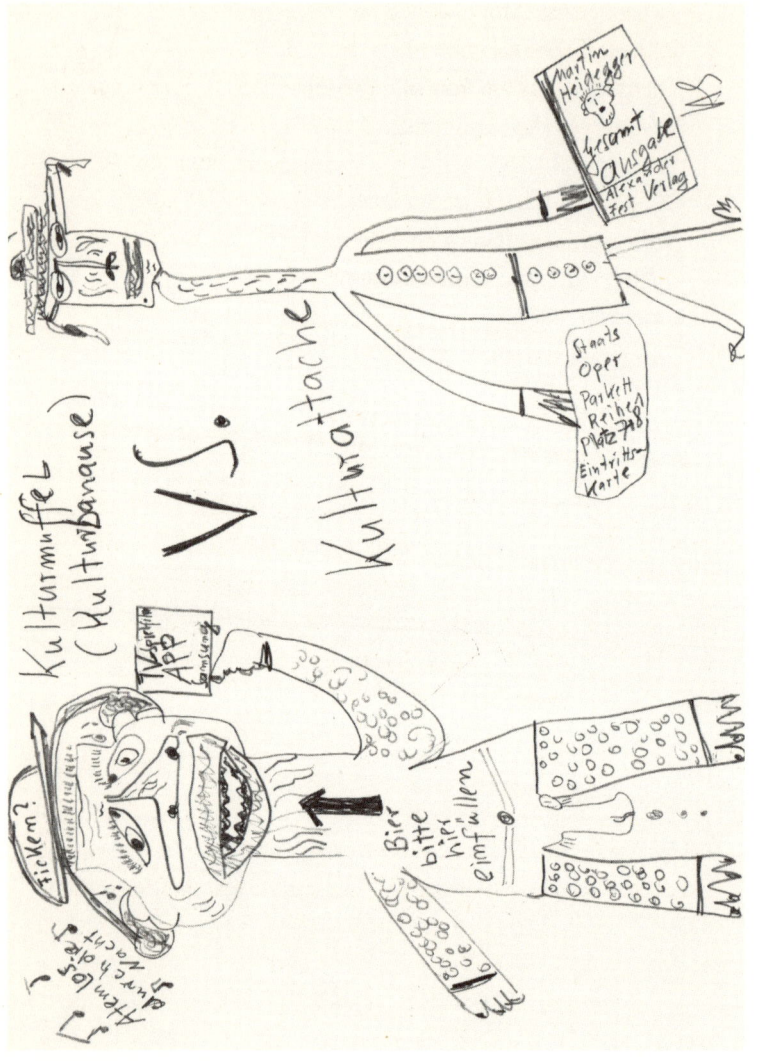

Buch bitte drehen

*Heinz Strunk, das ist kein asthmatischer Blödelbarde oder
überlauter Krawallkomiker; der Hamburger Humor-Oldie gleicht
vielmehr einem rotzfrechen Trüffelschwein beim grunzenden
Wühlen im Humus des kranken Zeitgeistes. Oldies but Goldies:
Wie gewohnt ruft er die hundert Prozent ab, macht er aus jedem
Fragezeichen ein Ausrufezeichen. Seine Technik: Überlegen.
Seine Schlussfolgerungen: Zwingend. Seine Methode:*
das **STRUNK-PRINZIP**

KULTUR – Eselsbrücke des Menschen

Kultur, ein magisches Wort, das schon beim bloßen Hörensagen Gänsehautfeeling pur erzeugt. Leitkultur, Hochkultur, Kul-
turattaché, das ist die eine, legale Seite der Medaille, die andere
lässt sich anhand von *Darkwords* wie Subkultur, Kulturschock
und Kulturbanause bestenfalls erahnen. In der heutigen Bussi-
und Schnorchelgesellschaft begnügt man sich im Übrigen auch
gerne mal mit *Kultur light. Periculum in mora* – Gefahr liegt im
Verzug!

Wo beginnen? Das STRUNK-PRINZIP nähert sich diesem
hochkomplexen Thema im Spinnenverfahren, d. h. scheinbar
beliebig und von allen Seiten. Ein emotional heftig aufgela-
denes Einsteigerbeispiel, das polarisiert und ratlos macht, ist
beispielsweise die *Kulturtasche* – Tabuthema, Dauerbrenner
und Zünglein an der Waage. Denn dieser Beutel bestimmt,
wer gerade einer Endmoräne von der Schippe gesprungen ist
oder zum Who is who zählt. Wer nichts zu verbergen hat, trägt
seinen *Bag* stets bei sich, und zeigt ihn ohne Aufforderung vor.
Frisch gebürstetes Nubukleder, Applikationen und Designer-
verschlüsse werfen markante Schlaglichter auf die Persönlich-

keit seines Besitzers. Im Inneren sollte in erster Linie eines herrschen: Ordnung. Peelingstift, Mundklammer, Warzenschere, alles befindet sich am rechten Platz. Doch was ist mit Hartplastikbilligtaschen, in deren verwittertem Bauch verrostete Nagelscheren im Sediment aus Rasierschaum und Deoschmand lagern, abgelaufene Psychopharmaka und in Stundenhotels entwendete Seifenproben einen ranzigen Schulterschluss mit Einwegpflastern, Nasenhaaren und unhinterfragbaren Ablagerungen bilden?

Ist das STRUNK-PRINZIP ein Schockprinzip? Nein, aber die Kulturtasche bietet wesentliche Verweise auf die schleichende Entwertung der Kultur, denn Kultur ist leider auch Kult geworden, hip, stylish, witzig. Kultur: Modewort aus der Trashwelt? Das STRUNK-PRINZIP fragt: Ist dieser Aufsatz ein Schwanengesang, erleben wir eine beispiellose *Danse macabre* der Kultur?

Schon nach diesem ersten, in abgehacktem Stakkato geschriebenen Absatz drohen unzählige Fallstricke und Stolpersteine den Diskurs vor der ersten wirklichen Hürde zum Straucheln zu bringen. Denn wer glaubt, Kultur auswringen zu können wie einen Schwamm, der muss sich Vorwürfe gefallen lassen, die niemand gerne hört. Kultur ist ihrem Wesen nach ein dialektischer Zwitterbegriff, eine Mausefalle ohne Speck; man kann das Phänomen weder mit mechanistischen Zahlenkorsetten noch mit mystifizierendem Allerlei knacken; surreale Metaphern sind ebenso wenig zielführend wie inkohärente *Faktenhuberei*. Das STRUNK-PRINZIP geht das Thema deshalb an wie uralte asiatische Brettspieler, die das Tableau Feld um Feld einengen, bis schließlich alle Figuren neben dem Brett stehen. Punkt eins: Kultur ist stets die Summe ihrer Einzelteile, eine inkommensurable Primzahl am Ende des Regenbogens. Verwirren wir die Zweifler mit wirren Behauptungen, die jedoch nur *scheinbar* wirr sind, in Wahrheit jedoch ein Raster bilden. Beginnen wir mit Klischees und Allgemeinplätzen, die es zu verifizieren gilt: Kultur ist der Nerzmantel des Menschen, eine Schlangenhaut, in die er hineinschlüpft. Heißt was? Erst durch Kultur wird der Kuhlenschläfer zum Tischsitzer, der die Lesebrille richtig herum aufsetzt. Statt Brüllexzessen Tischgebet, statt Napffraß tiefer Teller, statt Rudelbums Samenroulette – Kultur ist das Korsett, das Luft zum Atmen lässt und trotzdem Struktur gibt.

Bücher, Filme, Malerei: ohne Kultur Unwörter aus den Katakomben der Barbarei, Windbeutel ohne Sahne, Kniggefibel für Trickdiebe. In einer primitiven Gesellschaft sind Menschen Früchteesser und Onkeltypen, in einer Hochkultur Sitzriesen mit Intuition und Herzenswärme. Etikette, Manieren, Leibwickel machen das Leben in einer Gemeinschaft erträglich. Beispiel *Saunakultur*: Vordergründig ein Tempel der Hitze, ein diffuser Wechsel von Heiß-kalt-Reizen. Also schwitzen, fertig, aus? Was einfach klingt, ist in Wahrheit ein für den Laien nur schwer durchschaubares Regelwerk von *musts and must-nots*. Fußbad, Aufguss, Ruhezone, Eiskammer, Saunameister, Sanduhr, Thermometer, intransparente Begriffe einer intransparenten Welt. Schon im schizo-klaustrophobischen Labyrinth des Umkleidetrakts können irreversible Fehler begangen werden: Blackouts beim Spindbetrieb, Kleidungs-Fauxpas, Bückschwäche, um nur einige Kernprobleme schlaglochartig anzureißen. Im eigentlichen Schweißraum die unausgesprochenen Codes der Saunierenden; wer hier keucht, stöhnt, palavert oder sich gar mit blanken Händen auf die gewässerte Haut schlägt, wird schnell als kreuzdummer Neuling enttarnt. Schwitzwasser-Rinnen, *Kondensphobie*, Wallungen aller Couleur – wir müssen den Exkurs abbrechen, bevor er begonnen hat.

Behandeln wir das nächste Unterthema *uno actu* – in einem Akt: *Subkultur*! Ein krimineller Wirkungszusammenhang aus

Ökofleisch, Mundfäule und Versäumnissen, der die Leitkultur zersetzt. Der Subkulturelle sitzt mit Gleichgesinnten rowdyhaft in stillgelegten Tankstellen, lässt die Pfandflasche kreisen und fordert die Einführung der Ochlokratie. Die einzige Regel dieser Gestrandeten zweifelhafter Provenienz: Es gibt keine Regel. Subkultur pauschal zu stigmatisieren wäre jedoch der grundfalsche Weg, denn sie ist auch ein notwendiges Korrektiv, der dialektische Antipode jeder funktionierenden Hochkultur, die dunkle Schwester, die Muse als Gothic-Lolita, die noch jede Hochkultur nötig gehabt hat.

Womit wir schon bei *Kulturhistorie* wären. Man unterscheidet drei Stadien: Bis 500 n. Chr. die sog. diffuse Gesellschaft: Alles war eins, Grenzen, wenn überhaupt, bestenfalls fließend, Ordnungsschemata werden nur von Teilen der Gesellschaft akzeptiert, Kultur diente den Superreichen als Steckenpferd, sonst nix. Ab ca. 850 brach die fruchtbarste Zeit an, die Zeit der *Kulturgesellschaften*: Kultur stand über allem, Privateigentum, Liberalismus, Ästhetik, Kunst, Handel, all das musste zugunsten der Kultur ins zweite Glied rücken. Kultur, die große Illumination, die surreale Klammer. Seit ca. den neunzehnhundertfünfziger Jahren befinden wir uns im dritten und letztem Stadium, der entwerteten Gesellschaft; Stichworte Fusion, Vermengung, Trash, Globalisierung, vermehrte Investition in Sachwerte. Gänzlich neue Gravitationskräfte bestimmen auf bisher noch ungeklärte Art den weiteren Fortgang der Menschheitsgeschichte, die überkommenen Plattformen Arbeit, Hobbys und Familie haben endgültig ausgedient, Kultur ist zum ausgesprochenen Luxusgut geworden. Die Reputation der Hochkultur hat zugunsten der ubiquitären Massenkultur stark verloren. Noch ist jedoch nicht abzusehen, wer die Oberhand behalten wird. Das STRUNK-PRINZIP beweist, was es zu beweisen gilt: Nichts ist sicher!

Ausblick: Kultur befindet sich im Wandel und bleibt gleichzeitig, wie sie war: Spannend, witzig und mit einer Prise Augenzwinkern. *Kulturmuffel* haben in der Gesellschaft von morgen
ebenso wenig eine Chance wie Bringdienste, Hotlines oder
Gutscheine, sie sind Schnee von gestern, Hütchenspieler ohne
Hütchen, Zulu ohne Kaffer. Indessen müssen auch die Apologeten der Leitkultur endlich die zerfetzten Segel streichen und
die Überkommenheit ihres moralinsauren Standpunktes erkennen. Kultur ist ein Mäntelchen, das man weder in den Wind
hängt, noch an der Garderobe abgibt. Nur wer einsieht, dass
weniger mehr ist, dass Kultur weder statische Benimmnomen-
klatura ist noch Magna Charta, wird den Anforderungen der
Zukunft gewachsen sein und Kultur als das begreifen, was sie
immer schon war: Eselsbrücke des Menschen.

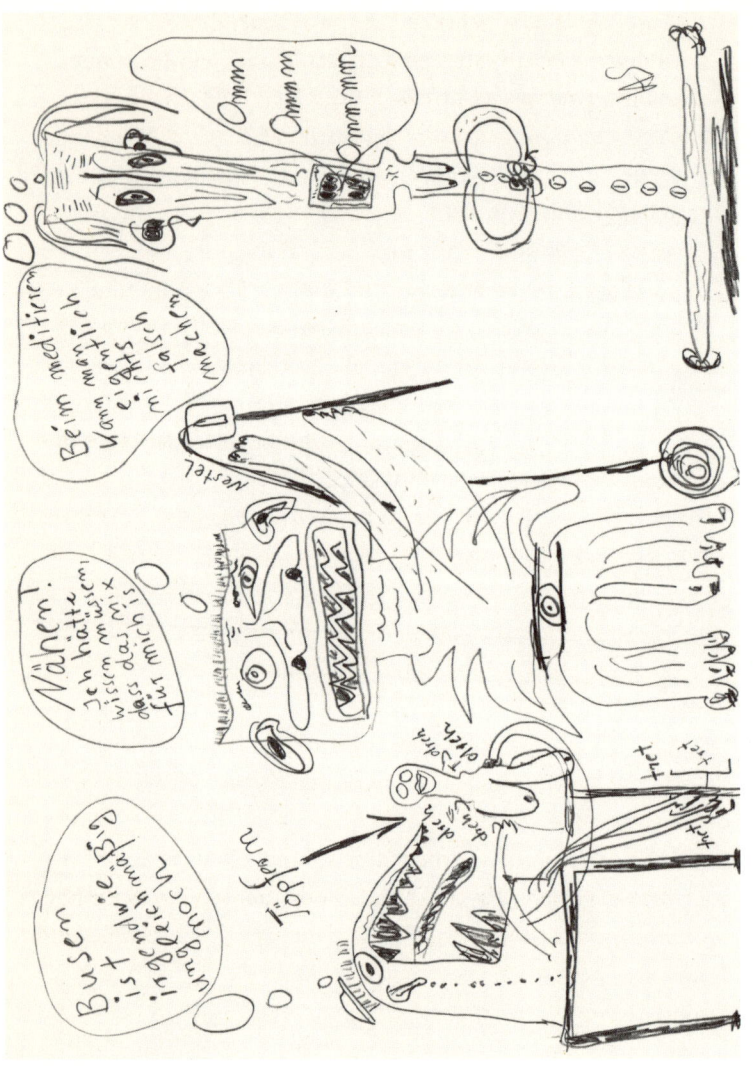

↺ Buch bitte drehen

*Was bedeutet das **STRUNK-PRINZIP** eigentlich genau?*
In Wahrheit nichts anderes, als eine Handvoll gelebtes Leben
auf der Habenseite zu haben. Heinz Strunk, der Mann, der
trotz aller erlittenen Demütigungen jeden Morgen die Flagge
hochzieht und den Vegetationskegel dieser kognitiv
hochwertigen Methode leuchten lässt!

HOBBYS – von Dur bis Moll ...

Hobbys. Ein glitschiges Thema, kaum zu greifen, schwer zu fassen; hat man es am Zipfel gepackt, schmiert es schon wieder weg. Was sind Hobbys überhaupt? Gelebtes Leben, sinnfreie Gestaltungsstudien, Urlaub vom Ich oder perfide Taktik der heutigen Freizeitgesellschaft, ihre Mitglieder künstlich klein zu halten?

Verkürzt gesagt sind Hobbys das Gegenteil von Arbeit, denn Arbeit bedeutet immer messbaren Gegenwert, Hobbys dagegen wertfreie Non-Work ohne Sachbezüge (Spinning). Das STRUNK-PRINZIP versucht die Nuss heute in einer Kombination aus Nuss- und Zwiebelverfahren zu knacken/häuten, Stichwort Knackhäutung. Zurück zum Thema: Hobbys. Die beiden Grundkategorien: Psycho- und Bodyhobbys. Psychohobbys sind z. B. Schach und Puzzle, Bodyhobbys Gartenkralle und Spagat. Manche Hobbys vereinen beides, wie z. B. Laubsägearbeiten. Sog. *Zwitterhobbys*, und damit schwer einzustufen, sind auch Grillen und Fernsehen. Kleine Anmerkung: *Citius, altius, fortius* – höher, schneller, weiter: ein trügerisches Motto in der Hobbyszene!

Hobbys und Persönlichkeitsprofile: Wer sollte aus welchen Gründen welche Hobbys ergreifen? Das STRUNK-PRINZIP arbeitet mit Beispielen: Für Rheuma- und Gichtkranke ist Mikado oder Sticken überhaupt nichts, stark Übergewichtige sollten möglichst nichts Technisches auswählen. Ideal für Dicke ist Kochen, Backen und Braten und für den Rheumakranken Literatur über chronische Krankheiten, insbesondere Rheumabücher, und für Alleinstehende wiederum auch Kochen, Backen und Braten. *Hobby paradox*: Einem geistig Behinderten ein Schachspiel oder einen Computer zu schenken ist kein Spaß mehr, sondern schlicht und ergreifend menschenverachtend. Diejenigen sollten sich etwas schämen, die feixend beobachten, wie der Behinderte versucht, die Schachfiguren zu essen. Für besonders schwierige Hobbys gilt: *Bonus vir semper tiro* – Ein guter Mensch bleibt immer Anfänger!

Rentner sollten generell keine Hobbys mehr ausüben, denn ein Hobby ist für Arbeitnehmer gedacht, zur Entspannung. Alte Menschen sind schon entspannt und brauchen sich nicht zusätzlich noch weiter zu entspannen, bis sie am Ende vollständig in sich zusammensacken. In aller Ruhe das Hörgerät auseinanderbauen und wieder zusammensetzen, das ist das Richtige für Pensionäre. Auch gut: Im Hobbykeller alte Poster Sortieren, Einkaufen Gehen oder mal wieder den Geräteschuppen «Ausmisten».

Kinder – Das Gold der Gesellschaft. Sie spielen den ganzen lieben langen Tag und empfinden das Spiel als Arbeit. Damit auch Kinder etwas Abwechslung erfahren, kann man sie für längere Zeit in einem abgeschlossenen Raum aufbewahren, damit sie sich wieder auf das Spielen freuen. Das ist nicht etwa pädagogisch bedenklich, sondern ein geschickter Wechsel von Heiß-Kalt-Reizen, wie sie in zeitgemäßer Erziehung gang und gäbe ist.

Ein Traum von Vielen ist es, das Hobby zum Beruf zu machen. Doch hier lauert ein unüberwindliches Problem. Beispiel:

Ein sechsundvierzigjähriger Mann (Name geändert) ist von Beruf Maurer, sein Hobby ist Herrgottschnitzen. Begeistert legt er eines Tages die Kelle aus der Hand und das Schnitzmesser in selbige, um der eigentlichen *Berufung* nachzugehen. Doch nun tut sich ein Dilemma auf: Der Mann ist jetzt von Beruf Herrgottschnitzer, braucht also was? Genau, ein neues Hobby! Ein Teufelkreis beginnt, wie er tückischer nicht sein könnte. Wieder neues Hobby, erneuter Berufswechsel, das Hobbykarussell dreht sich immer schneller, Frau weg, Auto kaputt, Wohnungsbrand, Pflegeheim, Tod.

Gefahr ist auch immer dann im Verzug, wenn ein zu Hobby exzessiv betrieben wird. Beispiel Spagat. Was irgendwann harmlos als Mittel gegen den Rückenschmerz begann, wird zum Kainsmal.

- **Stufe 1:** Der Spagatler sitzt stundenlang verbissen im Spagat herum und dehnt sich Millimeterchen für Millimeterchen. Zur Motivation hat er eine überlebensgroße Fotomontage aufgehängt, die ihn bereits im allertiefsten Spagatpunkt zeigt.
- **Stufe 2:** Sozial stigmatisiert hockt er Tag und Nacht zu Hause im Schneidersitz und dehnt sich exzessiv.
- **Stufe 3:** Es gelingt ihm nicht mehr, die abgestorbene linke mit der gerade eben noch durchbluteten rechten Körperhälfte zu koordinieren, hilflos bleibt er liegen und verdurstet.

Gerade für Spagat gilt: *Homines sumus non dei* – wir sind Menschen, keine Götter.

Andere, mit unkalkulierbaren Risiken behaftete Hobbys: Unterwassergehen, Inlinecatchen, Splatterhockey. Metzgerseelen und sonstige Schweinsgemüter gehen gern mal zu Tierversuchen und *öffentlichen Scheinexekutionen*. Verboten ist das zwar nicht, aber hart an der Grenze, findet zumindest das STRUNK-PRINZIP. Frage: Was sind das eigentlich für Menschen, die als Hobby *Mittelalter* angeben? Was sich hier an Abgründen offenbart, sprengt das menschliche Vorstellungsvermögen. Nächstes Problemfeld: Sammelleidenschaft. Herbert K. (Name geändert) sammelte Zahnersatz aus der Zeit vor dem Zweiten Weltkrieg. Was als nachsichtig bezwinkerte Marotte begann, wuchs sich zu einem Höllentrip aus. Schließlich fand man ihn leblos zwischen Gebirgen aus schnatternden Gebissen. Hobby bis zum Tod, eine Ausnahme, die gerade in Metropolen zur Regel geworden ist. Oder Peter W. (Name geändert). Auszug aus seinem letzten Interview, nur zwei Tage vor seinem Tod: «Der größte Schatz in meiner Sammlung ist eine Mayonnaisetube der Firma Siegbert aus dem Jahr 1978. Die Marke wurde nämlich schon nach vier Wochen wieder vom Markt genommen, und vielleicht bin ich der einzige Privatmensch überhaupt, der noch zwei unversehrte, original abgefüllte Tuben, Verfallsdatum 2.1.1980, besitzt. Meines Wissens gibt es nur noch ein Exemplar, aber das befindet sich nicht in Privatbesitz, sondern lagert im Tubenmuseum in Bitterfeld (DDR).» Gestorben für zwei Tuben Mayonnaise! Bescheuert, oder was? Fragt das STRUNK-PRINZIP. Für diesen bedauernswerten Menschen galt der mehr als wahre Satz *Mors certa, hora incerta* – Der Tod ist gewiss, ungewiss die Stunde! Hobbys, die keine sind: Fightclub mystique. Schrittweise kämpft sich der Fighter bei diesem zweifelhaften *Spaß* nach oben: Ideale Einstiegsgegner am untersten Rand der Opferpyramide sind Frührentner. An ihnen trainiert sich der Hobbyist die Schlaghemmung ab, um sich *Step by Step* bis zur Spitze hochzuprügeln, quer durch die europäische Skinhead- und Naziszene bis zu den ganz harten *Acern.*

   Das STRUNK-PRINZIP sachlich, allgemeine Bemerkungen

zum Thema Hobby: Man sollte ein Hobby wählen, welches nicht zu teuer, aber auch nicht zu billig ist. Auch sollte das Hobby zu einem passen und von der eigenen Familie nicht abgelehnt werden. Auch sollte das Hobby nicht zu altmodisch sein, sondern ein Türchen in die Zukunft aufstoßen. Man will schließlich kein Hobbygreis werden. Wichtig beim Hobby außerdem: Man muss Ersatzteile nachbestellen können. Auch sollte man sein Hobby mögen. Hobbys sollten möglichst wetter- und temperaturunabhängig sein, außerdem sollen sie verbinden und nicht trennen, ein Hobby darf nie zum Spaltpilz zwischen den Generationen oder gar zwischen Völkern werden. Auch sollte ein Hobby so neutral wie möglich sein und andere nicht stören. Jeder sollte für sich seinen Spaß haben, ohne dass er sich dauernd über sein Hobby beklagt wie ein Rohrspatz auf dem letzten Flug ins Ungewisse. So erfüllt das Hobby am Ende seinen Sinn: Wertvolle Arbeitsressourcen schonen und bis ins hohe Alter abrufbereit halten. *Ad multos annos* – auf viele Jahre Freude am Hobby behalten!

Noah

Arche

Qualle
(schwimmt
selbständig
mit)

In letzter Zeit beginnen sich zunehmend auch Kinder,
Kiddies, Jugendliche, Teenys, Halbstarke usw. für das
STRUNK-PRINZIP *zu interessieren. Allerdings können sie*
mit den vielen Fremdwörtern und mit den coolen Latein-
schnacks oft nicht so viel anfangen. Deshalb, und auch
nur heute: Das **STRUNK-PRINZIP** *in Babysprache.*
Das versteht nun echt jeder!

TIERE – Partner des Menschen

Das STRUNK-PRINZIP fragt erst einmal ganz naiv in die Runde:
Was genau sind eigentlich Tiere?

A) **Vögel:** fröhlich, Stichworte Piepmatz, Flatterei, Feder-
   kleid, tiriliert aus lauter Daseinsfreude wie der Ochs vorm
   Berge. Hat einen Jieper auf trockenes Brot und Meisen-
   knödel.
B) **Schlangen:** eifrig züngelnd durchstreift der funkelnde
   Kamerad das Unterholz, um wenig später am Teiche zu ver-
   weilen und seine Haut abzustreifen.
C) **Kühe:** lieb, täppisch, versorgen uns Menschen mit dem
   weißen Gold, auch Milch genannt.
D) **Hunde:** linkisch, grob. Kadavergehorsam, Treue bis in den
   Tod.
E) **Katzen:** verschlagen, bösartig. Leben in geschlossenen
   Räumen.
F) **Fische:** wässrig, duldsam. Stumm schwimmt der Fisch umher
   und signalisiert Interesse, wo gar keines ist.
G) **Pferde:** nutzlos, dumm. Müssten aussterben, werden jedoch
   vom Menschen künstlich am Leben gehalten wegen der

Fleisch- und Wurstspezialitäten, die man aus ihnen zaubern kann und die teilweise tatsächlich sehr gut schmecken.

H) Quallen: dumm, zäh. Nehmen eine Sonderstellung unter den Tieren ein.

Zusammenfassung: Zwei Drittel Dutzend Lebewesen, eine Oberkategorie: Tiere. Wir wollen uns nun im Zwiebelverfahren diesem vielschichtigen Thema annähern. Was ist ein Tier überhaupt? Wo fängt es an, wo hört es auf? Grunddefinition: Ein Tier ist keine Pflanze, aber auch kein Pilz. Moderne Tiere, wie wir sie heute kennen, sind Mehr- oder Multizeller, auch *multitimbral* genannt. Tiere gibt es von bis, von der Alge bis zum Springbock und noch höher entwickelten Tieren. Es gibt Tiere, die noch unentdeckt ihr Nischendasein fristen und vielleicht nie erforscht werden. Beispiel *Protonquabelle* (Phantasiename). Tiere werden nach ihrer jeweiligen Nutzlast eingeteilt und gelten in der modernen Rechtssprechung nicht mehr als Sachen.

Beispiele für süße Tiere: Frätzchen, Kätzchen, Spätzchen, Bienchen, Vögelchen. Beispiele für unangenehme Tiere: Pferd, Qualle, Specht, DDR-Rind. Wild- und Haustiere: Es gibt Tiere, die in der freien Wildbahn leben und ihre Freiheit und das Abenteuer brauchen, sowie Haustiere, die ganz ruhig und schläfrig ihr bescheidenes Tierdasein fristen. Die Haustiere halten sich beim Menschen auf, sie werden von ihm gefüttert und gebadet. Das Haustier geht ohne den Menschen ein, weil es unselbständig ist. Haustierklassiker sind Hunde und Katzen, aber auch Kleintiere wie Hamster und Kaninchen wären hier zu nennen, und als Wassertiere Fische, die besonders lieb und ruhig sind. Im Gegensatz dazu kann das Wildtier ganz gut alleine überleben. Es hält sich in der freien Natur auf und sucht sich selbständig seine Nahrung. Wie beim Menschen unterteilen sich auch die Tiere in kluge und dumme. Das klügste Tier ist sicher der Affe, der dem Menschen ähnlich sieht, unablässig in seiner Affensprache plappert und schon mit Werkzeugen hantiert. Andere kluge Tiere sind Ratten oder Schweine. Total dumm sind Pferde. Das Pferd merkt praktisch gar nichts. Normalerweise sind alle Tiere zu etwas nützlich, Ausnahme: Pferde. Das Beste am Pferd ist hinterher die Pferdewurst. Auch dumm sind Würmer und Quallen. Nächste Gruppe: Säuge- vs. Eiertiere. Säugetiere sind Eiertieren grundsätzlich unterlegen, da sie sich eben sehr lange um ihre Nachkommen kümmern müssen und derweil schutzlos den Angriffen Dritter ausgesetzt sind. Eiertiere hingegen legen die Eier im Warmen ab und können sofort danach wieder ihren eigenen Angelegenheiten nachgehen. Die Eier, die nicht von Schlangen und Molchen gefressen werden, brüten sich selbständig aus (Eigenbrüter) und sind von der ersten Sekunde an lebensfähig.

Luft-, Land- und Wassertiere: Im Wasser gibt es die meisten Arten, auch viele noch unentdeckte in mehreren hundert Metern Tiefe. An Land haben die Tiere Beine bekommen und in der Luft Flügel (Vögel). Herrscher der Lüfte ist der Adler, ein grundaggressiver Raubvotz, der weder Spaß noch Erbarmen kennt. Faustregel: Seine Beute hat die Größe der eigenen Spannweite, also bis zu einem Meter Höhe, worunter auch mittlere Säuger und Zwerge fallen können. Auf dem Land gibt es verschiedene Königstiere – Elefanten, Löwen, Giraffen, Nilpferde usw. Der König der Wassertiere ist die Qualle. Sie versteht es sehr geschickt, die anderen Fische mit ihrer hinterlistigen Art gegeneinander auszuspielen. So hat sie sich ihren sicheren Platz als Nummer eins unter den Fischen auf Jahrhunderte gesichert. Sie vereint auch noch andere Superlative unter ihrem total verfetteten Quallendach, beispielsweise ist sie das hässlichste Tier der Welt, noch vor der Hyäne oder dem Pavian mit seinem großen, roten Arsch. Die Qualle schleppt ihren schweren, total aufgedunsenen Quallenkörper von einem Ort zum anderen, eigentlich ist sie schon so kurzatmig, dass sie sich nur noch im Wasser treiben lassen kann. Die Qualle hat kein Gesicht und keine Arme und gar nix. Die Qualle ist dumm, aber sehr zäh. Sie wird voraussichtlich nie aussterben mit ihrer Bauernschläue. Wenn alle Tiere schon längst tot sind, lässt sich die Qualle immer noch von Punkt A nach Punkt B treiben. Nächstes Scheißtier: das Pferd. Das Pferd meint, es sei der King auf der Weide, was es aber nicht ist, weil das nämlich schon die Kuh ist. Pferde sind extrem nutzlos und eignen sich lediglich zur Herstellung von Sülze, Kotelett und anderen Delikatessen. Tiere und Humor: Tiere selbst haben keinen Humor, es werden jedoch gerne Witze mit ihnen und über sie gemacht. Beispiele:

1) Warum summen Bienen? Weil sie den Text nicht kennen! (Auch Insekten sind niedrigrangige Tiere!)
2) Vögel, die morgens singen, holt abends die Katze (zwei Tiere in einem Witz).
3) Norman (Beispielname/DDR) lügt schneller, als ein Schwein hochspringt (Redensart 1).
4) Als Mensch zu dumm und für ein Schwein zu kleine Ohren (Redensart 2).
5) Mein Portemonnaie ist aus Zwiebelleder: Immer wenn ich reinguck, muss ich weinen! (LEDER – Haut der Tiere, deshalb).
6) Ich hab Tiere sehr gern. Am liebsten mit einer leckeren Soße! (grenzwertig, geschmacklos)

Manche Tiere sind schon längst wieder von der Bildfläche verschwunden. Beispiele Solarmaus, Ebe, Muselch, Trapezfisch. Bekanntestes Beispiel ist aber wohl der Saurier. Diese mächtigen Doppelkaltblüter wurden im Laufe der Jahrmillionen

immer größer und dicker, ihr haselnussgroßes Erdnusshirn
konnte da nicht Schritt halten. Verschärfend kam hinzu, dass
sie auch noch immer längere Hälse kriegten, sodass die Zeit-
spanne, in der ihr kleines Spatzenhirn die Befehle an die Glied-
maßen übermittelte, immer länger wurde, bis sie irgendwann
gar nicht mehr ankamen. Beispiel: Ein Beutetier ist gesichtet
worden! Bis die Befehlskette das träge Tier in Bewegung ge-
setzt hatte, war das Beutetier längst über alle Berge. So sind die
Dinosaurier ausgestorben: weil sie zu dumm waren, und nicht
etwa von einem oder mehreren Meteoriteneinschlägen, wie alle
Welt behauptet.

Die Zukunft der Tiere: Fraglich. Es gibt praktisch kein Tier,
das nicht ausstirbt. Von den Tieren der ersten Generation
(1 Milliarde v. Chr.) lebt kein einziges mehr. Da die Evolution
trotzdem weitergegangen ist, werden neuerdings Fragen nach
dem generellen Nutzen von Tieren laut. Aber den Menschen
braucht ja streng genommen auch keiner. So bilden Tiere und
Menschen eine ewige Schicksalsgemeinschaft. Stichwort mit-
gefangen, mitgehangen, eines ist ohne das andere nur schwer
denkbar. Der Mensch sollte jedenfalls ein kameradschaftliches
Verhältnis zu seinen gefiederten Freunden pflegen und immer
dran denken: «Was du nicht willst, dass man dir tu, das füg
auch keinem anderen zu» (kategorischer Imperativ).

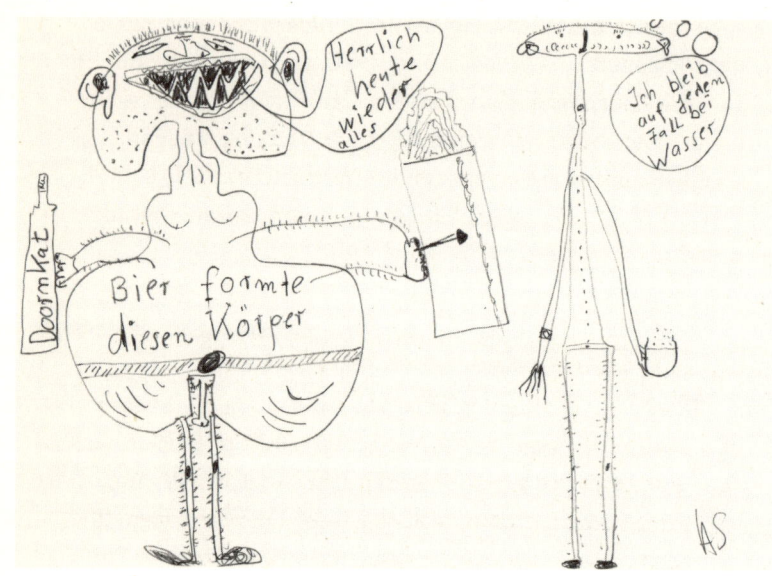

*Der Welt auf die Spur kommen, das will Heinz Strunk
mit dem von ihm persönlich entwickelten, faktenbasierten
STRUNK-PRINZIP. Denn die Welt ist mehr, wie auch das
Leben mehr ist: Gehirnjogging für alte Junge und junge Alte,
Notabitur für Umschüler, ein Major Deal für Vergessene, ein
Bergfest für Hobbychirurgen. Ob Après-Ski, Designermützen
oder Fingerfood – Heinz Strunk, der oft als depressives
Pantoffeltierchen geschmähte Ausnahmetheoretiker,
bleibt seiner Linie treu: Wahrhaftigkeit.*

TRINKER VS. ABSTINENZLER –
Gut gegen Böse

- Es gibt eine Legende, die besagt, Gott habe am Ende des Schöpfungsaktes den Menschen noch etwas Gutes tun wollen und ihnen deshalb die Tomate geschenkt. Wie steht's mit Alkohol?
- Griechen und Römer priesen als einzige menschenwürdige Daseinsform die Muße. *Otium cum dignitate* – Muße mit Würde. Doch was ist Muße ohne Alkohol? Langeweile!
- Es gibt nur zwei Grundformen des menschlichen Daseins: die Suche und das Warten. Ebenso gibt es nur zwei radikale Räume auf der Erde: die Wüste und die Höhle. Und es gibt Trinker und Abstinenzler.

Das STRUNK-PRINZIP nähert sich diesem vielschichtigen Thema im Spinnenverfahren, also scheinbar beliebig und von allen Seiten, um die Nuss dann blitzartig zu knacken. *Nihil tam difficile est, quin quaerendo investigari possit* – Nichts ist so schwierig, dass es nicht erforscht werden könnte! Das STRUNK-PRINZIP erklärt den Unterschied zwischen Sturzsuff, Ekelsuff, Inspirationssuff, es unterscheidet zwischen Genuss-, Hobby-, Spiegel- und Wirkungstrinkern, räumt auf mit dem ewigen Mysterium *Bilanzalkoholiker* und wagt die überraschende These: Alkoholismus ist der Imperialismus des kleinen Mannes. Wein, Weib und Gesang? Diese Verbindung löst sich, die Flasche hält länger vor! Das STRUNK-PRINZIP fragt: Was ist schlimmer: Lehrer mit Ouzofahne oder Tischler mit Phantomkater? Was genau eigentlich versteht man eigentlich unter einem *Gamma-Alkoholiker*, sind *Leckbiertrinker* die schlechteren Menschen, wie praktiziert man *Vernichtungstrinken* undundundoderoderoder. Das STRUNK-PRINZIP deckt auf: Korsakow-Syndrom, Delir, Stupor, Gratifikationskrise, Co-Abhängigkeit, operante Konditionierung, Alkoholdemenz – Erfindungen der *Erfrischungsgetränkeindustrie*. Weiter: Das STRUNK-PRINZIP stellt unbequeme Fragen. Sekt – Standbein des Frauenalkoholismus oder Brain Booster, Denkbeschleuniger, Hirnkompressor? *Integer vitae scelerisque purus* – Rein im Leben, frei von Verbrechen!

Alkohol im Faktenkorsett. Im Kommen: Berufe rund um den Alkohol – Getränkeschlosser, Bierwart, Zapfanlagenaufsteller, Korkenzieher. Fundstück, aus einem Alkoholikerfragebogen: FÜHLEN SIE SICH 100 % (!!) BESSER, WENN SIE ALKOHOL GETRUNKEN HABEN? Oh, là, là, ein Alkoholproblem! Das STRUNK-PRINZIP fragt: Was heißt eigentlich Problem? Wer das Wort PROblem untersucht, stellt fest, dass PRO ja eigentlich FÜR heißt. PRObleme sind also für uns gemacht und nicht gegen uns. Sonst hießen sie ja ANTIbleme. Und damit gilt wieder mal 1:0 fürs STRUNK-PRINZIP! Reizthema Alkohol und Selbstmitleid. Das STRUNK-PRINZIP mahnt und warnt mit einer uralten sibirischen Weisheit: «Ich weinte einmal, weil ich keine Schuhe hatte, bis ich einem Mann begegnete, der keine Füße hatte.» Leider traurig: Trockene Alkoholiker, die

den Rest ihres Lebens literweise Bohnenkaffee in sich hinein-
schütten, Kekse nagen wie die Hamster und ins Leere starren.
Das STRUNK-PRINZIP will auch die dunkle Seite des Alkohols
nicht verschweigen. Beispiel Sabine W. (Name geändert): «Der
Alkoholismus haust in ihr wie eine unheilbare Krankheit, wie
Schwamm am Dachbalken, allein in der letzten halben Stunde
hat sie sich einen halben Liter Weinbrand über den Gaumen ge-
drückt. Ein verwachsener, eulenköpfiger Menschenrest, schon
nicht mehr im Geschlecht erkennbar, aufgeschwemmt vom
Müllfraß, halb Zyklopenbrut, halb vergreistes Schulmädchen.
hospitalistisch wippend, in den kaputten Kiefer geschraubte
Kunstzähne, das lange Haar verfilzt und verkrustet, durch Cola,
Öl und Kotze gezogen, sodass es leimstarr wie eine gepresste
Matte auf ihrem Rücken liegt. In ihrer Verwahrlosung hat sie
eine gewisse Vollkommenheit erreicht. Sie scheint uns allen
sagen zu wollen: Es endlich sein lassen, Abort werden.» Das
STRUNK-PRINZIP meint: Wer zu tief ins Glas schaut, wird eines
Tages hineinfallen. *Morituri te salutant* – Die Todgeweihten
grüßen dich! Egal. Weiter, das STRUNK-PRINZIP psychologisch:
Sag mir, was du trinkst, und ich sage dir, wer du bist.

- Biertrinker: Freundlich, begriffsstutzig, leicht zu täuschen.
  Isst gerne und viel, sportinteressiert, feiert jedes Jahr
  seinen eigenen Geburtstag. *Motto*: Ein Kasten Bier ist ein
  Getränk für zwei Personen, wenn einer nicht mittrinkt.
- Weintrinker: Freund der leisen Töne, reiselustig, politisch
  gemäßigt, Sudoku, allgemein Denksporttyp, lacht über
  Kabarett. *Motto*: Die ganze Schnauze voll Wein.
- Mixgetränketrinker: Unstet, zerrissen, anfällig für Herz-
  Kreislauf-Erkrankungen, legt schnell an Gewicht zu. *Motto*:
  Nachdurst ist schlimmer als Heimweh.
- Schnapstrinker (brauner Schnaps): Müde, ausgebrannt,

Raucher, pfeift auf dem letzten Loch, schlechter Esser, Säufernase (Alkoholikerampel). *Motto*: Es ist ein Brauch von alters her, wer Sorgen hat, hat auch Likör.

- Schnapstrinker (weißer Schnaps): Pfiffig, unternehmungslustig, flexibel (wechselt problemlos Beruf und Wohnort), Hundehalter, sympathische Marotten. *Motto*: Das wärmste Jäckchen ist das Conjäckchen.

- Durcheinandertrinker: *Variatio delectat* – Abwechslung erfreut? Von wegen: ist ständig krank, Single (unfreiwillig), schlechte Haut, lebt in Dörfern und Städten unter 50 000 Einwohnern, bauernschlau, trotzdem meist erfolglos. *Motto*: Was trennt zwei Alkoholiker und zwei Nymphomaninnen? Die Cockpittür (Flugzeug).

Das STRUNK-PRINZIP möchte sich bei dieser Gelegenheit auch für die Abschaffung der negativen Konnotation des Begriffs «Alkoholiker» einsetzen. Nach herkömmlichem Verständnis ist das jemand, der sein Leben nicht im Griff hat, ein grundarmes Schwein, ein Loser, Nichtsnutz, Kacksack. Dabei ist es doch ganz anders: Unter einem Alkoholiker verstehe man jemanden, der Ahnung hat von Alkohol. Punkt, Aus, Ende der Durchsage. Genauso gut, fast noch besser: Morphinist!

Nächstes Thema: Alkoholiker vs. Abstinenzler, *uno actu* – in einem Akt!

Abstinenzler: Mäßig intelligent, angepasst, unauffälliger «Durchschnittstyp von nebenan». Schmeißt mit «Lebensweisheiten» nur so um sich: «Carpe diem» / «ein Tag ohne Lachen ist ein verlorener Tag» / «Lass nicht zu, dass jemand nach einer Begegnung mit dir nicht glücklicher ist als vorher». Sagt's und schämt sich nicht dabei. Sammelt Star-Wars-Figuren, vergleicht Preise und spart am falschen Ende. *Sozialverhalten*: Kontaktfreudig wie ein Fisch, verhakt sich dauernd in winzigen, nutzlosen Details. Wie ein Eimer, der ein Loch hat, rinnen die immer gleichen Legosätze unaufhörlich aus ihm heraus, was eben so gerade durch das winzige Gehirn schießt, keine Minute Schweigen. Das STRUNK-PRINZIP bezieht Stellung: Jedes Wort ein Schlag ins Genital. Aus den Werkstätten von Kleinmeistern. Er ist keiner kühnen Tat der Leidenschaft, der Liebe und des Hasses fähig, weil seine schwachen Nerven nie den Stachel, das Feuer des Lebens spürten! Kennt nur die Sorge für seine trockenen Füße, achtet ängstlich auf seinen Herzschlag. Ohne den geringsten Faden von sinnlicher Lust, Sucht und Chaosfähigkeit. Sein geschlechtsschmächtiges Leben wird nie eine Frau in den Bann ziehen. Gott schützt den Lustmenschen, den Dünnflüssigen jedoch stößt er ins Verderben! *Legi intellexi condemnavi* – Ich las, begriff, verdammte!

Wenig Freude haben Trinker in der DDR. Schon mal von *Rhöntropfen* (Magenbitter) oder *Kreuz des Südens* (Aprikosenlikör) einen Vollrausch angesoffen? Dazu *Juwel*-Zigaretten satt, als Grundlage *Bautzner Topfsülze* oder *Oberlausitzer Deichelmauke*. Für Eilige tut's auch eine *Fettbemme* (Brot mit Schmalz). Viel Vergnügen!

Der Trinker: Klug, leidenschaftlich, zumeist künstlerisch hochbegabt, bekleidet Führungspositionen. Angetrunken vor sich hin dämmern ist für ihn unentbehrliches Mittel der Wahrnehmung und Abwehr gegen das gestochen Konkrete. Seinem Restlichtverstärker genügt der trübste Schein in der Finsternis, ein winziges Gläschen schon, um die Welt in Glanz getaucht zu sehen. Und schon schwappen die Wellenkämme des Rausches über ihm zusammen wie der Überroll des Orgasmus. Heiter geht er durchs Leben, denn er weiß: Was bleibt am Ende übrig? Stotterschritt, Restharn, Hohlfuß, Schließmuskellähmung, entzündetes Nierenbecken, der delirierende Phallus geköpft, das Leben versickert in einem dünnen, traurigen Murmeln. Sein hoffnungsfrohes Motto: «Darauf einen Dujardin.» Der Trinker wird heiß geliebt, zwar oft als rücksichtslos, als Schwein, Betrüger und Verräter bezeichnet, aber an seinen sinnlichen Genüssen möchten seine Gegner dennoch Anteil haben! Trinker – *Geschöpfe der Lust*. Nichttrinker – *Geschöpfe der Unlust*. So einfach ist das. *Zusammenfassung*: Sollte die Menschheit ohne chemische Ferien, ohne künstliche Paradiese das Leben ertragen können? Es ist keine Kultur bekannt, die sich nicht den Genuss vergorener oder gebrannter Getränke gegönnt hätte. Viele Menschen wurden dadurch getröstet, ja glücklich gemacht. Alkohol als Mittel, ein oft schlimmes Leben fröhlich zu meistern oder wenigstens glimpflich zu überstehen. Die Leistung des Alkohols im Kampf um das Glück und zur Fernhaltung des Elends wird so sehr als Wohltat geschätzt, dass Völker ihm eine zentrale Stellung in ihrer Libido-Ökonomie einräumen.

Das STRUNK-PRINZIP schreibt mit überbreitem Edding ins Stammbuch: Wer sich eisern an die vier goldenen Trinkregeln hält, *kann* gar nichts verkehrt machen:

1) Tagsüber trinken ist nur erlaubt in Begleitung anderer trinkender Erwachsener.
2) Auf einem Bein kann man nicht stehen.
3) Einer geht noch.
4) Einmal ist keinmal.

Das STRUNK-PRINZIP endet mit der *Skizze eines schönen Todes*: Mit einem Fass Korn in der Wüste ausgesetzt zu werden. Ein letzter höchster Rausch, ein Lichthieb durch die Nacht, ein aufflammendes Vorbei, und dann heißt es: Arrivederci Hans, das war der letzte Tanz! Wahlweise: Sag zum Abschied leise servus. Der Trinker bleibt stets *Tertius gaudens* – der lachende Dritte!

*Vor heißen Eisen zucken die meisten zurück, doch beim
nach dem neuesten Stand der Teilchenforschung entwickelten
STRUNK-PRINZIP bleibt die Pferdedecke des Schweigens
im Picknickkorb, denn den Mund halten in der modernen
Discountgesellschaft schon viel zu viele. Heinz Strunk beweist
gegen den erbitterten Widerstand pausbäckiger Blödel-
barden, frustrierter Weißweinjunkies oder dicklicher
Nestbeschmutzer wieder mal: Mut!*

KRANKHEITEN – Wege in den Tod

Krankheiten: eine Themenspindel, die schon oft aufgewickelt
wurde. Doch nicht vom STRUNK-PRINZIP! Wieder liefert es
sowohl wichtige Detailinformationen als auch den großen
Rundumschlag. Denn beim STRUNK-PRINZIP wird aus der
Fülle geschöpft! Morbus Schupp, Zementkrätze, Besenreiser,
Rückentremor, Brombeerkopf, Herzkasper – *Klassiker der
Krankheit*, austherapiert, wegtherapiert, tottherapiert. Diese
Big Standards lösen unter Profimedizinern wahlweise ein mü-
des Schmunzeln oder herzhaftes Gähnen aus, und auch der
Laie bleibt hinter seinem Ofen hocken. Während man in den
neunzehnhundertneunziger Jahren noch an schicken Desi-
gnerkrankheiten wie Herpes oder Lungenfibrose litt, sprechen
wir heute vom *Zeitalter der Angst*. Der Patient des 21. Jahrhunderts ist ein Befindlichkeitsvirtuose, der seine Lebenszeit
mit krankhafter Selbstbespiegelung verschwendet. Mal meint
er, an *Morpholomie* (Angst, sich selbst zu verdauen) zu leiden,
am nächsten Tag lautet die Diagnose: *Haubenangst* (Angst, dass
die Haare über dem Kopf zu einer Haube zusammenwachsen),
wenig später ist er felsenfest davon überzeugt, *dendrophil* (von

Bäumen und Pflanzen sexuell erregbar) zu sein. Einem Zitter-rochen gleich zittert er sich durch sein verhuschtes Dasein wie ein Rohrspatz auf dem Flug ins Ungewisse, von seiner Umwelt als Sonderling, Kauz, Spinner zum Quadrat, König der Marot-ten, Kaiser der nervösen Ticks verspottet; als Psycho, Nerd und Nervenwrack, Grenzgänger einer imaginären Demarkations-linie. Sein Leben gleicht einer Kakophonie, abgespielt auf der untemperierten Klaviatur des nicht vorhandenen Nervenkos-tüms; übrig bleibt am Ende (im Endeffekt) ein schwadronie-render Halbgreis mit Schließmuskellähmung und chronisch entzündetem Nierenbecken, gestaucht, gekrümmt, verbockt, verschuppt, vertalgt, von Ermüdungsbrüchen geschwächt, von Adern- und Narbenschmerz gepeinigt, in Duldungsstarre verfallen. *Medicina soror philosophiae* – die Heilkunst ist die Schwester der Philosophie! Stimmt dieser Satz überhaupt noch, fragt das STRUNK-PRINZIP?

Wenden wir uns zunächst wieder den Fakten zu: Krankheit ist mehr als Mangel an Gesundheit, Krankheit ist ein langer Trip durch das *Reich des Schmerzes*, eine Spazierfahrt durch die *Lager des Siechtums* und eine sichere *Eintrittskarte ins Toten-reich*. Ärzte, Schwestern, Krankenkassen, Pfleger und andere Sterbehelfer stehen Spalier und bilden die schwarze Kohorte, die dir mit festem Griff in den Holzpyjama (Sarg) hilft. *Morituri te salutant* – Die Todgeweihten grüßen dich! Doch gehen wir Schritt für Schritt, denn Krankheit ist nicht gleich Krankheit! Krankheit ist in erster Linie Vielfalt: Ödem vs. Schnupfen, Herz-kranz vs. Hodenquetschung, Schrumpfniere vs. DDR-Grippe (taucht etwa alle 3–4 Jahre in der Ostzone auf), unterschied-licher geht's kaum! Merke: Der Mensch hat nur einen Body, wenn der kaputt ist, dann gute Nacht, Marie. Von der Sonnen-bank geht's aufs Sterbebett, außer man hat genug Geld, um bei

der Ost-Organmafia eine frische Niere oder Lunge zu kaufen. Wie Schlachtvieh werden Unschuldige in unterirdischen Verliesen gehalten und bilden so das menschliche Ersatzteillager, das gichtkranke Multimillionäre künstlich am Leben erhält.

Der Schulmädchenmedizin ist das egal, denn die will nur eins: Profit auf Kosten Kranker. Eine ganze Industrie lebt vom menschlichen Leid. Die speichelleckenden Sauklumpen der Pharmaindustrie, Ärzteschaft und Krankenhäuser wollen kein Gramm Fett aus ihren randvollen Fleischtrögen herausrücken. Unschuldige Billigpatienten werden mit erlogenen Diagnosen auf einen oft jahrelangen Horrortrip durch die überteuerten Geräteparks der Hightech-Medizin gejagt. Mit Röntgen, Kernspin und Neutronenstrahlen verschmurgelt, die aufgedunsenen Körper mit industriell gefertigten Medikamenten künstlich aufgebläht, das kranke Gemüt mit Elektroschocks, Antidepressiva und Neuroleptika ruhiggestellt, gibt der Körper irgendwann auf. In der finalen Phase ist die gesamte Zellstruktur toxisch, Gewebsflüssigkeit tritt unkontrolliert aus, und lebenswichtige Organe quittieren eines nach dem anderen ihren Dienst. Nach der finalen Notoperation soll der Patient möglichst lange am Leben erhalten werden, um noch mehr Cashflow in die Taschen seiner Mörder zu spülen. *Medicus curat, natura sanat –* Der Arzt hilft, die Natur heilt! Ist an dieser Weisheit überhaupt noch irgend etwas dran? Fragt das STRUNK-PRINZIP!

Wie hat eigentlich alles begonnen? Du bist morgens aufgewacht, ein leichtes Zwicken im Bauch, wahrscheinlich harmlos, schnell mal kurz zum «Onkel» Doktor, dachtest du. Doch markiert dieser erste Arztbesuch den Beginn einer langen Reise, die dich durch verschiedene Länder, *Kontinente des Leidens* führt. Ein Weg, der mit blutigen Verbänden gepflastert ist, mit durchgesuppten Mullbinden und eitrigen Pflastern, der

Weg des Gipses, der Pfad der Schienen und Stützverbände, der Kreisverkehr aus Tabletten, Spritzen und Kanülen, gesäumt von Dialysegeräten und Herz-Lungen-Maschinen. *In vivo*: am lebenden Objekt! Und am besten ohne Narkose, denn die kostet nur unnötig!

Beispiele gefällig? Bitte schön:

- OP am offenen Herzen. Der Professor hat noch 2,4 Promille Restalkohol im Blut. Die unschönen Folgen: Ein fünf Zentimeter langes Stück der Operationsnadel bricht ab, er vergisst im geöffneten Brustraum Arterienklemme und Operationstuch, und beim Verschließen der Wunde näht er einen Wattebausch ein, der nach drei Monaten im Gewebe verkapselt ist. Unerträgliche Schmerzen bis an dein Lebensende.

- Tumor im Kopf, Notoperation. Nervös vernäht der blutjunge Oberarzt deinen Schädel, seine nigelnagelneue Rolex rutscht ihm dabei vom Handgelenk, landet in deinem Kopf. Du wachst auf, das Ticken macht dich verrückt, nach zwei Jahren bist du am Ende, legst deinen Kopf auf die Schienen und lässt deinen Schädel vom ICE zermalmen. Die Polizei wundert sich später nur, warum du dir vorher noch die Uhr abgenommen hast.

- Die Augen des Chirurgen glühen auf: Vor ihm auf dem OP-Tisch sein schlimmster Feind, der ihm Frau und Kinder weggenommen hat, zufällig eingeliefert mit einem Magengeschwür. Fachmännisch lässt er drei Rasierklingen unbemerkt im Bauchraum verschwinden. Sein Feind stirbt Wochen unter entsetzlichen Qualen. Auf dem Totenschein steht: Tod durch leichtsinniges Verhalten nach schwerer Magen-OP.

- Vierzig Jahre schwerer Raucher, das linke Bein muss

amputiert werden. Schlimm genug, aber es kommt noch
schlimmer: Der Chirurg arbeitet wie am Fließband, die Tinte
auf der OP-Anweisung ist zerlaufen. Du wachst am nächsten
Morgen auf, bist noch ganz benebelt. Als dich der Oberarzt
bei der Morgenvisite per Handschlag begrüßen will, merkst
du, dass dir der rechte Arm abgenommen wurde.

- Die Weisheitszähne müssen dringend raus! Unter Vollnar-
kose sollen alle vier gleichzeitig gezogen werden. Doch
der in Geldnot geratene Kieferchirurg schleift dir stattdessen sämtliche Zähne bis auf die Wurzel ab und verpasst
dir extrem schlecht sitzende Jacketkronen. Du siehst aus
wie ein Krokodil. Die Rechnung für diese «Behandlung»:
32 000 Teuro.

Zwischenfazit: Die Krankheit – für den Betroffenen eine
schwere Prüfung ohne Punkt und Komma; für Ärzte, Apo-
theker, Pharmaindustrie und die speichelleckenden Kranken-
kassenbüttel der Futtersack, in den sie ihre gierigen Gesichter
hineinpickern, bis ihnen die Leiber anschwellen wie ein Erd-
nussbutterbrot zu Ostern. Je kränker der Patient, desto besser
geht es ihnen. Oh, là, là, eine neue Krankheit ist aufgetaucht,
herrlich! Da wird als Erstes eine Pulle Schampus geköpft, und
dann geht's zum Tabledance – das muss gefeiert werden! Ihre
Waffen sind Diagnose, Rezeptblock und Überweisung, der *hip-
pokratische Eid* nichts weiter als ein Potemkinsches Dorf. Bleiben wir bei unserem Eingangsbeispiel Magenzwicken: In den
Augen des hochverschuldeten Allgemeinmediziners leuchten
die Dollarzeichen auf, und er spult erst einmal sein Standard-
programm ab: prophylaktische Entfernung mehrerer irgendwie
verdächtig aussehender Hautlappen, Röntgen und Kernspinto-
mographie, weil die auf Pump angeschafften Geräte ja ausgelas-
tet werden wollen. Zur Sicherheit wird noch eine Niere ent-

fernt, der Magen ausgepumpt und eine Blutwäsche angeordnet. Die Kosten für die Behandlung: 184 000 Euro, versickert hinter einer Mauer des Schweigens. *Medicus nihil aliud est quam animi consolatio* – Der Arzt ist nichts anderes als der Tröster der Seele! Ist das Zynismus pur oder schlichtweg Dummheit? Wie ist denn nun der allgemeine Ausblick? Gibt es Wege aus der Krankheit, Hoffnung, Heilung? Das STRUNK-PRINZIP wäre nicht das STRUNK-PRINZIP, wenn es nicht verblüffend einfache Antworten auf komplizierte Fragen bereithielte. In diesem Fall eine uralte finnische Weisheit: Frühstücke wie ein Gnu, iss Mittag wie ein Lurch und zu Abend wie ein Beet, und du wirst 79 Jahre alt. In diesem Sinne: Gute Besserung!

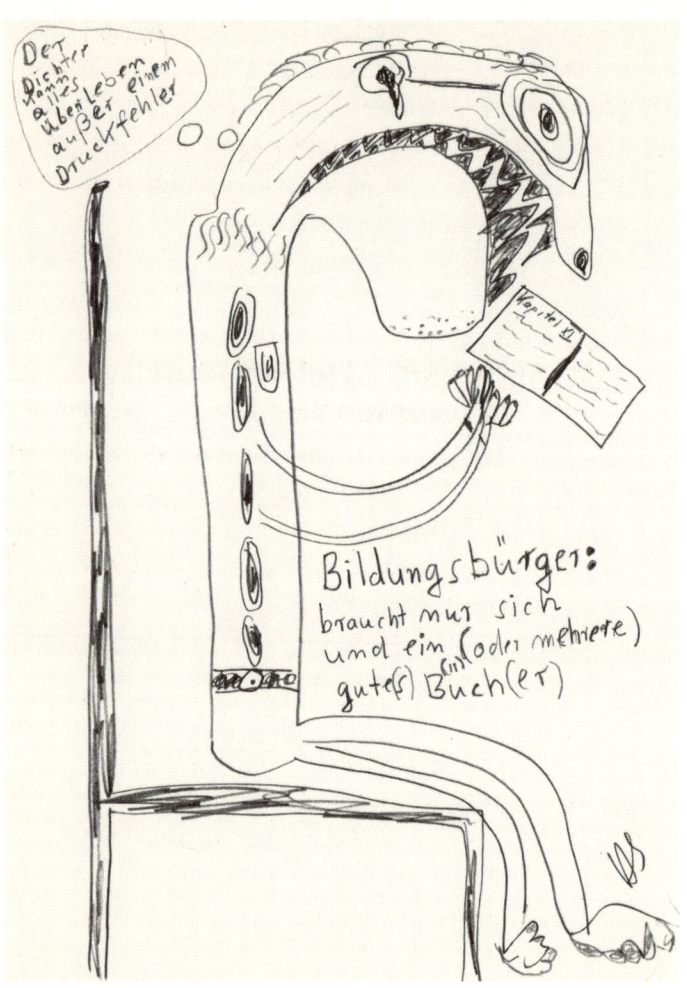

Neues vom **STRUNK-PRINZIP**: *Das* **STRUNK-PRINZIP** *ist Vielfalt, aber kein Mischmasch, interdisziplinär, aber stringent, frech aber nicht kiebig. Das* **STRUNK-PRINZIP** *kennt keine Tabus: Von witzigen SMS und Pferdepostern über Metaphysik bis zu Heisenberg'scher Unschärferelation wird alles diskutiert, was nicht bei drei auf dem Baum ist.*

LITERATUR – und aus Lauten werden Worte

Frage: Was ist Literatur? Was *will* Literatur in unserer modernen Häppchengesellschaft überhaupt noch? Was vermag Literatur im Jahre 2012 zu *leisten*? Es gibt einen schönen Satz, der da lautet: Bücher sind Schuhe für Gedankengänge.

Hier könnte ich meinen Aufsatz schon wieder beenden, denn eigentlich ist alles gesagt. Lassen sie mich stattdessen zunächst mit einem Zitat der geschätzten Kollegin Karen Duve fortfahren:

«Ein Schriftsteller ist einer, der nicht scheißen kann, weil er den ganzen Tag an seiner Schreibmaschine sitzt und sich nicht von der Stelle rührt. Aber statt dass er nun aufsteht und ein paar Runden um den Block läuft, bleibt er sitzen und schreibt darüber, dass er nicht scheißen kann.»

Wie gesagt, gottlob nicht von mir, ich könnte so etwas gar nicht. Aber ein Fitzelchen Wahrheit ist dran. Denn Schriftsteller sind in ihrer Mehrheit tatsächlich kettenrauchende Wracks, die tagaus, tagein in ungelüfteten Schreibstuben hocken und sich depressive Miniaturen aus den nikotingelben Fingern saugen. Plotten, Pitchen, Turnaround – Schreiben ist die Hölle, die Füße in flüssiges Cadmium gegossen, die Hände starr im Teerbad, der Kopf von giftigen Schwaden umwölkt.

Egal, erst mal Grundkurs Creative Writing: Was sollte ein Autor in erster Linie beherrschen Fragezeichen Ausrufezeichen Fragezeichen: einen guten von einem schlechten Satz unterscheiden. Beispiel für einen guten Satz: «Kantiges Kinn und niedrige Stirn lassen auf begrenzte Intelligenz und grenzenlose innere Überzeugung schließen.»

Schlechter Satz: «Der begehbare Kleiderschrank müsste mal wieder von innen gestrichen werden.»

Ein an sich guter Satz, aber zu kompliziert:

«Es ist nicht wirklich die Begierde, die antreibt, sondern vielmehr die paradoxe Versuchung, eine Fremde zu berühren und zugleich ihre Fremdheit nicht anzutasten.»

Bei so was steigt der gemeine Leser gerne mal aus.

Es geht darum, ihn, den Leser, in einer Art Kokon einspinnen, denn Text heißt ja – Lateiner vor! – übersetzt nichts anderes als Gewebe. Vom Geschriebenen muss ein Sog ausgehen, hineingezogen werden soll der Leser, und grotesk vermorpht und aufgepumpt wieder hinausmarschieren.

Weiter im Text. Vor dem Satz kommt was? Genau: Das Wort. Es gilt, ausgediente und aus unzähligen banalen Zusammenhängen bekannte Wörter zu vermeiden, denn merke: Die meisten Wörter besitzen nicht das geringste Leuchten, sie sind grau wie Baumrinde. Beispiel: Presswehen. Ein hässliches Wort, anzuwenden ausschließlich in medizinischen Zusammenhängen. Andere hässliche Worte: Gelber Teewurz, Ameisensäure, TV-Junkie, Mittelarmlehne, Koffeeinflash und Hundetrainer. Das Tröstliche: Jedem hässlichen Wort steht ein schönes entgegen, mindestens: Beispiele für schöne Worte, aus der Lamäng: Früchtebaum, Kaffeedurst, Feuerpatsche, Schlagobers, Goldstück, Flatterei, Sommerfrische und Potpourri.

Man unterschätze nicht die Botenstoffe der Sprache. Es gibt geisthemmende und geiststimulierende Begriffe.

Und welche kaum ermessliche Fülle von Betonungen und Anspielungen erlaubt gar das Sprachmolekül *Hm*. Feinste Koloraturen des Sinns lassen sich einzig mit diesem winzigen, wachsweichen Lautstummel zum Ausdruck bringen.

Nächstes Kapitel. Deutsche Gegenwartsliteratur. Wir haben einen dramatischen Niedergang gerade in der Belletristik zu beklagen: Kerstin Gier, Tommy Jaud, Dora Heldt, Rita Falk, gerne auch mal mit mehreren Büchern gleichzeitig in der Liste vertreten. Das ist leider alles Scheiße. Routiniert verschraubte Fertigteil-Sprache, Intonationsverfehlung, krankhafte Ausdrucksverstopfung: ausgezehrtes Vokabular, das in die immer gleichen Hohlformen tröpfelt, durch welche das bereits tausendmal Wiederholte in unversiegbarer Verdünnung rinnt. Interessante Beobachtung: Die Leute schreiben exakt so, wie sie aussehen! Achten Sie mal drauf!

Und dann gibt es ja noch die üblichen Großlangweiler rund um den Deutschen Buchpreis: Uwe Tellkamp, Arno Geiger, Katharina Hacker, Julia Franck, und wie sie alle heißen, die den Leser mit ihrem halb ausgewischten Gefiesel ins Wachkoma treiben. Da lobt man sich doch die lustigen, jedoch nie belanglosen Büchlein von Hobbyautor Heinz Strunk. Heinz Strunk, dieser aristokratisch anmutende Name steht für *High Definition Literature*, Impressionen von hoher Auflösung, Erlösungsgeflüster. Jeder Absatz Erfahrungskondensat, Augenblicke der Wahrheit, in denen ein ganzes Menschenleben auf eine einzige signifikante Szene reduziert wird.

Man merkt es schon: Neid, Hass und Verbitterung, auf diesen brüchigen Kackstelzen deliriere ich durch einen im freien Fall befindlichen Bücherfrühling. Und wenn ich schon mal dabei bin, auch ganz besonders ärgerlich: Autobiographien, Chroniken, Tagebücher. Begründung auf höchstem Niveau: Der Chronist beseitigt sich selber. Tag für Tag zerstört er die

Sphäre seiner unbewussten Verhältnisse, verhindert seine Lebensgeschichte, indem er sie dem prompten Augenblick, der nackten Gegenwärtigkeit preisgibt, sodass die natürliche Selektion der Erinnerung keine Chance hat. Diesen Satz merken Sie sich bitte alle. Weiter: Lückenlose Aufzeichnung der Banalität, auf Tausenden von Seiten verrät sie alles und wird niemals ein schöpferisches Werk zustande bringen, sie hat ja nur sich selbst zum Stoff und versagt sich der großen Form.

Und, in diesem Zusammenhang, der Seitenhieb sei erlaubt, wie viele Menschen melden sich zu Wort! Darüber könnte ich einen Roman schreiben. Der Roman, der in Verkennung des Romans den nackten Lebensstoff verspricht, bleibt jedoch meist eine Floskel maulfauler Leute, die als mündliche Erzähler versagen. Auch vor allzu Wortreichen sei gewarnt. Merke: Ein wahrhaft Sprachgewaltiger ist der Wortreiche, der Zungenfertige selten. Große Sprache ist eher hohlwangig. Sie kann mit wenigen, wohlgefügten Worten Wirkungen erzielen, die dem Verschwender nie gelingen, und wenn er noch so üppigen Zierrat ausbreitet. Merke: Wer in der Tiefe wirken will, darf die Worte nicht lieben. Wer mit Worten verführen will, darf nicht selbst in sie verliebt sein.

Doch ich will auf keinen Fall besserwisserisch, gar arrogant klingen, denn auch ich habe, möglicherweise sogar zurecht, die Wange hinhalten müssen. Ich darf Ihnen an dieser Stelle eine Rezension meines letzten Buches «Heinz Strunk in Afrika» vortragen, die exemplarisch für die Watschen steht, die ich einstecken musste. Also, ich zitiere aus dem *Goldenen Blatt* vom 5. Juni 2011: «Der vorliegende Text ist ein rundum misslungenes Ärgernis: Ohne Sound, Gehalt, innere Rhythmik und Strömung holpert das grobmaschig gestrickte Geschwätz von Schlagloch zu Schlagloch, die an allen Ecken knarzende Syntax eingeklemmt zwischen den rostigen Scharnieren effekthascherischer Neologismen. Nach einer einheitlichen Erzählperspektive oder gar ästhetischer Konsistenz sucht man vergebens. Der durchgängig kolportagehafte Ton, die verhaspelten Satzperioden, unsinnigen Steigerungen oder gar der durchschaubare Versuch, durch pathetischen Überfluss so etwas wie Welthaltigkeit vorzutäuschen, ist in seiner offensichtlichen Dreistigkeit ohne Beispiel. So abenteuerlich der Plot, so dilettantisch die Umsetzung: Schon nach wenigen Seiten erstickt die anekdotenselige Erzählung in stilistischer Bürokratie und musealer Drögheit. Der krampfhafte Versuch, Zeitkolorit zu transportieren, wendet sich gegen den Text, das in Kulissenhaftigkeit erstarrte Szenario, die inkonsistenten Figuren und jeglicher Mangel an sinnlicher Qualität lassen das Geschreibsel in den Untiefen eines alpinen Urgesangs, eines hooliganartigen Gegröles versinken, ohne allerdings dessen Kraft zu besitzen. Die pointenarme Schilderung auf dem Niveau eines Schülertagesbuches ist eine ermüdend eindimensionale Abbildung ohne jede Konstruktion und Textökonomie. Manchmal lösen stilistisch verunglückte Peinlichkeiten wenigstens noch eine gewisse hermeneutische Geilheit aus, im vorliegenden Fall jedoch nur Fassungslosigkeit. Grotesker kann man nicht scheitern.» Soweit das *Goldene Blatt*.

Das saß. Aber ich bin nicht beleidigt. Nein, ich habe die Botschaft vernommen! Deshalb werde ich künftig kleinere Brötchen backen, versprochen. Warum also nicht mal ein Sachbuch? Stoffe liegen genug auf der Straße, man muss sie nur aufheben. Zum Beispiel *Der Jungbauer im Fokus*. Oder *Die Geschichte der Amateurfotografie*. Beide Titel versprechen Spannung pur. Stets bestsellerverdächtig: Ratgeber für Liebesangelegenheiten, gerade in Zeiten des Internets eine unerschöpfliche Goldgrube. Mein aktuelles Projekt: *Partnertausch für alleinstehende Männer*. Titelschutz ist bereits angemeldet.

Doch das Beste wie immer zum Schluss. Mein nächstes Buch, es erscheint im Frühjahr 2013, wird *Die 50-Millionen-Euro-Diät* heißen. Merke: Ein Titel muss unabhängig vom Inhalt funktionieren, und bei *Die 50-Millionen-Euro-Diät* ist ja wohl ganz klar der Flashfaktor unüberbietbar hoch. Klingt außerdem modern und fett, Stichworte hochmargiges Lifestylesegment, Kernportfolio, Punchline, Payback time, recoupen, Quantenfluktuation, Return of Investement, positiver Cashflow, mit anderen Worten: Shit for da headz!

Andere Titel, die auch gut sind, die ich aber in diesem Leben wohl nicht mehr schaffe: *Melancholie und Nierenversagen, Priester in Jeans, Prosecco und Orangenhaut*. Sie können das bei Bedarf gerne benutzen.

Ich hoffe trotzdem, dass mein Atem ausreicht, noch viele wunderbare Werke an die Busscheibe der Literatur zu hauchen. Und ich verspreche an dieser Stelle hoch und heilig, den Gebrauch von Schmutzwörtern auf das zur reinigenden Abfuhr nötige Maß zu beschränken.

Und zum Schluss wird's noch mal geheimnisvoll: Das Verlangen, das Sprache anzetteln kann, vermag sie selber niemals zu stillen.

Denken Sie stets daran: Man schreibt einzig im Auftrag der Literatur, unter Aufsicht alles bisher Geschriebenen. Jedes Buch, das nicht zu Ende gelesen wird, kann daran zugrunde gehen. Ich danke für ihre Aufmerksamkeit!

Heinz Strunk, vor kurzem noch als unterbezahlter Kartoffelsmutje bzw. arschgefickter Schauermann auf einem manövrierunfähigen Seelenverkäufer havariert, hat Dank einer von ihm in tiefster Not selbst entwickelten Methode ein beispielloses Upgrade erfahren und ist nun Gralshüter seines eigenen Prinzips, des **STRUNK-PRINZIPS***!*

AUSSENSEITER – getriezt, gepiekt und abgemolken

Lange hat sich das STRUNK-PRINZIP davor gescheut, dieses Schockthema anzupacken, denn ist das STRUNK-PRINZIP nicht auch Außenseiter? Zumindest eine Aus*nahme* ist es im gleichgeschalteten bundesrepublikanischen Blätterwald, wo unter dem Deckmantel des «investigativen Journalismus» (Hahaha, dreimal laut gelacht!) schamlos geheuchelt, gelogen, bestochen und wissentlich die Unwahrheit verbreitet wird.

Egal, das STRUNK-PRINZIP hat schon sein überdimensionales Kartoffelschälmesser zur Hand genommen, um der faulen Frucht die Augen auszustechen! Und, so viel sei gesagt: Das ist kein Sparschäler! Wir werden im Laufe dieser Abhandlung – wie immer sachlich und faktenbasiert – alles über Außenseiter erfahren: vom gemeinen *Nerd* bis zum *Premium-Außenseiter* (der als sog. *verdeckter Außenseiter* scheinbar perfekt in die Gesellschaft integriert scheint – in Wahrheit aber ein marodierender Harlekin auf der Suche nach Auslöschung ist), vom *Ekligen* (auch *Widerling*) bis zum *Außenseiteraußenseiter*, schließlich, ein heißes Eisen mit besonders hohem Brennwert: vom *Volk im Volk*! Muss mehr gesagt werden? Genau, gemeint ist derjenige Teil der deutschen Bevölkerung, der sich morgens von einer

Tasse Kaffee der Marke *Mon Gourmet Röstfein* wecken lässt, zwischendurch gern mal in ein ordentliches Stück *Halberstädter Schmalzfleisch* beißt, für sein Leben gern *Fruchtkaramellen* lutscht oder abends im sog. Arbeiterschließfach (Plattenbauwohnung) zum Westfernsehen *Brocken Splitter* (= Ost-Schoki) nascht.

Egal, weiter. Außenseiter: Getriezt, gepiekt und abgemolken, das geometrische Dreieck, in dem diese Spezies irrlichtert, Hartplastikfiguren auf einem Brettspiel ohne Rochademöglichkeit, gefangen in einem Labyrinth, das Leben heißt. Das STRUNK-PRINZIP warnt: Wer erst einmal in den Sog dieser Antimenschen gerät, wird von ihrer negativen Existenz bis ins Mark durchgepflügt.

Beginnen wir mit dem offensichtlichsten aller Außenseiter, dem *Ekligen*. Das STRUNK-PRINZIP begibt sich, ausgestattet mit Atemmaske, antiseptischen Handschuhen, Asbestoverall und Gummihut auf Spurensuche. Da das STRUNK-PRINZIP für jedermann zugänglich sein will, beginnen wir mit einem Test, der den Vorteil hat, dass ihn jeder versteht! Also, Test: Wie eklig bist du?

1. Im italienischen Eiscafé: Verzierst du deinen Cappuccino statt mit Schokostreuseln lieber mit Barthaaren von der letzten Rasur?
2. Griechisches Restaurant, 20.43 Uhr: Du vertilgst gierig eine übermannsgroße Rhodos-Platte, ohne zu bemerken, wie sich in deinem Gesicht Fleischfasern, Bifteki-Innereien und flüssiger Schafskäse zu einer Albtraummaske zusammenkautern. Witzig oder widerlich?
3. Obwohl du seit frühester Jugend unter Tropfglied, Mundnässe und Antilopenaugen leidest, gibst du dich bei der Partnerwahl selbstbewusst: «Fotomodell aufwärts», ja oder nein?

⬅ Buch bitte drehen

4. Deine Haare sind derart verschuppt, verfilzt und verschorft, dass sich keine noch so grobzahnige Läuseharke (Ostzone für Kamm) einen Weg durch den zusammengebappten Klumpen bahnt. Dein lapidarer Kommentar: «Wer sich in der Jugend viel bürstet, muss sich im Alter nicht mehr kämmen.» Richtig oder falsch?

Auf wie viel Punkte kommen Sie? Rechnen Sie das Ergebnis ruhig einmal in aller Ruhe aus!

Beispiel Dieter E. (Name geändert). Obwohl mit galoppierender Mundfäule, Zementstuhl und Krötenfuß schon genug gestraft, hat er sich seit seinem zweiundzwanzigsten Lebensjahr noch eine andere «Marotte» eingehandelt: *chronisches Körperbohren.* Nahezu ununterbrochen prokelt er in allen möglichen und vor allem unmöglichen Körperöffnungen und -verschlüssen. O-Ton Dieter E.: «Und jedes Jahr wird es schlimmer.» Eine widerwärtige Aureole aus weichem Pups, Apfelkorndunst und vergorenem Fett hängt über seiner Einraumwohnung, ein charakteristischer Geruch, wie man ihn sonst nur von CDU-Parteitagen kennt. Apropos Körperbohren. Der medizinische Fachbegriff für das, was Dieter E. tagtäglich aus seinen Öffnungen herausbefördert: KÖRPERAUSHUB. Beispiele: Ohrenschmodder, Drüsentalg, Arschpopel, Ganzkörperekzeme und Flächenbewuchs. Zum Körperaushub zählen auch Evergreens des sog. *nassen Terrors*: Schwitzarsch, Kniekehlen- und Schrittnässe, die sich, um bei unserem Eingangsbeispiel zu bleiben, auf Dieter E.s Haut zu einem zentimeterdicken Schmierfilm vereinigt haben. Weiter: Zehschnecken, Trichterbrust, Diagonalwachstum, Tubalippe – allein schon die Nennung dieser Begriffe verursacht Übelkeit und halbtrockenen Mund. Apropos Mund: In der DDR weit verbreitet ist bekanntlich die *allgemeine Muskelschwäche*, mit zum Teil fatalen Folgen: Die ausgeleierten Mundwinkel geben beim Sprechen nach, der Speichel pullert in Sturzbächen aus dem Gesicht. Bei wem es erst einmal so weit ist, der hat in der antiseptischen, krankhaft cleanen Wischwassergesellschaft nicht mehr viel zu erwarten. Der Lebensinhalt dieser Elenden besteht irgendwann nur mehr im Fortbestand der eitrigen Masse! *Qualis rex, talis grex* – Wie der König, so die Herde! Mit anderen Worten: Der Fisch stinkt vom Kopf her. Das STRUNK-PRINZIP gerät einmal mehr an die Grenzen von Belastbarkeit und Erklärungsnotstand. Nächstes Themenkotelett: Schweiß. Schweiß ist nicht gleich Schweiß. Die subtile Dialektik des Körperwassers – stinkende Demütigung oder erotische Rutschbahn? Gibt es Sinnlicheres als den Geruch von frischem Schweiß, der vom makellosen Körper eines Double-Size-Zero-Models (Kleidergröße 30) perlt? Aber gibt es Widerwärtigeres als den stechenden, ranzigen, süßsauren Gestank von altem Körpersirup, der sich zwischen Schambehaarung und Arschritze zu einer olfaktorischen Heimsuchung ausgewachsen hat? Fazit: Am Ende eines langen Leidensweges schleppt der Eklige sein von zerschlissener, stinkender Kleidung nur notdürftig verhülltes *Pilsgeschwür* (Bierbauch) durch Fußgängerpassagen und öffentliche Plätze, die Haut aufgeschürft, die Gelenke vereitert, einen Klingelbeutel zwischen den kariösen, rauchvermoosten Zähnen. Eingewachsene Speisereste haben das, was früher einmal Mimik war, zu einer Totenmaske erstarren lassen, verschrumpelte Lederhaut pellt in Schichten von den abgestorbenen Händen und Füßen. Ein lebendes Mahnmahl, vor dem auch das STRUNK-PRINZIP den Hut zieht: Hut ab – und Hut wieder auf!

Nächster Außenseitertyp, vor wenigen Jahren gleichsam aus dem Nichts aufgetaucht: Der *Computernerd*. Ungewaschen hockt er in seinem von Elektrosmog kontaminierten Wohnklo und hackt wie besessen in die angeschimmelte Tastatur.

Ein von XXL-Bigmacs und nachgezuckerter Cola grotesk aufgeschwemmter Freak, dessen Wurststumpen sich immer wieder in irgendwelchen Kabeln verheddern. Der Daten-Highway, einst Straße der Verheißung, ist längst Sackgasse ohne Wendemöglichkeit geworden. Frische Luft kennt er nur noch aus Erinnerungen. Der Geschmack von Obst? Ausgelöscht. Sein steifer, fetter Körper ist eins geworden mit der Schaumgummimasse, die aus dem zerschlissenen Sessel quillt. In den letzten Tagen seines Lebens starrt er mit leeren Augen abwechselnd in die tote Fratze des Monitors (der Strom ist seit Wochen abgestellt) und in das ausgeweidete Gehäuse seines PCs. Wo kommen eigentlich die ganzen Schnecken her, die durch das Zimmer kriechen? Im Wahn versucht er, sein Mousepad zu essen. *Post festum* – zu spät!

Rollen wir die Themenspindel weiter auf. Das *Sensibelchen*. Ein harmloser, ja sympathischer Außenseitertyp. Schon bei kleinsten körperlichen Anstrengungen brechen seine Glasknochen, und wenn mal wieder der Krabbensalat ausverkauft ist, antwortet sein empfindlicher Organismus mit Hörsturz. Na ja, süß schon wieder, Schwamm drüber!

Subtiler ist der Prozess, wenn *innerhalb einer sozialen Gruppe* isoliert wird. Beispiel: Eine Gruppe von Jeansträgern. Jeans sind, wie allgemein bekannt, Ausdruck einer bestimmten *Haltung*, und hier heißt es in erster Linie: Genauigkeit. In unserem Fall, nennen wir ihn G., kam es zu einem schleichenden Verlust der *Jeansidentität* durch Verlust von *Jeansintuition*. Zum ersten Mal auffällig wurde G., als er zum Strandausflug in Karottenjeans erschien. Noch drückte die Gruppe ein Auge zu, vielleicht ein Versehen, ein unbedeutender Lapsus. Doch bald schon stolperte G. von einem Fauxpas zum nächsten. Beim Darten trug er Jeansschlips, im Freibad Jeanslatz, den Jeanshut kombinierte er immer öfter mit Mecklenburger Herrenwindel, Jeanshemd zur Spreizniere, Jeansleine zum asiatischen Zwergpinscher, am Ende war es einfach nur noch der reine Wahnsinn.

Tabuthema *Außenseiter unter Müttern.* Ein Leben zwischen Presswehen und Scheinschwangerschaften treibt viele Frauen in die Isolation!

Schockthema *Außenseiteraußenseiter,* auch doppelter Außenseiter genannt: Davon spricht man, wenn ein Außenseiter in einer Gruppe von Außenseitern zum Außenseiter wird.

Das STRUNK-PRINZIP fragt: Wie sieht eigentlich Ihr Verhältnis zu Außenseitern aus? Dazu zwei nach neuen Erkenntnissen entwickelte Psychotests.

- **Psychotest 1:** Sie sind mit einem Außenseiter befreundet. Von heute auf morgen zieht seine Familie aufs Land. Frage: Wie verhalten Sie sich?
- **Psychotest 2:** Sie gehen nachts spazieren. Ihnen kommt ein Außenseiter entgegen. Frage: Wie verhalten Sie sich?

Bitte, tun Sie sich einen Gefallen und seien Sie bei der Beantwortung dieser Fragen absolut aufrichtig! Zum guten Schluss fragt das STRUNK-PRINZIP: Gibt es Auswege aus der Außenseiterfalle? Antwort: Ja natürlich! Der Außenseiter muss lernen, sich ganz normal wie alle anderen auch zu benehmen und sich anzupassen. Extrawürste kann er in seinen eigenen vier Wänden brutzeln, aber in Gesellschaft heißt es aus dem tiefen Teller naschen. Vom Außenseiter zum Innenseiter, ein Prozess, der schmerzhaft und nicht selten mit Schwielen verbunden ist. Mit ein wenig Durchhaltevermögen kann es aber jeder schaffen. Und falls das alles nichts nützt, rät das STRUNK-PRINZIP: Bei Schwermut Wermut!

Aufgrund der großen Nachfrage sind die Themenspindeln des
STRUNK-PRINZIPS *ab heute nach Geschlechtern getrennt.*
Mädchen: Schwimmen, SMS, mit Freundinnen treffen.
Jungen: Serienmörder, abartige Sexpraktiken, Bundeswehr.
Doch nun die gute Nachricht: Einer bleibt, wie er ist:
Der melancholische Pferdeflüsterer Heinz Strunk.

KOMMUNIKATION – Bande zwischen Menschen

Von stiller Post zu Dirty Talking, vom Selbstgespräch zur freien Rede, von der Handentspannung bis zum Pferdekuss: Kommunikation, ein von Brandrodung versengtes Themenbrachland, das vom STRUNK-PRINZIP wiederaufgeholzt, begrünt und bewässert wird. Wüste – Steppe – Ackerland. Anders gesagt: Sender – Information – Empfänger. Noch anders gesagt: Datenfluss – Datenabgleich – Datenkonvertierung – Datendurchsatz (siehe auch *semiotisches Dreieck*, *Prinzip* **CRUD**, *Neartime-Daten*). Entscheidend für die Qualität des Datenflusses ist der Datendurchsatz. Negativbeispiel Stille Post: Spielerisch wird hier eine Information so verstümmelt (negative Konvertierung), dass sie während des Datenaustausches versickert. Beispiel: Aus *Rotplombe* (Puddingpulver/DDR-Eigenmarke) wird am Ende der Signalübertragung *Sybille* (Frauenzeitschrift/ ebenfalls DDR). Man spricht hier auch von der sog. Mitteilungsinkontinenz (siehe auch Redert/Harm [Hrsg.]: «Phraseologie und Dateiexport»).

Wir sehen bereits jetzt: Kommunikation – ein Themenkotelett nach dem Geschmack des STRUNK-PRINZIPS. Hier kann es sich mal so richtig «austoben», denn das STRUNK-PRINZIP verfügt über 1,8 Zetabytes (10 hoch 21 Bytes = 1,8 Billionen Gigabytes) Informationen und ist allein schon deshalb anderen Methoden steinhoch überlegen! Was der *Universitas litterarum* – der Gesamtheit der Wissenschaften – nicht gelingt, gelingt dem STRUNK-PRINZIP! Wieder einmal heißt es also: Das STRUNK-PRINZIP *at its best*!

Weiter im Text: Wir erfahren alles über *Stimulus-Response-Modelle*, das *Kommunikationsquadrat*, und *parasprachliche Botschaften*. Denn das STRUNK-PRINZIP ist stets mehr: Eine Zementmischmaschine auf höchster Umdrehung, ein Schaumsüppchen mit Haube, ein Geißbock in österlicher Vorfreude.

Kommunikation in Stichworten, das STRUNK-PRINZIP fällt vom gemütlichen Trab in den Schweinsgalopp: parasprachliche Botschaft am Beispiel eines *zufälligen Beziehungsgeflechts*: Ein Mann steht auf der Straße. Da kommt ein Mann und haut den Mann auf den Kopf. Der Mann fällt hin. Da tritt ihn der Mann in den Bauch. Der Mann krümmt sich. Das macht den Mann zusätzlich wütend. Er nimmt eine Gehwegplatte und haut sie dem Mann auf den Hals. Der Mann röchelt. Das macht den Mann richtig sauer. Er nimmt einen Stock und bohrt dem Mann damit in der Nase herum. Zum Schluss schneidet er dem Mann ins Bein und verschwindet, wie er gekommen ist. Im menschenverachtenden Kauderwelsch der soziologischen Systemtheorie nennt man so was: *Sächliche Kurzbeziehung mit ausgeprägter Täter-Opfer-Struktur.*

Kommen wir nun zum Eingemachten: Der Kommunikationsgehalt in organisierte Systeme kann durch wechselseitige Steuerung der Basisemotionen zum gefürchteten *Cross-Race-Effekt* führen (schlechte Gesichtswiedererkennung bei Personen, die nicht der eigenen Ethnie entstammen). In diesem Zusammenhang sei auch die Problematik der *In Group Advantage* erwähnt (Angehörige der eigenen Gruppe werden besser bewertet). Der *systemtheoretische Kommunikationsbegriff* nach Saugenstein (siehe auch die Saugenstein-Vermutung, 564 ff.) schließt auch die *taktile Kommunikation* ein sowie das *Impression Management* (durch Kleidung, Frisur usw.) und *vegetative Symptome* (Erröten, Schwitzen, Pupillengröße). Man sieht jetzt schon: ein Fass ohne Boden. *Quid sit futurum cras, fuge quaerere* – Was morgen sein wird, frage nicht!

Was also prallt aufeinander wie ein Kanonenschlag im Frühherbst und was verschimmelt als Rohrkrepierer im Restesud des Windkanals? Warum in drei Teufels Namen verhält sich das *assoziierte Mitglied* einer Fremdgruppe zu einem *informellen Gruppenführer* so feindselig wie ein verrotteter Altnadelholzbestand mit Kaktushecke zu einem Weizenfeld mit Pflaumenpappel, Stichwort Vogelweiher? Was hier wie der blindwütige Fragenkatalog eines verpickelten Morphinisten daherkommt, ist nichts anderes als die bildreiche Annäherung an die Urwülste des menschlichen Zusammenseins. Oder, wie der Engländer sagt: *Contacts are sorted by emotions and emotions are sorted by lovelines!*

Weiter: Nonverbale Kommunikation. Pokerface, Flaschenpost, Rauchzeichen. Allgemein *Body Language*. Gestik – Gebärdensprache – Mimik. Problemfeld mimisches Analphabetentum: Immer mehr Menschen in unserer modernen Datengesellschaft vermögen Gesichter nicht mehr richtig zu lesen, Stichwort «Das lachende Krokodil». *Cui bono* – wem nützt es?

Das STRUNK-PRINZIP faktenbasiert: Jede Kommunikation setzt zunächst eine *Beziehung* der Interagierenden voraus. Freundschaft, Bekanntschaft, Zweckgemeinschaft, Lieferantenbeziehung, Klüngel – *Interaktionsketten* gibt's wie Sand am Meer, denn Beziehungen sind so vielfältig wie der Mensch selbst. Beziehung im Wandel: Vom Busen-/Duzfreund zur Schattenbekanntschaft zum Todfeind. Frage: Spielen Gefühle in modernen Beziehungen überhaupt noch eine Rolle? Selbst eine Ehe bedeutet in unserer modernen Bussi- und Schnorchelgesellschaft doch nicht viel mehr als *Freundschaft light*. Vielleicht etwas Brackwasser, Weichmacher oder Imprägnierspray dazu und erst mal durchwalken lassen? Anders gefragt: *Quid est veritas* – Was ist Wahrheit?

Weiter: Dreiecksbeziehung, Zufallsbekanntschaft, Zwangsverbindung – Spezialbeziehungen unter dem Seziermesser. Das STRUNK-PRINZIP, Heiler und Verbandskasten in Personalunion, bewaffnet mit Mullhalden und Stützkorsetten, um das zusammenzufügen, was als unbeseeltes Knochenmehl auf den Schlachtfeldern des *Human Desaster* vor sich hin rottet.

Gelungenes Beispiel für *interpersonelle Distanz* am Fall des Freizeitclubs «Scotchgard»: Sexclown Manuel balanciert frisches Obst auf seinen verwachsenen Vorderärmchen, während Sexhelferlein «Frau Wolff» einen alten Fisch unter einer Häkeldecke versteckt hat, um damit den Schweizer Erotikpionier Ralf Bern nach Feierabend zu überraschen. Ein herzhafter *Mocca double*!

Fallstudie zur *autopoietischen Operation*: Immer Ärger mit dem Großvater. Am Sonntagnachmittag sitzt Opa am liebsten in seiner Kammer und wäscht seine Kleidung. Bei Familienausflügen bricht er auf halber Strecke dehydriert zusammen und ist später der Einzige, der noch in voller Montur dasitzt und beleidigt an sich rumspielt. Tja, *quo vadis*, Familienfrieden?

Weitere Grundkategorien sind aktive und passive Beziehungen. Standardbeispiel für passive Beziehung: Stille Freundschaften. Der stille Freund ruft nicht etwa an oder will sich gar verabreden, er nimmt Rücksicht und verhält sich ruhig und unauffällig. Das STRUNK-PRINZIP meint: Solche Freundschaften halten oft ein ganzes Leben lang und bieten eigentlich nur Vorteile. Prädikat wertvoll! Anderes Beispiel: «Mein Freund, der Baum.» Der grüne Kamerad hört zu, nervt nicht durch borniertе Zwischenfragen und eignet sich – im wahrsten Sinne des Wortes! – sehr gut als Blitzableiter.

Das Beste ist eine gesunder Mix: Ein Freund, ein Familienmitglied, eine Zweckbeziehung (Sehr gut eignet sich ein Geheimnis, das zusammenschweißt, z. B. ein gemeinsam begangenes Verbrechen). Flankiert von vielen stillen Freunden. Aber aufgepasst: Möglichst nicht selbst zum stillen Freund werden! Fürs Wochenende Kumpels fürs Saufen oder Schlägereien. Des Weiteren ein harmloses Tier zum Wutauslassen, z. B. Hamster oder Pudel. Dann ein ruhiges Tier zum ruhig Erzählen: Qualle, Schnecke, Fisch. Eine Pflanze auch zum ruhig Erzählen, und fertig ist der gesunde Psychomix, der ein Leben in Abwechslung und guter Laune garantiert. *Ita ius esto* – So soll es rechtens sein!

Aktive Kommunikation im Schnelldurchlauf: Mord, Krieg, allgemein Gewaltausbrüche, Pogrome.

Weiter: Die *soziale Gruppe*, auch *informelle Gruppe*. Das STRUNK-PRINZIP in ausgeklügelter Bildersprache, denn auch die Sinne wollen angesprochen werden: Fäden, Nähte und Laufmaschen verbinden die noch konturlose Zellmasse, imaginäre Kapellmeister dirigieren dieses Geisterorchester, bis Harfensud dem nun geeinten Klangkörper entweicht. Denn das Aufeinandertreffen von Menschen unterschiedlichster Couleur führt zunächst zu Verknetung und Verteigung des noch atomisierten Urknäuels, bevor daraus etwas Formbares gemacht werden kann. Und genau das übernimmt der leibhaftige Tortenheber und Streuselguru, der alle Backmischungen auswendig herbeten kann: Das STRUNK-PRINZIP. Die Frage nach den inneren Gesetzmäßigkeiten, Wirk- und Wirk-Wirk-Zusammenhängen ist alt wie ein uraltes Buch. Weg vom unmenschlichen Faktenmonster, hin zum Humangenetiker und Wunderheiler. *In floribus* – im Wohlstand!

Kommunikation in der DDR, wieder mal ein trübes Thema. In Delikat(Feinkost)-Läden wurde bei Goldi Goldbrand (hochprozentige Spirituose!) über Belanglosigkeiten debattiert. Und das war's dann auch schon mit Kommunikation in der DDR.

Werbung. Ein weites Feld. Was viele nicht wissen: Auch Werbung ist Kommunikation. Das STRUNK-PRINZIP mit einem Beispiel für besonders gelungene Werbung:

Die Kackstelze
Sie sind unterwegs.
Plötzlich oh, là, là! Sie bekommen einen ordentlichen Arschdruck.
Sie müssen mal groß.
Doch haben Sie einen wichtigen Termin und sind schon sowieso spät dran.
Dafür gibt es jetzt die *Kackstelze*.
Kacken beim Gehen.
Das große Geschäft, mal so nebenbei gemacht.
Ja, denn die Kackstelze ist klein, handlich und zusammenklappbar.
Spüren Sie Arschdruck, einfach Gerät auseinanderschieben, auf die Stelze steigen, Hose runter und los geht's.
Die Kackstelze
oder die Kackstelze de luxe mit Hosenhalter und Auffangbeutel.
Die Kackstelze in den Farben Braun, Ocker und Beige, und für kurze Zeit auch in der Modefarbe Kirsch-Apricot.
Die Kackstelze – Kacken wie bei Muttern!

Hier wurde zur Abwechslung einmal alles richtig gemacht: Produkt, Message, Zielgruppe. Ein Branding nach Maß!

Ausblick: Die Ebenen verwischen sich (Gliding). Flüstertüte

und Flaschenpost verschwinden endgültig, das Internet wird ersetzt durch Lichtwellen. Die Menschen der Zukunft sehen aus wie Leuchttürme, die ihre Botschaften verschlüsselt durch Lichtwellen verschicken. Menschen schließen sich aus Zufall zusammen, weil sie wie kleine Käfer auf dem Rücken Magnete angeschnallt haben. Manchmal macht es dann klick, und die Menschen werden so verbunden, dass sie mit dem Rücken zueinander auf den Boden fallen und gemeinsam das Aufstehen neu erlernen müssen. Und das STRUNK-PRINZIP? Ist wieder mal *Tertius gaudens* – der lachende Dritte!

☞ Buch bitte drehen

Der als Mettwurstpapst bekannte Steckrübenbauer
Heinz Strunk kloppt mit der kognitiven Feuerpatsche die
aktuellen Themenkoteletts so lange platt, bis nur noch eine
millimeterdünne Schicht aus Sehnen und reiner Muskelmasse
übrig bleibt, Stichwort Muskelfleisch, Wurst paradox. Das
STRUNK-PRINZIP *– den Dingen wird auf den Grund*
gegangen. Anders gesagt: Faule Eier werden aussortiert!

SOMMERFERIEN – von heiter bis wolkig!

Junge Menschen in der Pubertät: Von Lernschwäche, ungleich-
mäßigem Wachstum und Hormonschüben in die Mangel genommen, verpickelt, verschorft, verstrahlt irren sie durch ein
Labyrinth, das sich Jugend nennt. *Ad multos annos* – auf viele
Jahre!

Während die einen schon mit vierzehn Jahren mehr als
zwei Meter groß sind, weisen andere Verzwergungsmerkmale
auf: der Kopf winzig wie ein Hamsterknödel, Schuhgröße 18,
möchten sie sich lieber heute als morgen durch die Notausstiegsluke des Lebens verpissen. Einziger Lichtblick: Die großen Ferien! Der Countdown läuft, noch 5 Tage, 4, 3, 2, 1! Und
nun? Daheim bleiben oder wegfahren? Das STRUNK-PRINZIP
untersucht zunächst einmal Gruppe eins, um sich dann Gruppe
zwei zuzuwenden.

Teil I Große Ferien daheim, das heißt in erster Linie Freibad,
Freibad, Freibad und noch mal Freibad. Doch was sich bei
Gluthitze im Bermudadreieck Sprungturm, Umkleide und SB-
Kiosk wirklich abspielt, gleicht einem Albtraum: Bleiche Leiber
liegen dicht gedrängt wie zuckende Aale auf der Liegewiese,

um in den späten Nachmittagsstunden, von Sonne und Nacktheit verrückt, übereinander herzufallen. Oder Schockbeispiel Jason R. (Name geändert): Der mit dreizehn Jahren bereits 111 Kilo schwere Realschüler will sein einziges Kunststück zeigen, dreht sich während der Arschbombe jedoch versehentlich um die eigene Achse (Windzug), knallt mit dem Gesicht aufs betonharte Wasser und sinkt wie ein Stein auf den Beckengrund. Über dem Umkleidetrakt, eng wie ein Hühner-KZ, surrt eine Glocke aus halb ersticktem Stöhnen, leisen Schreien und geschnorchelten Zischlauten, warum, weiß kein Mensch. Rumänische Kinderbanden foltern auf der Seniorenwiese hilflose Pensionäre, um an die PIN-Nummern ihrer EC-Karten zu kommen. Einige der Alten versuchen, mit bloßen Händen über den Stacheldrahtzaun zu fliehen, bleiben hängen und verdursten innerhalb weniger Stunden. Das Personal guckt wohin? Weg! Bademeister, Schwimmlehrer, Rettungsschwimmer: diabolisches Triumvirat der nassen Lust, fettfreie Superstars, säuische Despoten. Christopher-Dennis T. (Name geändert) liegt bereits seit Stunden auf dem Bauch, weil er sich wegen seiner schmerzhaft pulsierenden Rute nicht umdrehen mag. Seine Haut wirft groteske Blasen, schließlich hält er es nicht mehr aus und springt vor Schmerzen halb wahnsinnig ins Schwimmerbecken, wo er jedoch sogleich von einem alten, welken Omafleischberg gerammt wird, die ihn in die Schraubzwinge ihrer verwitterten Oberschenkel nimmt und dabei vor Lust laut aufstöhnt. Was Christopher-Dennis nämlich nicht wusste: Rentner im Freibad sind in erster Linie gierige Molche auf der Suche nach frischem, duftendem Fleisch.

Zu hart, zu überzeichnet? Muss sich das STRUNK-PRINZIP wieder mal den Vorwurf gefallen lassen, ein Schock-Prinzip zu sein? Wenn man sorgfältig auch den zweiten Teil des Aufsatzes studiert, wird man diese Meinung bald schon revidieren!

TEIL II Ferienfreizeit: Was spielt sich in dem schon halb verfallenen Schullandheim P. in R./Schleswig-Holstein (Name dem STRUNK-PRINZIP bekannt) jahrein, jahraus wirklich ab? Das Heim in Stichworten: Nachkriegsbaujahr Hungerwinter 1946, mit Industriedraht hermetisch abgeriegelt und mit bis zu fünfhundert ungeduschten Halbwüchsigen hoffnungslos überbelegt. Zynischer Kommentar des Lagerleiters (Jena/DDR, ehemals IM «Diplomat»): *Tempus edax rerum* – Die Zeit nagt an den Dingen! Eine Wolke aus Pups, Hunger und Fernsehverbot hängt über dem Heim, das einem Lager gleicht (Scheinwerfer, Isolation, Gulag). Papierdünne Kinder werden im Speiseraum mit Hackbällchen, Wurstmobiles und Fettstippe gemästet, während adipöse Teenieklöpse lediglich eine halbe Pampelmuse am Tag zugeteilt bekommen. Wer nicht spurt, dem drohen Teefasten, Kurzschlafphasen und Nikotinentzug. Die Lokalzeitung deckt mehrere Fälle von Jugendkannibalismus auf, doch nichts passiert, die Heimleitung wird (Totschlagsargument: Arbeitsplätze sichern!) von korrupten Kommunalpolitikern (Jamaica-Koalition) gedeckt. Ungeputzte Zähne, Druckspuren am Oberarm und schlampige Kleidung sind die stummen Zeugen des Martyriums, dem die Kinder und Jugendlichen hier ausgesetzt sind. Und das Schlimme: Meist merken weder Eltern noch Lehrer etwas, da das eingeschränkte Vokabular der Halbwüchsigen nicht ausreicht, das Leid in Worte zu fassen. Aufmerksamen Beobachtern indes fällt auf, dass sie sich bei gemeinsamen Mahlzeiten Müllsäcke über den Kopf ziehen und bei Schusswechseln sofort in Sicherheit bringen. Zusätzliche Indikatoren für traumatische Erlebnisse: Eintritt in die Junge Union und/oder Gründung von Interessenverbänden.

Was ist denn nun wirklich los in heimischen Ferienlagern, wie sieht der Alltag in diesen Quälcamps aus? Stringent, fundiert und investigativ, das STRUNK-PRINZIP *at its best*: Wer

Skandale aufdecken will, der darf sie vorher nicht abdecken, denn der Skandal muss atmen und sich in Sicherheit wiegen. Hier nun das Dokument der Erschütterung, das Protokoll eines siebentägigen Aufenthalts in P. in R./Schleswig-Holstein (Name dem STRUNK-PRINZIP bekannt):

- **Tag 1:** Ankunft im Reisebus. Gemeinsames Abendessen. Der Lagerleiter stellt sich vor. Punkt zweiundzwanzig Uhr Bettruhe.

- **Tag 2:** Wecken um acht. Nacktduschen, Bauernfrühstück, je nach Wetterlage Sport, Ausflüge oder Gesellschaftsspiele. Schlag zwölf Mittagessen. In bis zu zwei Reihen gleichzeitig müssen die Jugendlichen bei der Essensausgabe anstehen, in christlichen Lagern kommt oft noch Andacht und Tischgebet dazu. Nach dem Mittag stundenlanger Leerlauf, die Jugendlichen sollen durch Langeweile gebrochen werden. *Gutta cavat lapidem* – steter Tropfen höhlt den Stein! Sechzehn Uhr Kaffeezeit. Der Kaffee ist so heiß, dass er minutenlang auskühlen muss, am Kuchenbuffet darf nur ein einziges Mal nachgenommen werden. Selbständige Exkursion zur Kleinstadt R. Orientierungslos streifen die Jugendlichen durch den ihnen unbekannten Ortskern. Hilfe von Jugendhelfern oder Lagerleitung: Fehlanzeige, die Jugendlichen müssen sich teilweise durchfragen. Achtzehn Uhr Abendessen: Tee, Mischbrot, nur eine Sorte Schmierkäse, Nussnougatcreme ist aus. Neunzehn Uhr dreißig: Die Jugendlichen verbringen den Abend im Gemeinschaftsraum mit Gesellschafts-, Geschicklichkeits- und Denkspielen. Es herrschen Handy- und Rauchverbot, Süßigkeiten müssen selbst mitgebracht werden. Die Jugendlichen sind so eingeschüchtert, dass sie sich nur in Zimmerlautstärke unterhalten. Konzentrationsschwierigkeiten, diffuse Magenbeschwerden und Beinkrämpfe sind schon nach wenigen Stunden die schmerzhaften Vorboten dessen, was sie in den nächsten Tagen erwartet. Schlag zweiundzwanzig Uhr Bettruhe.

- **Tag 2 bis 6:** Der Wahnsinn geht weiter. Das Personal ist zu allen gleichmäßig freundlich, endloser Mahlzeitenterror – es gibt übrigens fast ausschließlich kulinarische «Spezialitäten» aus der DDR: Magdeburger Bördetopf, Krümpelsuppe (Thüringen), auch Faule-Weiber-Suppe genannt, Laubfrösche mit Hackfleisch, kalter Hoppelpoppel (siehe auch DDR-Humor), Sächsisches Biergulasch, zum Nachtisch Radebeuler Stäbchen (Waffelstäbchen mit süßer Füllung). Abwaschzwang, teilweise schlechtes Wetter. Im örtlichen Supermarkt sind die Schnapsregale gegen Ende der Woche leergefegt.
- **Tag 7:** Abfahrt. Das Lagerpersonal überreicht den völlig ausgepumpten Jugendlichen ein Vesperpaket für die Rückreise. Auf dem Weg zum Busparkplatz brechen die Schwächsten zusammen und werden von der Lagerleitung für die Heimfahrt gesundgespritzt. Im Bus bleibt kein einziger Platz unbelegt, die meisten Kinder fallen in einen komatösen, traumlosen Schlaf, aus dem sie erst bei der Rückkunft wieder erwachen. Jetzt folgt der endgültige Zusammenbruch: Im elterlichen PKW nesteln sie gedankenverloren an ihrer Kleidung oder gucken nur stumm aus dem Fenster.

Vielleicht ist dieses Horrorgemälde mit etwas zu kräftigen Farben gezeichnet, aber in unserer abgestumpften Grinsrübengesellschaft kann man leider nur dann noch Missstände aufdecken, wenn man Skandale künstlich produziert. Vielleicht trägt diese aus dem Gedächtnis geschriebene Reportage als winziges Mosaikstück dazu bei, irgendwann einmal bessere

Verhältnisse zu schaffen. Dann hätte das STRUNK-PRINZIP ein wichtiges Ziel erreicht, und es könnte endlich heißen: *Vivant sequentes* – Die Nachfolgenden sollen leben!

Der überlebensgroße Gedankendompteur Heinz Strunk nimmt wieder einmal Platz auf der samtenen Pferdedecke der Erkenntnis. Denn worüber andere schweigen, darüber redet er: LKW-Wahnsinn, die modisch gewordene Ein-Kind-Ehe oder dubiose Billig-Schmerztherapien, wie sie in letzter Zeit aus den Tigerstaaten herübergeschwappt kommen. Die gute Nachricht: All diese Nüsse kann man knacken, und zwar mit einem Nussknacker, der **STRUNK-PRINZIP** *heißt!*

BODYMODIFICATION – ein Irrweg im Faktenkorsett

- **Fall 1:** Deine erst fünfzehnjährige Tochter tritt mit dem abseitigen Wunsch an dich heran, sich ihren noch nicht ausgewachsenen Teenierücken großflächig mit historischen Panzerschlachten tätowieren zu lassen. Entgeistert lehnst du ab. Wochen später klagt sie über starke Bauchschmerzen und muss notoperiert werden. Im Krankenhaus kommt die bittere Wahrheit ans Licht: Sie hat sich in einer illegalen Tattoo-Klitsche mehrere Innereienpiercings machen lassen und wenige Tage später mit deinem Montblanc-Füller (Leader Edition) ein Mundhöhlentattoo selbst gestochen. *Qui doluit meminit* – Wer Schmerz erlitt, denkt daran!
- **Fall 2:** Dein Chef, ein untersetzter, aufgeschwemmter, ewig schwitzender Salinotyp, wirkt nach dem Urlaub irgendwie viel schlanker. In der Mittagspause klärt er euch, fröhlich in sein Leberwurstbrötchen beißend, auf: Er hat sich mit sog. *Zylinderpiercings* diagonal zutackern lassen, um die Trägheit des Auges zu nutzen: Er sieht zwanzig Kilo leichter und mindestens ein Senfglas größer aus.

- **Fall 3:** Als du die Haustür aufschließt, schlägt dir ein beißender, widerlicher Geruch entgegen. In der Küche wirst du Zeuge eines erschütternden Szenarios: Ein Notarzt versorgt deine vor Schmerzen wimmernde Frau, die sich bei einem missglückten Self-Branding-Versuch am Ceranfeld beide Oberarme auf Knochentiefe verschmurgelt hat. Bis an ihr Lebensende muss sie nun die verbrannten Hautpartien im Handwaschbecken kühlen.

- **Fall 4:** Dein bester Kumpel hat sich in Sektlaune dazu überreden lassen, beim unkonventionellen Partyspaß *Boning* beide Unterschenkel brechen zu lassen, die jetzt – und das ist der perverse Fun – ohne Gips wieder zusammenwachsen. Monate später das spektakuläre Resultat: Er bewegt sich wie ein Lurch, und endlich wird ihm die Aufmerksamkeit zuteil, die er sich schon immer gewünscht hat. *Mente captus* – unzurechnungsfähig?

Vier alarmierende Beispiele, ein Begriff: Bodymodification. Vom durchgeknallten Party-Animal bis zur Sesselschranze: Wer heute etwas auf sich hält, der sucht sich aus der verwirrenden Palette korporaler *Enhancements* die für ihn maßgeschneiderte Lösung: Flächentätowierung, Microdermals, Cuttings sind nur Stichworte, Lemmata aus dem Kompendium fanatischer Menschenschnitzer. Das STRUNK-PRINZIP hat der Giftküche dieser Wahnsinnigen eine Stippvisite abgestattet und Erschreckendes zutage gefördert: mafiöse Strukturen, Milliardenumsätze, Bestechung bis in höchste Kreise, Klüngel, Mülltrennung, Psychiatrie, Brandstiftung – alles klar?

Das Mantra dieser Wahnsinnigen: Erlaubt ist, was gefällt. Mit sardonischem Gesichtsausdruck verkünden sie immer neue Ungeheuerlichkeiten aus dem Reich der Körperverstümmelung, und noch dem monströsesten Lapsus wird dabei das

Deckmäntelchen vermeintlicher Originalität umgehängt. Das STRUNK-PRINZIP nennt die Dinge beim Namen. Was ist was?

1. *Branding* – Ein Begriff aus der Viehzucht. Muss noch mehr gesagt werden? Das STRUNK-PRINZIP warnt an dieser Stelle ausdrücklich vor der Kaltbrandmethode mit auf minus 80 Grad abgekühltem Stickstoff!

2. *Body Suspension:* Der Wahnsinn kennt hier gar keine Grenze mehr: Eine Person wird an einem durch die Haut gepiercten Haken aufgehängt. Das STRUNK-PRINZIP fragt: Bock drauf? Keine Antwort. Das STRUNK-PRINZIP fragt weiter: Geht's noch?! Weiter.

3. Prädikat «besonders witzig»: Zunge spalten. Mit Skalpell oder Schere. Oder warum nicht mit einer Rasierklinge, wenn gerade nichts anderes zur Hand ist? Interesse? Oder doch eher Lust auf *Play Piercings, RFID-Implantate, Dermal Anchor,* zurzeit die Renner in der ehemaligen Ostzone, heute DDR.

Warum dieser Unsinn, der an Irrsinn grenzt? Das STRUNK-PRINZIP: Manisches Bedürfnis nach Individualität – Leute von heute wollen eben keine graugesichtigen Paragraphenreiter, Genrumpelstilzchen, Ablecker, Kartoffelviecher oder sonstige Kackimenschen sein! Schaut her, ich bin ich, witzig, einzigartig, ein Unikat, krakeelen die Apologeten des Individualismus ungefragt in die Runde, und so strampeln Myriaden talentfreier Klone im mikromaschigen Spinnennetz eines gesichtslosen Millionenheeres, treiben im Sog des kranken Zeitgeistes als schlecht verklebtes Papierschiffchen in den nassen Tod. *Legibus solutos* – von den Gesetzen entbunden!

Mit Zaubertinte unter die Haut geritzte (13-stellige!!!) Pins, genetischer Teilkörperabdruck und Punchen (Ausstanzen eines kreisförmigen Lochs mittels Biopsie-Nadel. Achtung: Wächst nie wieder zu!) sprechen eine Sprache, die direkt dem Wörterbuch des Unmenschen entliehen ist. Wo früher noch selbst bemalte Herdabdeckplatten oder Musizieren auf Orff'schen Instrumenten als Visitenkarten von Persönlichkeit galten, werden heute Geschütze aufgefahren, die in Wahrheit Rohrkrepierer und Selbstzünder sind. *Nuda veritas* – die nackte Wahrheit.

Neuster Trend: Bodymodification im Sport, Beispiel Sprossenwandkletterer: Er lässt sich in Hände und Füße zusätzliche Schweißdrüsen operieren: Die klumpig-nassen Käsemauken und klebrig kalten Wursthände haften wie Saugnäpfe an der Wand und ermöglichen dem Sportler pfeilschnelles Erklimmen der doppelmannshohen Wand.

Weitere Beispiele: Marc O. (Name geändert) hat sich mit nicht weniger als sieben Kilo Reißzwecken zu einem bleischweren Piercing-Harlekin aufblasen lassen, um beim Komasaufen und Karneval zu punkten, während Katy D. (Name geändert) sich von schlecht ausgebildeten Hobbyärzten Flächenverätzungen mit Buttersäure beibringen ließ, um ein paar flüchtige Momente lang als Trendsetterin zu gelten. Das STRUNK-PRINZIP fragt: Sind künstlich geschaffene Lachfalten im Genitalbereich wirklich Ausdruck geistiger Beweglichkeit? Haben Träger martialischer Zementimplantate auch nur den Hauch einer Ahnung von den langfristigen Spätfolgen ihrer ruinösen Leidenschaft? Der einstige Traumbody verfällt der Humifikation, als lebende Leichen verbringen diese Bodyzombies ihre letzten Monate in Eckbadewannen, Wasserbetten und Hängematten. Als ungestalte Klopsmasse werden sie auf dem Altar des Körperkults der Lebendschlachtung zugeführt!

Bodymodification im historischen Schnelldurchlauf: Beim Blättern in sympathisch vergilbten Fotoalben aus den Siebzigern stößt man auf aus heutiger Sicht rührend naive Klassiker: Betonschuhe fürs Kind, Kupferbrosche für die Frau, dezent abgekaute Fingernägel beim Mann, Eisendutt bei Oma, und fertig war noch vor wenigen Jahren die Laube der Individualität. Oder sind das etwa nur ferngelenkte Facharbeiter auf der Suche nach Auslöschung gewesen? Trampelpfad, Einbahnstraße, Sackgasse: die drei Begriffe aus der Welt des Verkehrs beschreiben anschaulich so manches Dilemma, wie auch dieses.

Gibt es überhaupt Lösungen, Hilfe, Therapien? Das STRUNK-PRINZIP: Ja natürlich, sie liegen wie immer auf der Straße, man muss sie bloß aufheben: Das Einmaleins aus dem Apothekenschränkchen des gesunden Menschenverstandes: Kurz durchatmen, einfach mal fünfe grade sein lassen, den Teller nur halb auslöffeln, die Pumpe zwischendurch abstellen, den inneren Ofen anmachen oder das Gläschen zu viel klingt auf den ersten Blick nach anachronistischen Schnarchklassikern aus dem Märchenbuch durchgeknallter Kräuterpfarrer, dies alles sind in Wahrheit aber Schlüssel zum eigenen Sein-Sein. Das STRUNK-PRINZIP fasst zusammen: Petting statt Piercing, Brunchen statt Branding, Telefonieren statt Tätowieren, selbstbewusst das eigene Ich da verankern, wo es sicher vertäut liegt: Mitten im Leben!

Heinz Strunk, ein fleischgewordener Think Tank,
der keine Grenzen zieht, sondern einreißt. Die in unserer
Häppchengesellschaft verbreitete Vollkaskomentalität ist seine
Sache nicht, er hat auf seiner nimmermüden Suche nach
Wahrhaftigkeit in seiner verschwitzten Denkerstube ein Prinzip
entwickelt, bei dem sich alle andere Prinzipien aber mal so
richtig warm anziehen können: Das **STRUNK-PRINZIP***!*

KUNST – Handwerk des Menschen

Kunst, ein zu großes Wort, als dass es vom STRUNK-PRINZIP verhandelt werden dürfte? Eben gerade nicht! Das STRUNK-PRINZIP eröffnet den Diskurs mit scheinbar beliebig gewählten Beispielen.

1. **Sozialistischer Realismus/Suprematismus:** Sprengseife Bimbo – Riecht als Seife gut und sprengt als Sprengstoff gut.
2. **Performance:** Drei Taucher halten im *Rebirthing-Tank* bereits seit vier Minuten die Luft auf der Suche nach dem Superorgasmus an. Kameras begleiten das Geschehen.
3. **Installation (White Cube):** Der schwarze Fakir Vera Voss kniet vor der Liebesschlange Bogomir und lässt sich von ihr den schon halbverdauten chinesischen Glückskeks aus seinem Sackmagen herauslecken.

??????????????????????????????????????? Weiter. Das STRUNK-PRINZIP stellt Fragen, um schrittweise zum Kern der Dinge vorzustoßen. Es gibt jeweils nur zwei Antwortmöglichkeiten: A oder B bzw. ja oder nein bzw. richtig oder falsch.

- «Kunst ist das nächste ganz große Ding»: A oder B?
- «Kunst ist wie ein zweites Universum, immer anwesend, durchdringt die Membranen des unseren»: A oder B?
- «Kunst ist das Bindeglied zur Antimaterie»: A oder B?

Das STRUNK-PRINZIP bohrt weiter: Chirurgische Klammern, Gefrierbrand, Druckverbände – Kunst oder Kitsch? Reizthema Gewürznester – Lifedesign paradox oder Art-Art? Der Herrgottschnitzer: Künstler oder Kunst*handwerker*? Was «macht» Kunst eigentlich? Es gilt, das Phänomen Kunst im analytischen Fokus von Tiefenpsychologie und Sachinformation zu häuten wie eine Zwiebel.

Kunst kann zunächst einmal alles sein: Blockflöten-Dandys, Jodsalz in einer klaren Winternacht, DDR-Technik, Rosinenbomber oder Wüsteneier unter Druckbestrahlung. *Transanalysekunst* am Beispiel von Holz. Bei dieser modernen Kunstform stellt der Künstler zunächst Fragen, und je nachdem, wie die Antworten ausfallen, entsteht die Kunst *in facto* – tatsächlich. Frage also: Was sind Bretter ohne Nägel? Nur Holz. Erst der Nagel gibt dem Brett eine Seele. Der metallene Kobold ist Soulfood für die zuvor unbelebte Lattenmasse. Evolution der Holzlatte: Aus Sägespänen formt sich Presspappe, aus Presspappe wird Sperrholz, das durch ungeheuren Druck in die nächste Stufe, den Vollspan, befördert wird, um sich schließlich vermittels der bindenden Kraft des Nagels zu einer Holzmatrix zu formen!

Es liegt im Wesen der Kunst, ständig neue Kategorien zu erschaffen, unablässige Paradigmenwechsel bis in die ekstatische Desorientierung hinein. Kunst zerlegt die Wirklichkeit in Pixelpunkte, ein fortgesetztes Brechen, Splittern und Reißen. Neuronenherrschaft, Begierderückstände, Bedeutungscluster, winzige, flüchtige Zeit-Bakterien.

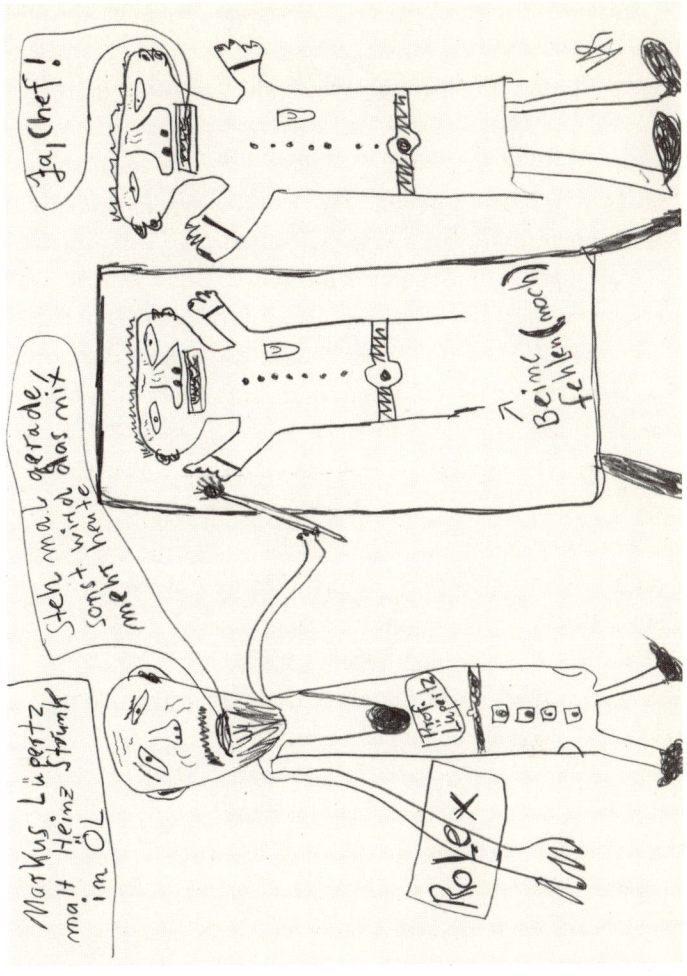

↩ Buch bitte drehen

Doch werden wir nicht allzu theoretisch, denn das STRUNK-PRINZIP soll für jedermann zugänglich sein! Nur eine auf Luftkissen schwebende Theoriebarkasse auf den Schmutzwasserzulauf eines Binnenmeeres setzen und sich dann durch die Notausstiegsluke verpissen? Ein klares Nein! Auf tönerne Plastikfüße gestellte Behauptungen, die man abfackeln kann wie ein Storchennest im Herbst, brüchige Theoreme mit Verfallsgarantie und pupsgeschwängerter Wind um nichts: Das sollen die anderen machen; das STRUNK-PRINZIP ist nicht bekannt dafür!

Kunst in Worten: Einer der größten Texte ever, geschrieben 1967 von Dichterfürst Znieh Knurts. Das vollkommen Neue war, dass hier erstmalig eine Brücke geschlagen wurde zwischen kalter Piloten- bzw. Funktionssprache und Poesie.

Der Sensible (1967)
Ein Mann zerbricht eine Möhre. Möhren werden
	zerbrochen … warum?
Kinder drehen Kaugummiautomaten die Nase um.
Jemand zerbeißt einen Bonbon. Lutschen wäre ja noch
	normal, aber zerbeißen?
Eine Frau zündet sich eine Zigarette an. Überall brennen
	die kleinen Zigaretten, in der ganzen Stadt … was für ein
	sinnloses Sterben.
Beim Schlachter fällt eine Wurst herunter. Eine Frau hebt
	sie auf, als wäre nichts gewesen.
Ein Vogel fliegt gegen eine Kuh! Warum?

Weiter: Die Zeichnung «Ohrenkuss», von Aktionskünstler Günter Häutchen, 1988 in weniger als 15 Minuten hingekrickelt, wurde unlängst von einem anonymen Bieter für 8,4 Millionen Euro ersteigert, während doppelrahmige Gemälde aus dickmulschiger Ölfarbe (Motiv: Erntefest) als reaktionärer

Nazikitsch gelten. In den vernebelten Feldküchen moderner Zerstörkünstler gibt es statt frisch zubereiteter Pampe nur noch Huhn mit Brot, um eine Metapher zu benutzen, wie sie typisch ist für das STRUNK-PRINZIP.

Nächste Themenspindel. Der Künstler. Auch hier wieder in Stichworten: Mythos Künstlerhände. Holzweg Musenkuss. Die spießige Vorstellung von der Eingebung, die den Künstler aus dem Nichts überfällt, oder wie sich das Klein Fritzchen so vorstellt. Das STRUNK-PRINZIP bezieht Stellung: Amateure warten auf Inspiration, Profis setzen sich hin und arbeiten. Noch Fragen? Eben. Perfekte Beherrschung des Handwerks, Disziplin, Fleiß, Genauigkeit, Intelligenz, ein absolutes Gehör für Dramatik, Timing und natürlich eine XXXXL-Portion Talent sind Selbstverständlichkeiten, über die man nicht weiter zu sprechen braucht. Und: Demut. Zum Beispiel Thorsten Kuhllage, unbestritten eine Jahrtausendbegabung, aber von Mutter Natur grausam abgewatscht. Genie im Schorfmantel, gefangen in Eihülle und Blaubeerhaut. Und überhaupt, Begabung, wie entsteht sie: Schicksal, externe Faktoren oder unkalkulierbares Chromosomenroulette? Das STRUNK-PRINZIP tendiert zu Antwortmöglichkeit C. Anschaulich gesprochen: Milliarden von kleinen Analogwürfeln von eins bis sechs und Digitalwürfeln mit nur noch Einsern und Nullen werden in einen überdimensionalen Becher geschüttet, und dann *shake shake*, schüttel schüttel, rühr rühr, und was kommt raus? Mickie Krause oder Einstein? Elefantenmensch oder Kernspinforscher, Mettwurstbauer oder das STRUNK-PRINZIP? Dann heißt es: *Ne sutor supra crepidam* – Schuster geh nicht über deine Sandale hinaus!

Kunst im Alltag. Kunst, die sich in den Dienst der Allgemeinheit stellt. Von Menschen für Menschen. Beispiel: Eine Seniorenselbsthilfegruppe schraubt aus Pappmaché und Wurstabfällen ein Gebilde zusammen, bemalt es mit Fingerfarben, und setzt ihm zum Schluss noch ein Mützchen aus Tauben-AA auf. Hier geht es eben nicht um Relevanz, sondern darum, mit einfachsten Mitteln das Auge zu erfreuen! Witzige Idee, mal so nebenbei: Wenn Sie von öden Krickelzeichnungen genervt sind, die Ihnen Ihre Kinder regelmäßig zum Geburtstag schenken, schlagen Sie doch ruhig mal mit den gleichen Waffen zurück, und schenken den «Kiddies» statt der Playstation ein von Ihnen selbst gemaltes Krakelbild. Wollen mal sehen, wie groß das Geschrei dann ist! Gerade in der Kunst gilt: *Fas est et ab hoste doceri* – Auch vom Feind lernen ist recht.

Apropos Kiddies: Kinder- und Irrenkunst gehört in die Kategorie *nichtreflektiertes Schaffen*, hier ist erlaubt, was gefällt – Analreusen, Pisspottschnitte, Nurdachhäuser und enge Strümpfe. Gleich dahinter kommt schon *entartete Kunst*, die ihren Ursprung bei den Wiener Aktionisten um Otto Mühl hatte, die für ihre Experimente mit Blut, Samen, Innereien und Schmerzen berüchtigt waren. Wirre Installationen mit Strom, Kokeleien, Tieropfer, Sex mit Würmern, abgetrennte Ärmchen sorgten für Entsetzen; aber erst die Eröffnung eines *Kinderpornomuseums* brach diesen Wahnsinnigen das Genick.

Kunst in der DDR, wieder einmal ein trauriges Kapitel. Auch hier die vermaledeite Sprache! *Krötenfuß* – Kugelschreiber. *Mausehaken* – Anhängerkupplung. *Ochsenkopfantenne* – Antenne zum Empfang von Westfernsehen. In einer verlassenen Datscha von Erich Mielke fand sich noch eine pulsierende Flüssigleinwand aus Ziegenpipi und Gummiwülsten. Was er damit angestellt hat, ist bis heute unklar. Und das war's dann auch schon, was die DDR an «Kunst» zu bieten hatte. Prädikat «echt trist».

Nachdem wir uns einen groben Überblick verschafft haben, was wäre der Ausblick, wie geht es weiter in der Kunst? Das STRUNK-PRINZIP *in brevi* – im kurzen: Früher kannte die

Kunst lediglich vier Grundkategorien: Bodyart, Mindart, Art-art und Commercial Art. (Wobei Bauchfett z. B. immer auch als Kunstfett galt und beispielsweise zum Modellieren von Wülsten verwendet werden durfte.) Egal, *tempi passati* – längst vergangene Zeiten! Im einundzwanzigsten Jahrhundert über-zieht das Internet die Kunstwelt spinnwebenartig mit einem todbringenden Netz aus digitalem Datenschrott und erstickt die paar übriggebliebenen *Analogkünstler*. Wenn Zeit *ausdeh-nungslose Gegenwart* ist, dann wird Kunst zur Metavision im Reich des Endlichen. Fazit des STRUNK-PRINZIPS: Kunst, und das ist das Tröstliche, bleibt trotzdem, was sie immer schon war: Ein phantastisches Rühren in der Kopfsuppe, wo plötzlich ein Hirnlappen zum Topflappen wird und umgekehrt, und nie-mand widerspricht!

*Wie könnte man das **STRUNK-PRINZIP** am besten umschreiben? Wie einen Aufguss: heiß und geil. Das **STRUNK-PRINZIP** zu leben bedeutet, sich gesund zu schwitzen, die schlechten Säfte einzutrocknen und das aus den Fugen geratene Koordinatensystem zu gipsen. Das **STRUNK-PRINZIP** ist so etwas wie die Ganzkörperspange der modernen Discountgesellschaft!*

FANS – zwischen Psychose und Wahn

Die eine Seite der Medaille: Kunterbunt gekleidete Tifosi, Schlachtenbummler mit Schwips, Fangesänge, Vierfarbposter, kultige Fanpages, Public Viewing unter Gleichgesinnten, Originalautogramme. Die andere Seite: Induzierter Wahn, Lewy-Body-Demenz, Zwangsgedanken, Cotard-Syndrom, Folie à deux, frontotemporale Demenz, Kälteidiotie. Das psychotische Vokabular einer durchgeknallten Gruppe: Fans. Ein Phänomen postkapitalistischer Hochleistungsgesellschaften, das immer öfter pathologische Züge annimmt. Verehrung, Todessehnsucht und Kadavergehorsam sind die brennenden Fäden, an denen *Hardcorefans* wie Marionetten hin- und herzappeln. Es gibt wohl niemanden, der nicht Fan von irgendwas ist: Von TV-Stars, Sportmannschaften, Tieren, Verschlüssen, ja sogar von Zwischenlagern und Kriegsspielzeug. Doch werden wir sogleich wieder sachlich. Das STRUNK-PRINZIP faktenbasiert, Definition Fan nach W. Kesselbauer (Die Kesselbauerkonstante, p. 445 ff.): «Ein Fan ist ein Mensch, der längerfristig eine leidenschaftliche Beziehung zu einem für ihn externen, öffentlichen Fanobjekt hat und in die emotionale Beziehung zu diesem Objekt Ressourcen wie Zeit und/oder Geld investiert.»

Die Harmlos-Variante: Ein beim Preisausschreiben gewonnenes Meet & Greet mit den *Amigos*. Da hockst du mit Bernd und Karlheinz, kreuzbraven Musikanten, wie sie kreuzbraver kaum vorstellbar sind, im Hinterzimmer eines Festzeltes, eine anständige Portion Farmersalat (Lieblingsessen) zwischen der Kauleiste, den Becher handwarmen Eierlikör in Griffweite, und schon nach den ersten witzigen Sprüchen («Frauenfußball ist wie ein Pferderennen mit Eseln.») egalisiert sich das Gefälle zwischen Star und Fan. Aber diese Beziehung kann schnell ganz andere Züge annehmen und in Besessenheit, Wahn, gar zönästethischen Halluzinationen enden! Schockbeispiele sprechen eine überdeutliche Sprache:

- Josey N. (14, Name geändert), die sich mit ihrer eigenen Zahnklammer Schürfwunden beibrachte, nachdem sie erfuhr, dass ihr Soap-Star (Name dem STRUNK-PRINZIP bekannt) unter verdecktem Übergewicht leidet.
- Büroangestellte Petra D. (Name abgeändert), die ihre Schrankwand demolierte, nur weil ihr Idol (Name dem STRUNK-PRINZIP bekannt) schon wieder umziehen will.
- Deutschlehrer Meinhard P. (Name verändert), glühender Anhänger des nuschelnden Funphilosophen Jürgen Habermas, der, um mit dem Großdenker ein Viertelstündchen über Fragen von Metaphysik und kalter Progression zu plaudern, seinen Weinkeller unter Wasser setzen würde.
- Agnes R. (76, Name, geändert), die gebrauchte Heilpflaster, Essensreste und Einweggeschirr des volkstümlichen Megastars Hansi H. in einem luftgekühlten Schrein aufbewahrt und dort bis zur Selbstaufgabe hortete.

Den Star schon wieder nicht am Hinterausgang erwischt! Gleich tropfen falsche Tränen frisch gepressten Selbstmitleids auf den handpolierten Wanderschuh. Sogenannte *Ultras* geben in der Endphase ihrer Verirrung für ihren Star das Rauchen auf, fahren ihm im Zug hinterher oder suchen nach einer öffentlichen Autogrammstunde das irrlichternde Vieraugengespräch mit dem Objekt ihrer Anbetung!

Bleiben wir systematisch und analysieren zunächst einmal das Objekt der Begierde, den Star selber. Gerade die B-Prominenz unterliegt einer gefährlichen Metamorphose: Stars dieser Kategorie lassen sich Gewebsflüssigkeit absaugen, die Kreuzbänder amputieren, Stimmhöhe wahlweise rauf- oder runterpitchen, oder sie eitern einfach weg. Von einem Augenblick zum nächsten steht der Fan im krachledernen Niemandsland und muss sich auf eine ich-schwächende Suche nach einem neuen Idol machen. *Nuda veritas* – die nackte Wahrheit!

Wo liegt nun die Grenze zwischen «normaler» (was ist schon «normal»?) Bewunderung und pathologischer Anbetung? Wer gleichzeitig Fan von Peter Klöppel, DDR-TV, und Rubbellosen ist (*multiples Fantum*), läuft Gefahr, zwischen diesen schwammigen Fronten aufgerieben und in der großen Devotionalientonne entsorgt zu werden. Verzettelung, Hysterie, Durchblutungsstörungen, strukturelle Verelendung, Gliederschmerzen und Insolvenz sind unvermeidliche Langzeitfolgen. In sklavischer Ergebenheit dient der Fan seiner Obsession, bläht sie künstlich auf, um am Ende vollständig von ihr getilgt zu werden. *Dum spiro spero* – Solange ich atme, hoffe ich! Das Motto dieser Wahnsinnigen! Sind Fans also einfach nur doof, krank und aufgedunsen? Dick, beknackt und abgemolken? Jung, dumm und verwachsen? Njet! Es gibt nämlich auch Fans, die emotional gefestigt, still und unaufdringlich ihr Idol bewundern. Zu nennen wären da in erster Linie die Anhänger eines Mannes, der sich lange schon da aufhält, wo die Luft hauchdünn ist, nämlich ganz oben. Dieser Mann heißt James «Hansi» Last. Wenn er vor seinem erstklassigen Orchester aus Spitzenmusikern steht und den Taktstock schwingt, wird auch dem abgebrühtesten Naturell abwechselnd heiß und kalt. Die Menschen, auch Ärzte und Lehrer, stehen auf den Tischen und weinen. Seine Musiker, die allein für sich genommen auch schon große Stars sind, verehren ihn wie einen Messias und tun alles für ihn, wie er umgekehrt väterlich für sie sorgt. Nie würden Fans auf die Idee kommen, Hansi anzurufen, in seiner Garderobe das Catering zu stehlen oder ihn zu fangen und hinterher aufzuessen. Auf ihren pflaumenblauen Ausgehsakkos heftet bestenfalls ein Button mit der Aufschrift «Hansi», und ihre einzige Marotte ist es, sich von einem Radiowecker mit Hansi als Kuckuck wecken zu lassen. *Medio tutissimus ibis* – In der Mitte wirst du am sichersten gehen! Das dem Leben zugewandte Leitmotiv von Hans Last!

Um das eigene Fanprofil ergründen zu helfen, hat das STRUNK-PRINZIP einen nach modernsten Erkenntnissen entwickelten Psychotest entworfen:

- **Frage eins:** Wie weit würden Sie gehen, um Ihrem Star nahe zu kommen? 1a) Ein gemeinsamer Besuch im Vogelpark? 1b) Eine E-Mail an die Fanadresse schreiben?
- **Frage zwei:** Sie kommen in ein Restaurant. Der einzige Gast ist Ihr Lieblingsstar. Sie stellen sich diskret an die Theke und bestellen ein Bier. Plötzlich bittet Ihr Star Sie an seinen Tisch und lädt Sie zum Mittagessen ein. Nehmen Sie das Angebot an? *Mimus vitae* – das Possenspiel des Lebens! Tun Sie sich selbst einen Gefallen und schummeln Sie nicht, denn wer schummelt, lügt sich selbst in die Tasche!

Zusammenfassung: 1) Der Mensch sollte im Mittelpunkt stehen und nicht irgendeine Hülle oder Seifenblase. 2) Fansein, richtig begriffen, ist die gezielte Rückkehr in die Normalität.

Starsein, richtig begriffen, ist im Besonderen, die Normalität zu erkennen. So genießen Star und Fan in vollen Zügen den Platz, der ihnen zugewiesen wurde, begegnen sich auf Augenhöhe, wissen um ihre symbiotische Verbindung und arbeiten stetig daran, dass ihre fragile Schicksalsgemeinschaft, wenn möglich, ewig dauert! Das geheimnisvolle Fazit des STRUNK-PRINZIPS: «Auch in Paris macht man aus Hafer keinen Reis.»

Der psychedelische Pferdewirt Heinz Strunk presst die Antworten auf über 9000 häufig gestellte Fragen durch einen Spritzbeutel namens **STRUNK-PRINZIP***, und heraus kommen Erkenntnisse, auf die man so sonst nicht gekommen wäre. Das* **STRUNK-PRINZIP** *ist modern und vor allem narrensicher. Und als ob dies alles noch nicht genug wäre: 10 000 Zeichen* **STRUNK-PRINZIP** *retten einen Quadratkilometer wertvoller Geröllwüste!*

MEDIEN – die unheimliche Bedrohung

Vermischte Meldungen des vergangenen Monats:

- Seite-1-Schlagzeile der Bildzeitung: «Rollstuhlfahrer rappt für eigene OP.»
- Erfahrungsbericht in den St. Pauli Nachrichten: «Brustvergrößerung durch Handauflegen!»
- Aus der Hasenwoche: «Endlich bewiesen – Menschen können aufgrund eines eingebauten Motorikfehlers nur unzureichend hoppeln und sind daher zur Fortbewegung in Wald, Wiesen und Feldern nicht geeignet.»

Medien, auch die «vierte Gewalt» genannt: eine mehrarmige, alle Lebensbereiche durchdringende Krake, die den heutigen Ex-und-hopp-Menschen lähmt, aufspießt und schließlich leersaugt wie ein Insekt: Internet, Handy, Plakate, TV, Print – der moderne Stop-&-Go-Mensch ist 24 Stunden online, saugt ununterbrochen verstrahlte Infopartikel, leere Datenpakete und zusammenhangloses Instantwissen auf wie ein poröser Badeschwamm, er ist ein Infusionspatient am Dialysegerät der digitalen Revolution, ein Junkie, der von ungefilterten Informationen überschwemmt wird.

Vorbei die seligen Zeiten, in denen pro Haushalt ein «Käseblatt» und eine überregionale Tageszeitung bis zum Tod und darüber hinaus abonniert und die wenigen verbleibenden Informationslücken durch die Tagesschau geschlossen wurden. Der Marionettenmensch einer komplett gleichgeschalteten, globalisierten Welt dagegen wird von Meldungen, Meinungen und Informationen verbrannt wie ein kreidebleicher Nordeuropäer (z. B. Finne) in der Mittagshitze.

Zeit für das STRUNK-PRINZIP, sich dieses düster-verstrahlten Themas anzunehmen.

Wir erfahren im Folgenden alles über digitale Codierung, das Intranet, dringen ein in die Strukturen des sog. *Gonzo Journalism*, beschreiben die verschiedenen Mediensysteme und entlarven den modischen Whistleblower als das, was er ist: ein ätzender Streber, Besserwisser und Wichtigtuer, der rumnervt, weil er keine geile Alte abkriegt.

Die alte Tante Journalismus

Ob in der *Cloud* oder in klassischen Printmedien, nach wie vor tragen sich die Informationen nicht von selbst zusammen. Hier sind Profis gefragt: Reporter, Berichterstatter, Journalisten, die versuchen, aus den unzähligen Informationen Pakete zu schnüren, Artikel zu formen, Geschichten zu machen.

Zum grundlegenden Handwerk eines Journalisten gehört, aus vier willkürlich gewählten Begriffen (Beispiel: Darmverschluss – Bibelstunde – Samenkoller – Fahrradrallye. Anderes Beispiel: Kaptölpel – Unruhestand – Raumforderung – Pustelbulgarin) in fünfundvierzig Minuten eine solide recherchierte Story zu «basteln». Von Fingerfood bis Chlorakne, von Splatterhockey bis Wurstmobiles, Sturzgeburt, Blitzprügel, Waldnutten, Eiersweatshirt: Der Journalist sollte «neugierig» sein, zunächst einmal alles «spannend» finden.

Ein guter Artikel, im Fachjargon *Event-Text* genannt, muss einen möglichst breiten Erregungskorridor eröffnen, nach Einführung des spezifischen Themen*quadrats* die Informationen komprimieren, um nach komplexer Contentgenerierung das Fazit direkt und einseitig an ein disperses Publikum vermitteln. (Siehe auch «Potenzialanalyse in der postindustriellen Gesellschaft» nach Lauenstein, S. 321 ff.). Ein guter Journalist stellt Fragen, die keinen Spielraum zulassen. Er blättert im Inneren seines «Reizthemenalmanachs». Dabei geht es ihm nicht um «Tuschelthemen», nein, «Journalismus light» überlässt er den Kollegen von der Regenbogenpresse; er kommt auf den Punkt (point) – *Punctum puncti*.

Königsdisziplin ist der «investigative Journalismus». Der bekannteste deutsche Vertreter heißt Günter «Günni» Wallraff (RTL), ein nie greifbarer Harlekin, der wie ein Flaschengeist immer da auftaucht, wo man ihn am wenigsten vermutet, und der u.a. den als deutsches Watergate bekanntgewordenen *Oldenburger Rohmilch-Skandal* aufgedeckt hat.

Die Verleger

An der Spitze der Verlage steht der Verleger. Die wohl berühmtesten deutschen Verleger Henri Nannen, Axel Springer (Pardon, ich bin Christ) und Rudolf Augstein, alle drei spielsüchtige Gamma-Alkoholiker und immergeile Bumsböcke, haben ihren Erfolg dem Umstand zu verdanken, dass sie konsequent die drei goldenen Regeln des «Blattmachens» befolgten:

1. Du musst die PS auf die Straße bringen.
2. Mach aus jedem Frage- ein Ausrufezeichen.
3. Wenn du ein totes Pferd reitest, steig ab.

Verlegen bedeutete für sie einen «Top-down Prozess», stets behielten sie die Deutungshoheit und praktizierten erfolgreich das, was sich als «Thinking big» später in nahezu allen Branchen durchsetzte: «Es ist einfacher, alles zehnmal besser, als nur 10 % besser zu machen.» (vergl. dazu auch das Podolsky-Rosen-Paradoxon). Nanni, Aggu und Auge (Spitznamen) – Von der Vision zum Erfolg!

Faktencheck und Faktenkorsett

Bevor es richtig «saftig» wird, arbeitet sich das STRUNK-PRINZIP unbeirrt durch ein Meer staubtrockener Fakten. Wir checken das Thema (Faktencheck), schnüren es ein (Faktenkorsett), um es dann wie eine überreife Nuss zu knacken. Definition nach R. Huberschmidt: «Medien sind komplexe institutionalisierte Systeme um organisierte Kommunikationskanäle.» Bumm. Huberschmidt unterscheidet dabei: **Primäre Medien** als Mittel des menschlichen Elementarkontaktes *ohne Gerät*. **Sekundäre Medien** bedürfen zu ihrer Hervorbringung, nicht jedoch zu ihrer Wahrnehmung *Geräte*, während **Tertiäre Medien** auf Seiten des Produzenten wie auf der des Konsumenten *Geräte* voraussetzen. Bumm. Bumm.

Fernsehen – Medium der Vergangenheit?

Eben genau nicht. Aber für die Einserjahre gilt: Keine besinnungslose Berieselung in *Old-School*-Manier! Das STRUNK-PRINZIP setzt sich für das «neue» TV ein. Neues TV, neue Begriffe: *Full Season pick-up, Frontloading* (im Januar mit überproportionalen Marktanteilen bei hoher TV-Nutzung eine optimale Plattform für das ganze Jahr schaffen) oder *DBI-Wert* (Deckungsbetrag jeder Sendung) sollten keine böhmischen Dörfer sein. Diese Termini muss man bimsen, es lohnt sich. Versprochen!

Analysis: Fernsehen von heute dient lediglich als Impuls-geber für Frequenzen, die je nach Stärke des Inputs Schübe auslösen (die Formatierung in Module erfolgt nur noch schein-bar). Durch immer perfektere Auflösung werden die sicht-baren Bilder zu einem unsichtbaren Datenpaket aggregiert und codiert in den Kopf des Zusehers gejagt (*Backflash*). Bei-spiel: Eine vermeintlich stinknormale Tiersendung mit Tieren. Eine Giraffe hilft einem kranken Gnu ans nächste Wasserloch. Scheinbar. Doch sehen wir auf der B-Ebene etwas ganz anderes, nämlich eine Sondersendung über die Verbrechen des ADAC im Dritten Reich. TV erzeugt sich quasi aus sich heraus, durch bestimmte Schlüsselreize werden ganze Serienstaffeln getaktet und abrufbereit in Lines positioniert. Zeitstauchung ist keine Fiktion mehr, Geruchsfernsehen ein alter Hut von vorgestern. Das Fernsehen selbst wird zur allumfassenden *Deep Throat*.

Leitmedium STRUNK-PRINZIP

Definitionen nach dem Geschmack des STRUNK-PRINZIPS, selbst ein Leitmedium, mehr noch: ein Doppelleitmedium, das von den Opinionleadern anderer Leitmedien als Erstinstanz genutzt wird. Warum ist das so? Weil das STRUNK-PRINZIP a) über 8 Zetabite Informationen verfügt, b) moderne Technik nutzt und c) nur absolute Spitzenleute für sich arbeiten lässt, z. B. Bernd «Kongo» Müller & Mark Nackt, bekannt als «Duo Mosaique», die Speerspitze des investigativen Journalismus. Das STRUNK-PRINZIP ist nebenbei das einzige Prinzip, das sich selbst in Beugehaft nimmt.

Retrotrends

Was wurde eigentlich aus Flugblättern, Stiller Post und CB-Funk? Special Interest für Arme, oder feiern diese modernen Klassiker bald ein unerwartetes Comeback? Die Experten sind sich, wie so oft, uneins, und auch das STRUNK-PRINZIP möchte nicht aufs falsche Pferd setzen, was ja nur menschlich und allzumenschlich ist.

Geißel Werbung

Nahezu alle Medien finanzieren sich durch Werbung. Der Verbraucher/Konsument empfindet diese jedoch zunehmend als Belästigung, auch wird ein starker Niveauverlust beklagt, wie anhand eines besonders abstoßenden Beispiels aus dem Hygienesegment dokumentiert werden soll.

Speichelschwamm Gregor
Leidest du unter starkem Speichelfluss?
Ist dein Mund dauernd voll mit Spucke?
Sabberst du beim Essen und beim Reden?
Nicht mehr lange, denn jetzt gibt es den Speichelschwamm
    Gregor.
Der Speichelschwamm Gregor wird dezent im Mundraum
    platziert.
Der Speichel wird schon da weggetrocknet, wo er entsteht,
    nämlich an der Speiseröhre.
Neu: Gregor behindert weder das Sprechen noch das Essen.
Der Speichelschwamm Gregor in Gaumenfarbe.
Aus speziell verarbeitetem Naturschwamm aus den Anden.
Nie wieder Spucken und sabbern wie ein Kleinkind!
Speichelschwamm «Gregor»!

Die einen nennen es Werbung. Das STRUNK-PRINZIP nennt es einfach nur widerlich.

Die Zukunft der Medien

Das STRUNK-PRINZIP fragt: Was kommt als Nächstes? Medien, die ihre Meldungen aus sich selbst heraus generieren, Informationen um ihrer selbst willen. Was ist wahr, was ist Lüge, diese Gänsehautfrage *de luxe* wird man sich bereits in wenigen Jahren stellen. «US-Präsident nach mehrfacher schwerer Vergewaltigung auf einer Fertigpizza ins All geschossen.» «Atlantischer Ozean leert sich bis Jahresende.» Oder «Buchstaben werden abgeschafft». Niemand weiß mehr, was richtig oder falsch ist, wahr oder unwahr, Original oder Fälschung. Spätestens dann wird sich die Informationsgesellschaft im Orkus der Geschichte selbst entsorgen und mit sich große Teile der Menschheit. Das STRUNK-PRINZIP hält bis dahin die Augen offen und mahnt und warnt: «Wer sich in der Jugend viel bürstet, braucht sich im Alter nicht mehr zu kämmen.»

☜ Buch bitte drehen

*Heinz Strunk, ein notwendiges kulturelles Korrektiv,
das antritt, um die das Land überziehende Matrix der
Scheiße zu perforieren und die Gärtner der Dummheit in
ihrer eigenen Kompostkuhle zu entsorgen, hält sein
Handwerkszeug stets abrufbereit. Und das heißt
immer noch: Das **STRUNK-PRINZIP**!*

VERKEHR – von A bis B

Auf sog. Verkehrswegen bewegen sich sog. Verkehrsmittel, die von sog. Verkehrsmittelführern gesteuert werden. Zu sachlich, zu nüchtern, zu akademisch? Verkehrsmittelführer, was ist das überhaupt? Beispiel Taxifahrer: Ohnmächtige Büttel des Verkehrsinfarktes mit Schwitzarsch, Schweißnacken und Schweißfüßen, dauergereizt vom ständigen Wechsel zwischen Gasgeben, Bremsen und Kuppeln. Das Gesicht wirkt ebenfalls verschwitzt, ist in Wahrheit aber fettig glänzend vom Junkfood, das er Tag und Nacht in sich hineinstopft.

Gehen wir zunächst systematisch vor: 1) Welche Verkehrsmittel gibt es überhaupt? 1) Flugzeuge. Die Bilanz ist ernüchternd: Maden der Lüfte, Quatsch mit Flügeln, Verkehrsmittel ohne jede Perspektive. Das Gleiche gilt für Schiffe: anfällig, auffällig, schwerfällig – in nur wenigen Jahren, so die Prognose des STRUNK-PRINZIPS, werden sie von den Meeren verschwunden sein. *Navigare necesse est, vivere non necesse est* – Seefahrt ist notwendig, Leben nicht? Von wegen, Schnee von gestern, mit den Schiffen wird auch dieser «Spruch» endgültig entsorgt! Nächstes in Tüddelchen «Verkehrsmittel»: das Fahr- oder Zweirad. Der Radfahrer, Blödsinn auf Rädern, Mann auf der Hartz-4-Tretorgel, der sich kein Auto leisten kann. Münster,

Freiburg, Göttingen – Wer hat noch nicht den Impuls verspürt, kartoffelgesichtige Studenten von ihren Drahteseln zu prügeln? *Morituri te salutant* – Die Todgeweihten grüßen dich! Doch werden wir zunächst wieder sachlich.

Was ist das wichtigste Verkehrsmittel? Genau, das Auto oder auch *Automobil*. Für den einen Abszess am Arsch der Brummigesellschaft, für den anderen kultisch angebetetes *Dream Vehicle*. Kaum etwas polarisiert die Menschen so sehr wie dieser Haufen aus Metall, Hartplastik, Öl und Industrieglas. Fluch oder Segen, Kult oder Kokolores, Traum oder Teufelswerk, das sind Fragen, die nach Antworten schreien. Von der wanzenförmigen Dreckschleuder namens Smart über den Totschläger SUV bis zum esoterischen Gleiten im Elektro-PKW – das STRUNK-PRINZIP rast im gewohnten Parforceritt von Koordinate zu Koordinate, um zum Schluss zur nur millimeterdicken Sachaussage zu gelangen. Schockthese: Das Automobil ist eine privat genutzte Affenschaukel, das goldene Kalb der Old Economy, das unbeschnittene Phallussymbol einer ebenso kopf- wie rastlosen Industrienation. *Just cars are real*, oder: *Life is a fight, and a car is a weapon!* – Derlei Slogans raunen sich die Vorstandsvorsitzenden der großen Automobilkonzerne – *sub sigillo confessionis*: unter dem Siegel der Verschwiegenheit – ins Blumenkohlohr! Doch verstricken wir uns nicht in Polemik – *Facts, not feelings!*

Wer fährt was? – eine Typographie. Erzähl mir, welches Auto du fährst, und ich sage dir, wer du bist. Das Auto in den Köpfen wird zur Mauer in den Herzen? Unsinn, Schwachsinn, Wahnsinn? Das Leben in unserer egalisierten Discountgesellschaft gleicht mehr und mehr einem erbarmungslosen Kampf auf der Hühnerleiter des automobilen Besitzes. Das STRUNK-PRINZIP arbeitet sich im Schnorchelverfahren *from the bottom* nach oben. Ganz unten stand früher die Ente, die inzwischen

freilich nur noch von Crackrentnern und sonstigen Selbstver-
sorgern gefahren wird. Heute nimmt diese Position der Smart
ein. Sturzgeburt, Drecksklüte und Arsch mit Katalysatorohren
sind noch die harmloseren Bezeichnungen, mit denen der tu-
ckernde Kotzbrocken belegt wird. Besitzer dieser Blechzecke
sind Ökometzger, Toy-Designer und sonstige Hodenkasper.
Weiter im Text: Golf, Astra, Peugeot, Micra oder Focus heißt
der zu Metall geronnene Durchschnitt. Wer so ein Auto fährt,
der will nichts mehr vom Leben. Brillenträger, spielt gerne Dart,
einziges Laster: Rauchen, ansonsten schummelt er sich durchs
Dasein wie destilliertes Wasser im Bügeleisen. Trifft man meist
in der ehemaligen Ostzone, heute DDR. Jedes weitere Wort ist
überflüssig, deshalb wechseln wir in höhere Gefilde, zur automobilen *Luxusklasse*, hinter deren Lenkräder sich Baulöwen,
Industriekapitäne und Oberstadträte kurz vor Thrombose und
Zuckerschock quetschen.

Der ewige Fight: «Tempo 10 auf Autobahnen ist genug»,
schallt es von Seiten der sog. *passiven Verkehrsteilnehmer*
(Skater, Rollis, Walker, Biker), während der *aktive Teil* (Auto-
mobilisten) lebenslanges Wohnrecht für Führerscheinbesitzer
fordern. Wer hat recht, wer fischt im Trüben? Versöhnen statt
spalten, Schwerter zu Mettwürsten, Gänge sind *auch mal* zum
Runterschalten da. Das STRUNK-PRINZIP empfiehlt an dieser
Stelle ein paar wirksame psychologische Taschenspielertricks:
Tief Luft holen, runterkommen und sich auf die Sachlage besin-
nen. Fakt ist: Ein Auto tut zunächst einmal niemandem etwas.
Punkt, Schluss, fertig, aus! Unschuldig wie ein Unschuldslamm
steht es auf Halde und blickt mit traurigen Runzelaugen in die
Weltgeschichte. Hier muss man ansetzen und dem Autohasser
die Ängste nehmen. Sollen denn alle ewig in ihrem selbst ge-
bastelten Kokon leben und mit Scheuklappen beerdigt werden
Fragezeichen. Nein, denn progressiv leben heißt Grenzen über-

winden, Barrieren umstoßen und Chancen hälftig nutzen. Die mit Benzin getränkte helfende Hand, die das STRUNK-PRINZIP ausstreckt, soll Verkehrsteilnehmer *aller Couleur* an einen gemeinsamen Tisch führen. So wird eine Basis geschaffen, wo alle endlich das sein dürfen, was sie eigentlich immer schon waren: *Free happy people with good vibrations.*

Wie geht es nun weiter mit der Fortbewegung? Diktatur der Brummis, zurück zur Pferdedusche oder unterirdische Highspeed-Tunnel mit Uranmantel aus Teflongemisch? Das STRUNK-PRINZIP wagt einen Ausblick: Das Rad bleibt, alles andere ist ungewiss. Denkmodelle gibt es wie Asche im Ofen. Zum Beispiel die *Wolfhardt-Hypothese*: Herkömmliche Verbrennungs- sowie Elektromotoren werden ersetzt durch Tiermehlkonzentrat, Erdnusstran und zu Teilen auch durch Abfallprodukte wie Vogelhaarperücken oder Verpackungsrückstände. Der Nachteil: Eine regelrechte Benzinnostalgie bricht aus, ein Volk sehnt sich zurück nach den «good old times», Auftauchen einer unheimlichen Krankheit, des sog. *Lufthutzensyndroms.* Verwaiste Tankstellen entwickeln sich zur Pilgerstätte gestrandeter Schmierstoffanbeter. Dann, nach Jahren der Lethargie, endlich der große Befreiungsschlag.

Verkehr früher – Holper, schepper, rassel, stöhn, ächz, brems ab, stopfi, stopfi, Maximalstau (nix geht mehr). Verkehr der Zukunft – Geschwindigkeitsbegrenzungen, Airbags und heizbare Heckscheiben gehören endgültig ins Wachsfigurenkabinett der Fortbewegungssteinzeit. *Tempi passati* – längst vergangene Zeiten! Ausblick, wieder *Wolfhardt-Hypothese*: Der Mensch wird zum Vehikel und umgekehrt. Vom virtuellen Moorhuhn zum zwitterhaften Renn-Animal, Entfernungen schrumpfen zu rein theoretischen Größen. Limits, Barrieren und Geschwindigkeitsbegrenzungen, Ampeln, Schilder, Schleusen existieren nur noch in den Köpfen ewig Gestriger und der Ostrentner. Alles frei, komm durch, zwitscher. Endlich, Vision wird wahr. Alles fließt und flutscht und klappt 1A, Menschen überall, summ-summsumm, kreisel, kreisel, knöter, knöter, auch in der Luft, ohne Bauch und Cellulite, windschlüpfrige Körper, die der lieben Sonne entgegenfliegen, teilweise Raketenantrieb, Fahrt-wind kühlt die heißen Gesichter, Wohlfühlfahrt mit allem Drum und Dran, hinterher Handschlag, Küsschen, Umarmung, bis zum nächsten Mal, alle fliegen weiter, aus den Augen aus dem Sinn, egal, war trotzdem gut, neue Tattoos, Erdbeeren im Winter, keine Nasenhaare mehr. *Vivant sequentes* – Die Nach-folgenden sollen leben!

Heinz Strunk zählt zur Gruppe der sog. Mentalenergetiker, so nennt man Menschen, die Nahrung bereits im Moment des Schluckens in reine Energie umsetzen. Oft und zu Unrecht als Rüdiger Nehberg der Designersüchte apostrophiert, sitzt er wie ein offener Bruch an seinem handgeblasenen Schülerschreibtisch und tut das, was er am besten kann: Richtig von Falsch trennen. Wertvolle Dienste liefert ihm dabei ein Prinzip, das sich neueste Forschungsergebnisse zu eigen macht: Das **STRUNK-PRINZIP.**

URLAUB – ein Reizthema im Faktenzwinger

Urlaub, ein großes Wort: In Kladde gefragt: Worum geht es im Urlaub überhaupt? Von bis: Sexabenteuer, Zweitbesteigungen (Berge), Strandburgen, Diktat der Enzyme, Hormone und Sekrete, Schnorchelausflüge, Milbenkot, Raubüberfälle in Begleitung Einheimischer, Magic Glass Boat, Neuronenherrschaft. Und? Vollkommene Verwirrung, es regnet eine Batterie Fragezeichen, nix geht mehr. So kommen wir keinen Millimeter weiter, rollen wir die Schnecke also von hinten auf und begeben uns zunächst einmal auf eine kleine Exkursion in die Reisetheorie:

1. **Erholungsurlaub.** Die anspruchsloseste Art zu verreisen. Hin, und gut ist.
2. **Erlebnisurlaub.** Ein Mix aus Erholungs- und Abenteuerurlaub, unterscheidet man nach Schwierigkeitsgraden: Freeclimbing sehr schwierig, Safari mittel, Begehung von Tempelanlagen leicht.

3. **Individualurlaub.** Der Reisende schlägt sich auf eigenes Risiko durch. Prädikat: Nicht zu empfehlen! Unterkategorie: Extremurlaub. Zählt zur Gruppe der Individualurlaube. Ebenso wenig empfehlenswert.

4. **Wellnessurlaub.** Mischung aus Erholungs- und Sporturlaub.

5. **Cluburlaub.** Ein dehnbarer, ungenauer Begriff.

6. **Forschungsreise.** Der Dino unter den Reisen. Veraltet, uncool.

7. **Sporturlaub.** Kitegliding, Zwergenwurf, Hillclimbing, wheelbiking, Instant-Bungee und Frozen Ski. Kleiner Tipp: Unfälle mit Toderfolge vorprogrammiert!

8. **Die Kreuzfahrt.** Das Motto eines Veranstalters: *Navigare necesse est, vivere non necesse est* – Seefahrt ist notwendig, Leben nicht: Mit veralteten «Weisheiten» kann man sich die öde Gondelei auch schönreden!

Ab wann bezeichnet man eine Reise eigentlich als Reise? Ein Tag = Ausflug. Zwei bis vier Tage = Trip. Alles, was darüber hinausgeht, ist eine Reise. Weiter in Stichworten. Timeshearing. Experimentalurlaub. Tierreisen. Singlereisen. Kreuzfahrten. Fast vergessen: Gesundheitsreisen. Gesellschaftlich nicht akzeptierte Reisen: Saufreise, Drogenurlaub, Sextourismus.

Kohärent und faktenbasiert, so arbeitet das STRUNK-PRINZIP im sog. Tintenfischverfahren: Wir spritzen dem Themenkomplex zunächst eine mulschige Flüssigkeit ins Problemzentrum und umklammern es dann mit doppelmannsgroßen Tentakeln, bis es die Informationen preisgibt. Reizthema Urlaubserlebnisse: Sie sollten nie zu intensiv werden, die *Urlaubsbekanntschaft* ist keine Freundschaft fürs Leben, sondern ein kurzer, geiler Moment. Denn wenn man, einem LSD-Rauschopfer vergleichbar, von seinen Urlaubserlebnissen nicht mehr runterkommt, droht ein Leben in der Endlosschleife, und man versucht im letzten Stadium der Erkrankung, die Urlaubsbekanntschaft zu treffen. Wenn man das erst einmal begriffen hat, sollte man sich von der nächsten Schimäre befreien: *Mythos Sonne*. Gerade der Deutsche ist für Hitze nicht geeignet. Bei Temperaturen über 23 Grad kommt es zu innerem Abrieb, und der Körper übersäuert. Was tun? Entgegen den gebetsmühlenartigen Beteuerungen selbst ernannter Gesundheitspäpste: NUR MÄSSIGE FLÜSSIGKEITSZUFUHR! Man kann es gar nicht oft genug betonen! Meine Güte noch mal: Exzessives Trinken bläht den Körper auf, Krampfschlag, geschwollene Waden und halbtrockener Mund sind die unschönen Folgen. Wenn der Durst unerträglich wird, dann immer nur KLEINE Mengen LANGSAM und schluckweise trinken, die Flüssigkeit geradezu KAUEN. Ideal: Fruchtsäfte aus Konzentrat, gelbe Brause und alkoholhaltige Getränke, die den gestressten Körper beruhigen. Wichtig: die Hitze wieder aus dem Körper lassen! Hilfreich ist hier insbesondere Rauchen, denn Nikotin wirkt wie ein natürlicher Wärmeableiter für den überhitzten Organismus. Auch eiweißreiches Essen sorgt für den Abfluss von Hitzewallungen, da die Wärme vom Eiweiß gebunden und auf diesem Wege unschädlich gemacht wird. Hitzefalle Schatten: Schatten ist trügerisch, da er in Wahrheit noch heißer als Sonne ist, subjektiv jedoch als kühler empfunden wird: Der Körper wird auf perfide Art getäuscht, Wärmebläschen, Lungenperforation, Sonnenakne bis hin zum multiplen Hitzschlag folgen auf dem Fuß! Das STRUNK-PRINZIP mit Augenzwinkern: Am besten man legt sich bei Hitze sofort in eine feuchte Kuhle oder buddelt sich im nasskalten Humus ein. Oder so lange im Hotelzimmer ausharren, bis der Schlaf Sie erlöst!

Psycho- und Kostenfalle Trendurlaub: Wer in die Mausefalle Trendurlaub gerät, muss bitter bezahlen: Schmerzen, Verschlackung, innere Unruhe, Erdstrahlen und Panikattacken, um nur die wichtigsten Problemtools anzureißen. Denn die vermeintlich *hotten* Urlaubstrends sind in erster Linie eines: eine überteuerte Zumutung. Survivalcamp, soziolinguistische Betriebsferien, Mastfarm, Verschickung, Inselhopping, da lachen ja die Hühner, und noch nicht mal die. Herkömmliche Essays würden an dieser Stelle schließen, nicht so das STRUNK-PRINZIP, das dahin geht, wo der Punktschmerz sitzt! Also weiter im Text: Wer ist der natürliche Feind jedes Urlaubers? Der *Reiseveranstalter!* Verschüchterte Discounturlauber werden von diesen großkriminellen Abzockern in verwohnten Bettenburgen künstlich klein gehalten, denn ein Reiseveranstalter fürchtet auf der Welt nur eines: Reklamationen. Deshalb versucht er mit allen Mitteln, den Widerstand bereits im Vorfeld zu brechen. Der Urlaub soll für den Billigtouristen zu einem Albtraum werden, aus dem er erst auf dem Rückflug wieder erwacht. Er wird durch Quallenplagen, Gebäudesprengungen, Wasserbomben, und fleischfressende Tapeten gebrochen und dann als gehirngewaschener Zombie verkehrtherum wieder zusammengesetzt. Jede noch so kleine Erinnerung an die vermeintlich schönste Zeit des Jahres bereitet ihm höllische Schmerzen und unerträgliche Flashbacks. Denn wenn ein Reiseveranstalter zur Abwechslung einmal etwas weiß, dann das: Wer derart traumatisiert ist, der reklamiert nicht mehr. So klebt der Pauschalzombie während des Rückflugs mit nässendem Po und blutunterlaufenen Augen auf den durchgescheuerten Zwergensitzen eines abgewrackten DDR-Fliegers und bittet um Vergebung. *Nuda veritas* – die nackte Wahrheit!

Nächster Punkt. Wie sieht es denn eigentlich aus mit den vielbeschworenen psychovegetativen Batterien, die angeblich aufgeladen werden müssen? Antwort: Der Mensch ist ein Selbstzünder und verfügt über keine Batterie, folglich gibt's auch nichts aufzuladen. Kranke müssen wahlweise ins Kran-

ken- oder Irrenhaus, für minderschwere Fälle gibt's seit eh und
je die Kur. Apropos Kur. Im Trend: Heilfasten. Fastenwandern,
Fastenschwimmen, Fastenschlaf. Hier profitiert allerdings auch
wieder nur einer, nämlich wer? Genau, der Veranstalter! Faustregel: Je weniger auf dem Speiseplan steht, desto teurer wird's.
Zwei Wochen *Buchingerfasten* (Gemüsebrühe, Tee, Einläufe)
schlagen mit schlappen 3000 Euro zu Buche, zwei Wochen Je-
sus- oder Nulldiät (ausschließlich Einläufe satt) mit 5400 Euro.
Noch Fragen? Interessante neue Berufe, die in den letzten Jahren rund um den Themenkomplex Urlaub entstanden sind:
Reisesoziologe. Urlaubshotelier. Hitzepsychiater. Tourismus-
wirt. Das *Urlaubsopfer*. Ein Schockthema, das meist totgeschwiegen wird und auf das auch das STRUNK-PRINZIP nicht
näher eingeht.

Kommen wir nun zu einigen häufig gestellten Fragen: Sollten
auch psychisch Kranke Urlaub machen? Eigentlich nein. Begründung: Sie haben es sich nicht verdient. Wenn der Irre aus-
nahmsweise doch mal den Sprung über den Tellerrand wagt,
wo soll er hin? Alleinstellungsmerkmal für die Wahl des Ur-
laubsortes ist selbstredend das Vorhandensein eines Kranken-
hauses mit psychiatrischer Abteilung. Beobachtung am Rande:
Denjenigen, denen *Höchstschwierigkeitsreisen* (Apnoetaucher,
die mit einem einzigen Atemzug ganze Ozeane durchqueren,
Weltenbummler, die ohne jeden Cent einmal um den Globus
reisen, Freeclimber, die in einer Saison sämtliche Achttausen-
der besteigen) leicht von der Hand gehen, scheitern im Alltag
und umgekehrt. Beispiel Immanuel Kant. Der Königsberger
Hobbyphilosoph und Marottenking hat die Heimatstadt Zeit
seines Lebens erwiesenermaßen kein einziges Mal verlassen.
Und, hat ihm der Mangel an Eindrücken, Einflüssen und Be-
gegnungen geschadet? Kleiner Tipp: Der Mann ist achtzig!!
Jahre alt geworden. Und das Siebzehnhundertschießmichtot!

Qui doluit meminit – Wer Schmerz erlitt, denkt daran! Zum Ausklang noch etwas Zukunftsmusik, wie in dem sehr guten Actionschocker *Total Recall* mit A. Schwarzenegger (Remake 2012 totale Scheiße) bereits vorweggenommen. In nicht allzu ferner Zukunft wird es möglich sein, sich einen Chip transplantieren zu lassen, auf dem Erinnerungen und Erlebnisse gespeichert sind. Städte, Landschaften, Flüsse, Berge, Ozeane, all die Orte, an denen man nie gewesen ist. Und das Tröstliche: Man bräuchte dort nicht mehr hin.

Zusammenfassung I: Illusionen ablegen, sich vom Mythos Sonne verabschieden, Trendurlaube meiden und öfter mal 'ne Pause einlegen, das sind die entscheidenden *Steps of success*, die Wege in Sparsamkeit und Naherholung! Zusammenfassung II: Das größte Abenteuer des Lebens ist die Absenz von Abenteuer! *Nunc est bibendum* – Jetzt lasst uns trinken. Aber sicher nicht auf den nächsten Urlaub!

Neue, innovative Ideen entstehen meist zufällig:
So ist das **STRUNK-PRINZIP** *eigentlich ein Abfallprodukt*
aus der Weltraumforschung, hat sich aber unter der Knute
des nassforschen Ex-Hühnerbarons Heinz Strunk zur
wissenschaftlichsten Methode überhaupt entwickelt.
Und nun knackt das **STRUNK-PRINZIP** *auch die*
betonhärteste Nuss!

FOTOMODELLE – Sklaven oder Stars?

- **Fall 1:** Deine elfjährige Tochter hat sich in den letzten
  Monaten stark verändert. Alles Kindliche ist aus ihren Zügen
  gewichen. Das einstige Moppelchen isst kaum noch etwas
  und bekämpft den Hunger mit MAO-Hemmern und filterlosen
  Reval. Nichtsahnend betrittst du den seit Monaten verwais-
  ten Hobbykeller und wirst Zeuge eines bizarren Szenarios:
  Sie liegt auf einem Streckbett und versucht mit Hilfe eines
  selbstgebauten Flaschenzugs ihren dünnen Teeniekörper
  künstlich zu dehnen, um auf diesem Weg die Modellgröße
  herbeizuzwingen.
- **Fall 2:** Dein schwerstpickliger Neffe stopft tonnenweise
  Nougatbriketts in sich hinein, außerdem verweigert er jede
  sportliche Aktivität, hält sich ausschließlich in überheizten
  Räumen auf und verstopft seine Poren mit Haushaltsfett.
  Doch seine Geduld wird belohnt: Nach einem halben Jahr
  bringt der Postbote den langersehnten Vertrag mit einem
  großen Kosmetikkonzern: In den nächsten drei Jahren wird
  er als Aknemodell «vorher» seine akut entzündeten Pickel
  und zentimetertief unter der Haut verankerten Flechten auf
  den Titelseiten großer Jugendzeitschriften präsentieren.

- **Fall 3:** Dein Arbeitgeber macht trotz prallvoller Auftrags-
  bücher Millionenverluste, der Konkurs ist unabwendbar. Erst
  der Insolvenzverwalter deckt den Skandal auf: Der Junior-
  chef hat jahrelang hohe Bargeldsummen aus der Firmenkas-
  se entnommen, um damit sündhaft teure Probeshootings in
  der Karibik zu finanzieren. Sein Traumberuf: Dressman.
- **Fall 4:** Obwohl deine Nachbarin ein steifes Bein hat, will
  sie ihren Traum vom Model partout nicht austräumen und
  versucht wie eine Wahnsinnige, sich ihre Gehschwäche
  abzutrainieren. Die Reaktion ihrer Umwelt: Mitleid und
  Verachtung. Bis du auf der Suche nach einer neuen Bade-
  zimmereinrichtung in einem Versandhauskatalog blätterst
  und sie dir aus einer Außenduschkabine entgegenlächelt.
  Ihr Handicap ist in diesem Nischenmodelljob ohne Belang.
  Beharrlich verfolgt sie ihren Weg und lässt viele Jahre später
  ihre Karriere als Werbeikone für Treppenlifte ausklingen.

Vier bizarre Beispiele, ein Reizthema: Fotomodelle. Heerscha-
ren magersüchtiger Teenies streunen hohlwangig durch Fußgängerpassagen, angetrieben von der Minimalhoffnung, ein
schmieriger *Trendscout* könnte verschwommene Polaroidauf-
nahmen von ihnen machen wollen. Abends weinen sie sich in
den Schlaf, um im Minutentakt von paranoiden Fieberphanta-
sien gerüttelt aufzuschrecken: Vom Titelblatt der Jagdzeitschrift
Wild und Hund herunterlächeln! Dafür würden sie alles opfern:
Geld, Handys, Poster, Tiere und vor allen Dingen ihre Jugend.
Siebenjährige lassen sich kiloweise Fett absaugen oder die Haare künstlich verlängern. Mit stundenlangen Gewaltmärschen
durch öffentliche Parks und Naherholungsgebiete versuchen
sie, radikal abzukochen, um endlich unter die magische Zwan-
zig-Kilo-Marke zu kommen. Es gibt nichts, was es nicht gibt:
Sie legen sich zwecks Hautstraffung in die elterliche Tiefkühl-

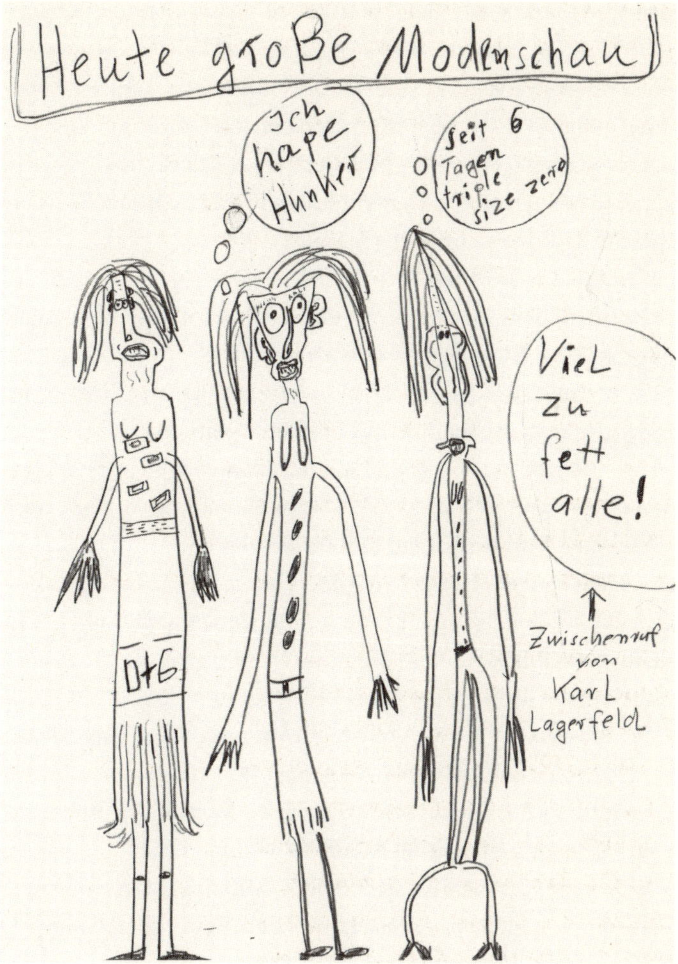
Heute große Modenschau
Ich hape Hunker
seit 6 Tagen triple size zero
D+G
Viel zu fett alle!
Zwischenruf von Karl Lagerfeld

truhe, wechseln auf dem polnischen Brummistrich schwere LKW-Reifen, nur um neues, frisches Geld für professionelle Fotos zusammenzukratzen. Die mit Industriemargarine manuell aufgespritzten Lippen sind chronisch entzündet, ihre verschrumpelten Teenieärmchen bereits zu schwach, sich selbst zu waschen, und beim Gehen reißen ihre Beckenknochen tiefe Risse in ihre pergamentdünne Haut.

Und wofür das alles? Das STRUNK-PRINZIP geht dahin, wo es richtig zwiebelt. Wie berühmt und reich wird man heutzutage durchs Modeln wirklich? Das vermeintlich große Geld versickert zwischen den Zusatzparagraphen illegaler Knebelverträge, die austauschbaren, im Windkanal glatt geschliffenen Gesichter von *No-Name-Beauties* garantieren schon längst keinen Starruhm mehr. Die einst anmutigen Geschöpfe stolpern nach tagelangen Koksorgien auf tauben Beinen aus dem Damenklo, das Hirn durch Hungermarathons ausgedörrt, die Seele versteinert durch lieblosen Instantsex mit Verlagsangestellten. Das STRUNK-PRINZIP auf dem Weg durch eine *terra incognita* – ein unbekanntes Wissensgebiet!

Was ist eigentlich aus denen geworden, die es geschafft haben, den Supermodels der Achtziger, den belgischen Silikonwundern und DDR-Schwimmerinnen? Werfen wir doch mal einen unverbindlichen Blick auf das heutige Leben ehemaliger Top-Mannequins: Einst strahlender Mittelpunkt rauschender Oldiefeten, heute ausgemustert wie altes Besteck, eine halbtote Masse aus Adern, Grieben, Knorpeln und Besenreisern. Sie fristen nach Beendigung ihrer Karrieren meist ein anonymes Dasein in Agonie und Tagträumen und müssen sich tagsüber als Kleiderständer oder Gehstelze verspotten lassen. Zu viel Schlaf, Sport, Obst und literweise stilles Wasser haben den einstigen Traumbody ruiniert. *Pro domo* – zum eigenen Nutzen?

Ware Mensch Ausrufungszeichen Wegwerfware Mensch

Fragezeichen. Fragt zumindest das STRUNK-PRINZIP. Die meisten Models sind längst keine selbständigen Personen mit Verfügungsgewalt und Alleinstellungsmerkmal mehr. O-Ton Jaqueline Klumpen, Ex-*Model of the Century*: «Wenn ich das nur vorher schon alles gewusst hätte!»

Fotomodelle in der historischen Retrospektive: Die Wurzeln des Modelns liegen in der vorchristlichen Malteserzeit. Dort wurden die Models, *Joseien* genannt, erst vergiftet, dann mit Gips fixiert und in Bimsstein gemeißelt. Ab dem Mittelalter goss man sie mit einem Zink/Eisen-Gemisch (sog. Arbeitsblei) aus und stellte sie auf dem Marktplatz oder anderen öffentlichen Plätzen aus. Im neunzehnten Jahrhundert wurde so gut wie gar nicht gemodelt; erst nach den Weltkriegen kam wieder Schwung in die Sache.

Wie sieht nun aber die Zukunft des Modelns aus, Reizworte genetische Verdoppelung, Menschenzucht, Thementorte? Selbst in heruntergekommenen Internetklitschen können heute virtuelle Pappkameraden in Serie gestanzt werden. Wozu also noch Menschen? Menschen haben Hunger, Durst, brauchen Schlaf, machen Witze, mit anderen Worten: Sie stören. Die Fotomodelle der Zukunft werden aus einem gigantischen Ersatzteillager nach Belieben zusammengepuzzelt. Betonhüfte, Salinobeine und Erdbeerkopf jagt man so lange durch hochauflösende Effektfilter, bis idealtypische neue Wesen herauskommen, Schönheitsideale werden von selbst ernannten Opinionleadern je nach Quartal und Sektlaune ausgerufen, um schon am nächsten Tag wieder verworfen zu werden. *Variatio delectat* – Abwechslung erfreut? Nicht bei Fotomodellen!

Weniger statt mehr! Das STRUNK-PRINZIP nimmt neue Trends ins Visier. Was taugt etwas, was hat keine Zukunft? Zum Beispiel *Nadellippe*: Lippen, die nicht mehr aufgespritzt, sondern abgesaugt werden – witzig oder bedenklich? *Rharbar-*

berohr – Die Ohren werden bei dieser mehr als fragwürdigen Methode nicht wie bei herkömmlichen Schönheits-OPs angelegt, sondern weggespreizt (früher: Segelohr). Schön? Fragt das STRUNK-PRINZIP. Bei Frauen geht der Trend seit neuestem weg von endlos langen Beinen in Richtung Kartoffelstampfer; kurz, dick, kompakt. *Sub specie aeternitatis* – unter dem Gesichtspunkt der Ewigkeit! Aber, die Frage sei erlaubt: Das soll cool sein? Was heißt *cool* eigentlich? Das STRUNK-PRINZIP schafft Fakten: COOLSEIN HEISST CHANCEN HÄLFTIG NUTZEN! Vermeintlich coole Attribute wie offene Fleischwunden, Gummiunterwäsche oder schlechte Zähne wirken an uncoolen Leuten einfach nur peinlich. Coolness kann man sich nicht mir nix dir nix überstreifen wie einen Leberwickel.

Zurück zum Thema: Noch ist es nicht zu spät, der Trend kann umgekehrt werden. Man muss nur wollen und darf sich nicht alles gefallen lassen, denn wer sich alles gefallen lässt, mit dem kann man machen, was man will. Rückgrat statt Rührei, Haltung statt Häme, jein statt ja, das Antlitz der Gesellschaft muss menschlicher werden, und alle sollen mitmachen. Mal den Finger hochhalten, die Zunge rausstrecken oder den Müll liegenlassen, Stichwort Zivilcourage. Dann haben auch wieder Menschen eine Chance und nicht immer nur Sachen und technischer Schnickschnack. Und wo der Mensch wieder im Mittelpunkt steht, da werden auch wieder Zeitschriften gelesen, in denen Menschen abgebildet sind oder Tiere. Aber bis dieses Ziel erreicht ist, müssen alle Hand in Hand eine Reihe bilden und aktiv an der Veränderung mithelfen. Das STRUNK-PRINZIP versöhnlich: «Das Auge sieht es, doch das Herz muss es glauben!»

*Der grundgütige Krippenspieler Heinz Strunk knackt
Nüsse, die bislang als unknackbar galten: Das durch einen
seltenen Forschungsunfall entstandene* **STRUNK-PRINZIP**
*hält Antworten auf über 9000 Kernfragen parat. Heute in der
Light-Version für Kiddies, Kinder und Jugendliche!*

RELIGION – vom Betwahn zum Bhagwan

«Wir danken wie besessen für dieses geile Fressen. Amen.» –
Das Gebet, die Grundlage jeder Religion! Aber warum überhaupt glaubt der Mensch? Das STRUNK-PRINZIP pipieierleicht:
Der Gläubige glaubt, weil er keinen Bock darauf hat, dass am
Ende nicht viel mehr von ihm übrig bleibt als ein halber Tee-
löffel geronnenes Jodsalz (Beispiel), und denkt sich stattdessen
etwas Schönes aus (Schlaraffenland, Wolke sieben, Weiber, Pa-
radies, Nirwana). Damit es nach dem Ableben schöner wird als
im sog. Diesseits (auch Realität genannt!), darf sich der Gläubige auf Mutter Erde nicht allzu viele Dinger (Schuld) leisten.
Abends vor dem Einschlafen faltet er die Hände rhombenför-
mig und presst seine Gebete und Fürbitten wie in einem Spritzbeutel Richtung Gott. Das STRUNK-PRINZIP meint: Dasein im
falsch verstandenen Sinn ist einfach nur Hiersein, im richtig
verstandenen Sinn jedoch Seinsein. *Mors certa, hora incerta* –
Der Tod ist gewiss, ungewiss nur die Stunde!

Aber der Reihe nach: Religion im Schnelldurchlauf, von
Abba bis Zappa, von Pontius zu Spekulatius, von Buddha bis
Bhagwan, von Ernie bis Bert (Witz), es gibt praktisch nichts,
was es nicht gibt. Rollen wir die Schnecke von hinten auf: Wann
und vor allem wie fing eigentlich alles an?

Vor vielen hundert Jahren stellten sich die Naturvölker den

Menschen als eine Mischung (Melange) aus Knorpeln, Klumpfäden und einem zähflüssigen Biosirup vor. Diese drei Grundbestandteile des Menschenkorpus wären, so nahmen diese Völker an, aus einer Art postorganischer Soße zusammengesetzt, die durch die Fleischlappen mäandere. Ganz tief drin, im Mittelpunkt der Menschenzentralmasse, so diese Völker weiter, befinde sich ein von einem dünnen Nylonstrumpf zusammengehaltener, ca. dreihundert Gramm schwerer Haufen geriebener Schorf. Unter günstigen Umständen, so kombinierten diese Völker, verbinde sich diese Klopsmasse mit anderen Klopsmassen zu einer Art Metawesen, einem kosmischen Lurch, quasi marode Eiergeburten, in die eigenes Leben gedrungen ist, oder Mehlspeisen, die mit Vollmilch begossen wurden. Der Teig, so das Fazit dieser Völker, geht unaufhaltsam auf, zieht Fäden, teilt sich und wandelt, wenn alles gut läuft, schrittweise Richtung Jenseits. Tja. Diese Religion hatte noch keinen Namen und warf leider mehr Fragen auf, als sie beantwortete. Im Laufe der Zeit leitete der Mensch aus diesem Glaubenskeim verschiedene andere Religionen ab, die das STRUNK-PRINZIP hier einmal reihum vorstellen möchte:

- Erstens *Katholizismus*, die altmodische Religion für Zerknirschte und solche, die es werden wollen. Büßerkonfession mit klarer Ausrichtung aufs Jenseits und wenig Hoffnung aufs Diesseits. Nix darf man: Petting, Alkohol, Techno, Schlägereien – alles verboten. Wer's doch macht, kommt ins Fegefeuer. Extrem heiß, Aua Aua, Burneffekt, dauert eine Million Jahre oder länger. Nur was für Menschen mit Nerven wie Drahtseilen. Fromme Berufe: Herrgottschnitzer, Bischof, Pflegepersonal. Verpönte Berufe ohne Himmelfahrtsgarantie: Rauschgifthändler, Drogenhändler, Arzt.
- Nächste Religion: *Protestantismus*: Kommt von Protestieren.

Buch bitte drehen

Gegen Katholizismus. Insgesamt schon besser. Auf Jugend-
freizeiten geile Weiber durchfingern und nachts Bacardi-Cola
oder Absinth trinken, Stichworte: Easy, Fun, Peace, Jesus-
people, Hushpuppies, Glaubensfreaks – bei den Evangolen
wird auch mal einen Gang runtergeschaltet. Moderner
Christenpop mit Schlagzeug und Synthesizer, Beispiel:
Jesus Come to Our Party. Der Gottesdienst: Wichtig, damit
der Gläubige guten Kontakt zu seinem «alten Herrn» behält.
Wird bestimmt von Ritualen: Kerzen, Glaubensbekenntnis,
Kreuz, Abendmahl mit Oblaten und Wein (scherzhaft: die
K. o.-Tropfen der Christen).

- Weiter: *Islam:* Kein Pökelfleisch, kein Bier, einmal Taschenbillard – Hand ab, «Germany's Next Topmodel» schauen –
Todeskommando. Schleier, Selbstmordkommandos, Fasten-
kuren, Sandalenzwang. Totale Nervreligion, Prädikat ätzend.

- *Buddhismus:* Easyreligion für Freaks, Spinner und Tagträu-
mer. Kleinstlebewesen werden wie Götter verehrt, Bakterien
dürfen nicht eingeatmet werden («Mord»), Taekwondo-
Mönche mit Mundschutz, Veganer, Frutarier, allgemein
Abstinenz, Erfolglosigkeit als Tugend, unbeheizte Gebäude,
Glaube an Wiedergeburt, Motto: Heute Mensch, morgen
Fisch, übermorgen Geröllbrocken.

- *Scientology:* Beispiel für ergebnisorientierte Minireligion.
Come in and find out. Hohe Beiträge, dafür aber Erfolgs-
garantie: Bereits nach einem Jahr Fernreisen, Carport, eigenes Haustier, Duzfreunde, Gehaltserhöhung.

- *Obstmystiker* (ehemals in weiten Teilen der DDR verbreitet):
Schwer verständliche Religion, lässt sich kaum erklären,
gibt es aber. Die Anhänger reiben sich nach dem Essen mit
altem Obst ein, soll angeblich was bringen, muss aber noch
gründlich erforscht werden. *O dulce nomen libertatis* –
o süßer Name Freiheit!

Es gibt indes leider auch Religionen, die gar keine sind, sondern Sekten! Der Obermufti/Sektenführer/Guru will sich nur nach allen Regeln der Kunst die Taschen vollmachen. Beispiel: *Fantasekte* – abseitiger geht's kaum (allein schon der Name, wer fällt denn auf so was rein, denkt man mit gesundem Menschenverstand. Aber wer sich erst mal auf einen angeblich kostenlosen «Schnupperkurs» eingelassen hat und tagelang ohne Schlaf und Kacki von einem Seminar ins nächste gezerrt wird, dass er schon bald weder Piep noch Papp sagen kann, der ist binnen kurzem zu allem bereit). Den Gläubigen wird eingetrichtert, dass man jeden Tag zwei Liter Fanta trinken müsse. Der eigentliche Trick von Sektenchef Peter Siewert: Die Fanta muss mit einem speziellen Pulver versetzt werden, und das kostet: 1000 Dollar! Am Tag! Herstellungskosten für Peter Siewert: Unter einem Dollar! Der saubere Herr Glaubensstifter ist auf diese Weise steinreich geworden, mit Duschvorhang, Karibikurlaub und Schmuck, während seine Anhänger tagein, tagaus die lauwarme Fantaplörre in sich reinschütten müssen und vom vielen Zucker ganz dick werden. Fazit: Scheißsekte für Gehirnamputierte, auf jeden Fall Finger weg! Überhaupt herrschen in Sekten seltsame Rituale. Morgens aufstehen, abends früh pennen, Nickerchen, Übungen usw. Der neueste Schrei in der «Reliszene»: Modulardogmatik, die ihren Siegeszug bereits angetreten hat (siehe auch Böckelmann-Hypothese S. 234 ff.). Sikhismus, Bahai, Zoroastrismus, Rastafari und Neopaganismus dagegen werden schon bald von der Bildfläche verschwunden sein. «Und Tschüs!», sagt das STRUNK-PRINZIP. Wie steht nun das STRUNK-PRINZIP zu Religion? Man könnte es in Kladde so vorformulieren: Man sollte nicht das Licht des Lebens ausblasen, sondern den Tischgrill der Hoffnung anzünden. *Ora et labora* – bete und arbeite!

Weiter: Glauben und Humor. Ganz schwierig. Der Gläubige

macht immer nur kleine, harmlose Behelfswitzchen, um es sich mit «denen da oben» nicht zu verscherzen. Es gibt eigentlich nur drei Witze, die allerdings in unzähligen Variationen. Witz 1: «Es gibt sonne und sonne (für Begriffsstutzige: so 'ne/ so welche), und wenn die Sonne untergeht, wird's dunkel.» Da schmunzelt selbst der Papst. Witz 2: «Dem Ungeschickten ist die ganze Welt ein Hindernis.» Eigentlich nicht witzig, für Gläubige aber schon. Dritter Witz, funktioniert ähnlich wie Witz eins: «Benedictum, Benedactum, in Afrika laufen die Weiber nackt rum. Bei uns tragen sie Kleider – leider.» Für Gläubige hart an der Grenze, für Ungläubige: Na ja, besser wie nix.

Ein Letztes: Kirche und Alltag. Hier genüge der Verweis auf den singenden Truckseelsorger *Pater Dekubitus*, der dafür Sorge trägt, dass auch die «Christen auf dem Bock» (Brummifahrer) mit den nötigen «Streicheleinheiten für die Seele» versorgt werden.

Das Fazit des STRUNK-PRINZIPS:

1. *Dum spiro spero* – Solange ich atme, hoffe ich!
2. Innovationen im Religiösen sind so unmöglich wie die Vermehrung des Unendlichen.
3. Der Mensch sollte endlich den Mut haben, zu erkennen, wer er ist: ein zufälliges, vorübergehendes und kosmologisch unbedeutendes Randphänomen in einem sinnleeren Universum.

Das **STRUNK-PRINZIP***: Ein mit Schwarzpulver randvoll gestopfter Polenböller, den man von beiden Seiten gleichzeitig angezündet hat, ein surrealer Trip durch die geheimnisvolle Welt von Fingerfood und Dependenzgrammatik: Das* **STRUNK-PRINZIP** *ist stets mehr und gibt dank einzigartiger Methodik Antworten auf über 9000 häufig gestellte Fragen.*

SPORT – auf eigenes Risiko!

Leiten wir das Thema mit einem heiteren, unter Sportlern sehr beliebten «Schnack» ein: «Täglich geht die Sonne auf, täglich weicht die Nacht dem Licht, alles siehst du einmal wieder, nur verlieh'ne Turnschuh nicht.»

Sport, ein Thema, das die Massen schon immer bewegt hat, ein Thema, das endlich auf den Tisch muss, ein vielschichtiges, ja viel*fältiges* Gebiet, facettenreich, interessant, nachhaltig, nicht zuletzt aber auch verstörend. Sport im 21. Jahrhundert – verschließen wir uns dieser unangenehmen Wahrheit nicht – bedeutet auch *Sport im Wandel.* Aber wo soll man den Hebel ansetzen? Kann man diesem doppelmannsgroßen Thema überhaupt gerecht werden, und wenn ja, wie? Wird das STRUNK-PRINZIP zum ersten Mal über seine eigenen Füße stolpern? Eben nicht. Das STRUNK-PRINZIP wagt sich weit aus der Deckung und beginnt mit einer Schockthese: Die klassischen Sportarten haben ausgedient! Finito, Schluss, Aus, Ende im Gelände! Ehemals königliche Disziplinen rosten auf dem Abstellgleis, ihre Vertreter fristen als *olympisches Proletariat* ein klägliches Dasein, ein von Kapselrissen und Traumabrüchen deformierter Fettfleck auf dem Eselsohr der Sporthistorie.

Wie steht es etwa um die drei großen Volkssportarten? Der

Abstieg ist unaufhaltsam: Tennis – der weiße Schwachsinn,
Fußball – Billo-Kicking für Asis, Aerobic (in der DDR übrigens
«Pop-Gymnastik» genannt!!) – Massenbewegung ohne Massen.
Wer in Cocktailbars, Townhalls und Beachclubs die Wortfüh-
rerschaft für sich reklamieren will, bekennt sich zu Randsport-
arten: Echtzeitgehen, Splatterhockey oder *Stumping*, der perverse Frischluftspaß für Amputierte, wie fast alle auf lange Sicht
ruinösen *Funsportarten* aus den USA herübergeschwappt. Doch
ist der menschliche Körper für so etwas eben nicht gemacht:
Die Ausübung dieses oft lebensgefährlichen Hokuspokus führt
bereits nach wenigen Wochen zu Trichterbrust, Eselsohren und
Darmverschlingung. Weiter: Welches kranke Gehirn denkt sich
eigentlich so etwas wie *Rentnerbungee* aus? Da kriegen die alten
Menschen ein Schiffstau um die morschen Hüften gebunden
und werden anschließend von der Parkbank geschubst. Oder
Asphalting: Der Sportler lässt sich beim Bau einer Autobahn von
einer Planierraupe in den noch heißen Asphalt einarbeiten, um
sich dann aus eigener Kraft zu befreien. Die modisch-zweifel-
hafte Entsprechung aus Indien: *Pythoning* – Man lässt sich bei
lebendigem Leib von einem Riesenpython verschlucken, nur um
ihn von innen mit einem Messer oder einem anderem scharfen
Gegenstand zu töten. Weiter: Weltmeister im Asynchronschei-
ßen, was soll das denn nun schon wieder sein? Fragt nicht nur
das STRUNK-PRINZIP! Oder Ekkehard M. (Name geändert) mit
seinem «sportlichen» Konzept der *lachenden Augenbrauen*. Ist
das noch Sport? Anders gefragt: Liegt die Zukunft des Sports
wirklich in Inline-Catchen, Underwater-Rebirthing und Body-
Scrolling? *Variatio delectat* – Abwechslung erfreut? Zynismus
pur! Turnvater Jahn? Ein trauriger Clown ohne Tränen! Wo sich
früher halbwüchsige Knaben die Frage stellten, ob sie nicht in
den Himmel kommen, weil ihnen beim Spagat die Hoden aus
der Turnhose quollen, klagen heutige Szeneteens darüber, dass

↰ Buch bitte drehen

sie beim *Blitzschach gegen Senioren* ständig ihr ganzes Taschengeld verlieren. Was viele nicht wissen: Exzessiv betriebener Denksport kann bei Heranwachsenden zu lebensgefährlichen Gerinnseln führen, ein Tabuthema, das verschleiert wird wie sonst nur Lebendtransportschlachtungen in nicht EU-Ländern. Und überhaupt, Sportlerkrankheiten, eines der letzten Tabuthemen unserer verkommenen Bussi- und Schnorchelgesellschaft: Schwimmerhoden, Baseballniere, Mongokopf (DDR), Tennisarsch, Schachfinger, Diskuslunge – worüber andere schweigen, darüber spricht das STRUNK-PRINZIP.

Wo früher der Allgemeinsport wertvolle Dienste am Volkskörper leistete, geben sich heutzutage harmlose Hürdenläufer oder Haubentaucher der Lächerlichkeit preis, wenn sie es wagen, in modischen Coffee-Shops zimmerlaut über ihre kreuzbrave Passion zu diskutieren.

Der *Profisportler* – zerrieben zwischen absoluter Leistungsbereitschaft und Kommerz. Sommers wie winters muss er die 100 Prozent abrufen, wird von Funktionären schikaniert und von Sponsoren von einem Werbeauftritt zum nächsten gehetzt. *Ultra posse nemo obligatur* – Unmögliches zu leisten ist niemand verpflichtet? Dreimal laut gelacht! Alleine Samenroulette entscheidet übrigens darüber, ob einer Zehnkampfcrack wird oder ob es nur zum Monoathleten wie Hammer-, Speer- oder Keulenwerfer reicht. Weiter im Text: Olympische Spiele – ein gigantischer Riesenfake (das STRUNK-PRINZIP wird in einer der nächsten Ausgaben den Beweis antreten, dass es Olympia gar nicht mehr gibt, sondern dass es seit 2004 ausschließlich am Rechner entsteht. Ältere Aufnahmen werden mit virtuellem Klimbim und Animationen so verschnitten, dass nur geschulte Augen den Betrug erkennen). Die FIFA: Schweinerei im Quadrat. Internationaler Sportgerichtshof – Geldwaschmaschine biblischen Ausmaßes!

Breitensport, Managerfitness, Volksläufe: drei Begriffe – ein Holzweg. Wer flächendeckende Massenertüchtigung fordert, muss damit rechnen, mit seinem faschistoiden Konzept zu scheitern! Eine weitere, als bis dato unknackbar geltende Nuss: Der *Sportlehrer* – Sexpapst, Beichtvater und Bodyclown in Personalunion. Beispiel Geräteturnen: Bereits nach der dritten Trainingseinheit zwingt er seine Schutzbefohlenen, Häschenkostüm, Frotteesocken und Gummihandschuhe anzuziehen, Wagenheber und Saugglocke werden startklar gemacht, und der Irrsinn nimmt seinen Lauf. Unter dem Deckmantel des sog. *Zirkeltrainings* zuerst vermeintlich harmlose Geschicklichkeits- und Gelenkspiele, die übergehen in multiple Ganzkörperstauchung, und am Ende der fragwürdigen «Trainingseinheit» gibt's gar kein Halten mehr: Fischposition, Pferdestellung, Vogelhaltung – der Lehrkörper gibt Hilfestellung in nun wirklich allen möglichen und vor allem unmöglichen Varianten, bis er seinen entgleisten Drang befriedigt hat. Zusätzlich verwirrt er die Schüler mit postpsychedelischen Thesen, z. B. behauptet er, die Hälfte aller Stoppuhren gingen falsch. Die körperlichen Spätfolgen solch entarteter «Pädagogik»: Wanderhode, Schrumpflunge, eingewachsene Hautlappen, totale Verschuppung (Psychoschorf). *Ne discere cessa* – Höre nicht auf zu lernen!

Trotzdem möchte das STRUNK-PRINZIP ein alles in allem positives Fazit ziehen: Der Sport bleibt, was er schon immer war – Masse mal Energie, geteilt durch Aufwand. Sanftes Vergnügen, lebensverlängerndes Gesundheitstool, witziger Zeitvertreib und gelenkschonendes Geschicklichkeitstraining. Sport gehört zum Menschen wie eine zweite Haut (Skin), Sport ist Bodyfeeling, Mindart, Generationflow, eine Klammer, die Völker aus den entlegensten Teilen der Welt verbindet. *Unus pro multis* – einer für alle!

Die Kontraktion des Tonus – ewige Metapher des Seienden.

Schließen wir diesen kleinen Aufsatz, wie wir ihn begonnen haben, mit einer Prise Humor. Spruch unter Gewichthebern: «Wo ist das Klavier – Ich brauch was zu schleppen!» Lieblingswitz des mehrfachen Rodelweltmeisters Hackl Schorsch: «Vorbeugen ist besser als auf die Schuhe zu kotzen!» Pferdesportmoderatorenlegende Adi Furler: «Ein Reiter ohne Pferd ist nur ein Mensch, aber ein Pferd ohne Reiter ist immer noch ein Pferd.» Da wird's schon fast philosophisch! Typischer Bodybuilderschnack: «Träge Muskeln muss man verarschen.»

Ganz zum Schluss kommt noch einmal das STRUNK-PRINZIP zu Wort. Frage: «Von 0 auf 100 in weniger als einer Sekunde?» Antwort: «Steig doch einfach mal auf die Waage!» In diesem Sinne *Citius, altius, fortius* – höher, schneller, weiter!

Funpark, Helgoland, Balkanisierung, es gibt wohl kein Thema, das mit Hilfe des **STRUNK-PRINZIPS** *nicht zu knacken wäre. Das Ganze, und das ist entscheidend, nicht in unmenschlicher Piloten- oder Funktionssprache, sondern leicht und verständlich verfasst, damit endlich auch Kinder und Jugendliche einen Zugang zum* **STRUNK-PRINZIP** *bekommen!*

DIE LANDBEVÖLKERUNG –
zwischen Traktor und Realität

Die Landbevölkerung: Ein Segment unserer Gesellschaft, das in fast allem viel zu kurz kommt. Dabei würden wir Städter nicht schlecht staunen, wenn diese Riesengruppe plötzlich komplett von der Bildfläche verschwunden wäre. Dann wollen wir mal sehen, ob wir uns von selbstgezogenen Balkontomaten, Kressetopf und Leitungswasser vollwertig ernähren können! Und zum Dank, dass sie tagein, tagaus auf den Feldern, im Stall oder hoch droben auf einem Mähdrescher thronend uns Gierlappen die unverschämten Mäuler mit Essen vollstopfen, werden die Bauern auch noch nach Strich und Faden verarscht. Darum bringt das STRUNK-PRINZIP nun Klarheit in den ganzen Wust.

Erst einmal: Bauer ist schon längst nicht mehr Bauer. Allein von der Sprache her heißt er jetzt nicht mehr Ackermann, Halbspänner, Bündner oder Hintersiedler, sondern anders, nämlich *Agraringenieur*. Um den Bauern richtig kennenzulernen, muss man sich erst einmal ein Bild von seinem Alltag machen. Nehmen wir dazu einen beliebigen Wochentag, den Dienstag:

Das wichtigste Tier auf jedem Bauernhof ist der Hahn. Wenn der in aller Herrgottsfrühe kräht, heißt es aufstehen.

Dann schält sich die ganze Bauernfamilie aus ihren groben Bauernbetten und nimmt am groben Küchenbauerntisch Platz. Zu essen gibt es grobe Bauernmettwurst mit Fettstippe, und zu trinken Korn, damit man Kälte und Schmerz nicht so spürt. Dann mit Kettensägen, Bolzenschussgeräten, Saugglocken und elektrischen Krampen an die Arbeit. Mittags gibt es wieder Mettwurst und Korn, und abends wieder. Die Bauern essen nur aus Stahltellern und -näpfen und mit schwerem Eisenbesteck, da sie mit ihren riesigen Pranken und Mündern Porzellan- und Plastikgeschirr sofort atomisieren würden. Nach getaner Arbeit spätabends sitzen alle um eine Bauerntruhe herum und machen grobe Scherze, lachen rau und trinken wieder Korn, am Wochenende zusätzlich noch Strohrum. Der Bauer selbst und die Bäuerin schlafen in Betten, die Jungbauern dürfen mit dem ungeheizten Fußboden vorlieb nehmen, auch im Winter. Wer nicht spurt, muss zehnmal hintereinander den Starkstromzaun anfassen oder wird in die Jauchegrube geworfen (Beispiele). Im Winter trifft sich das ganze Dorf auf dem Dorfteich zum Eisstockschießen. Einmal im Jahr gibt es Subventionen aus dem Eurotopf! Bares Cash auf die Kralle, das sind Streicheleinheiten für jeden Landwirt.

Die Bauern feiern viele Feste, die sie feiern, wie sie fallen: Erntefest, Landjugendball, Schützenfest, 100 Jahre Freiwillige Feuerwehr, die Liste wird lang und länger. Das schönste Fest der Bauern ist und bleibt aber nach wie vor der Dorfbums, für den sie sich schon Stunden vorher sorgsam vorbereiten und ihre stämmigen Bauernkörper (Landbody) mit Talgschwamm, Porenzange und Warzenschere trimmen, bis sie *ausgehfertig* sind. Wenn der Bauer dann in seinen Ausgehanzug aus braunem Breitcord mit Schlips und Kragen geschlüpft ist und sein rotierendes Discobein aus den Siebzigern umgeschnallt hat, kann es richtig losgehen: Es wird getanzt, dass die

Fetzen fliegen. Auf dem Höhepunkt der Feier lernt der Bauer eine Frau aus dem Nachbardorf kennen, schlägt sie bewusstlos, und wenig später schon wird Bauernhochzeit gefeiert. Ab geht's mit dem Mähdrescher zum Standesamt und hinterher ins Dorfgemeinschaftshaus. Alle sind eingeladen und feiern, dass die Schwarte kracht. Zu essen gibt es eine Aufschnittplatte mit 30 Sorten grober Bauernwurst, als Beilage Runkelrüben und natürlich Strohrum. Alle sind aus dem Häuschen und prügeln sich. Das ist der schönste Tag für den Bauern.

Bauern können nicht so gut schnell Rechenaufgaben lösen oder Geschicklichkeitsspiele, sie sind aber auf *ihre* Art blitzgescheit und lebensklug. Das merkt man daran, wenn sie Sätze sagen wie «Menschen, die Rücksicht nehmen, haben nur Angst vor Schlägereien». Überhaupt ist der Bauer kein großer Faktenpapst, Formelguru oder Zahlenhirni. Füttert man seinen dicken Bauernschädel mit Theoriematerial, saugt er sich voll wie ein Badeschwamm und birst irgendwann wie eine Einwegflasche in der Schrottpresse.

Ob jemand Schweinebauer, Kartoffelbauer oder Saatbauer wird, entscheidet das Samenroulette. Oft bestimmen auch Vater und Großvater, was aus dem Junior wird. Sollten die Jungbauern sich nicht in ihr Schicksal fügen wollen und in die Stadt fliehen, was gottlob nur sehr selten vorkommt (1:750), werden sie wegen ihrer groben Art meist schnell identifiziert und zurückgebracht. Der Bauer selber ist geradeheraus, eine kreuzehrliche Haut mit Ecken und Kanten, Stichwort hart, aber herzlich. Zur Begrüßung zerquetscht er seinem Gegenüber die Hand, schlägt ihm mit seiner Bauernpranke auf den Rücken, dass es kracht und die Wirbel einzeln herausspringen, und/oder grapscht ihm ins Gesicht, zieht und kneift an den Backen herum, bis die grün und blau sind.

Bauern und Krankheiten: Auf dem Land sind *Berufskrank-*

heiten weit verbreitet. Vom langen Sitzen auf dem Melkschädel bekommen die Bauern Wasserbeine. Auch Klumpfüße und Bucklige sind häufig anzutreffen. Apropos Wasserbeine: Norbert R. (Name geändert) verheddterte sich beim *Starke Treiben* im Weidezaun, konnte sich aus eigener Kraft nicht mehr befreien und wurde erst nach zwölf Tagen vom zuständigen Revierförster gefunden. Lebend! Er litt in der Zeit furchtbaren Hunger und musste im Stehen schlafen. In dieser Situation schlug aber gleichzeitig die Stunde des Wasserbeinlers Norbert R., denn er konnte sich aus den gespeicherten Depots bedienen und überlebte. Gleiches gilt für das Handicap *Insektenzunge*, so nennt man die mit allerlei Noppen, Scharten und Papillen versehene Kuhzunge, wie sie häufig bei Landwirten aus der DDR anzutreffen ist. Bei Nahrungsmangel schnappt er blitzschnell nach Insekten, Maden und Käfern und füllt so die überlebensnotwendigen Eiweißdepots wieder auf.

Was ist jetzt aber mit der neuen Generation? Die Augen des *Jungbauern* sind in die Zukunft gerichtet, Schwielen, Hühneraugen und Stiernacken sind gar nichts mehr für ihn. Der Jungbauer 2012 *lässt* melken, selbstbewusst trägt er Mecklenburger Herrenwindel, Pottschnitt und Eiersweatshirt, er hat einen Kabelanschluss, ist mannscharf und zeigefreudig. Nummer eins in der Bauernhierarchie ist der Hühnerbaron, das hört man ja schon am Namen. Jungbauern und Erotik: Auch in dem Bereich ist einiges los. Mädels reißen sich um junge, freche Landwirte, denn wer schon einmal die wulstigen Lippen eines Kartoffelbauern geküsst hat, von den tellergroßen Handtellern eines Knechtes in die Mangel genommen wurde oder den heißen Atem eines Steckrübenwirts im Nacken gespürt hat, der möchte diese Form der Erotik bald nicht mehr missen.

Der Bauer mag	*Tiere, gute Laune, mal wieder richtig ausschlafen, ruhig in Deutschland verreisen*
Er mag nicht	*Gefrierbrand, Motorschaden, Kabelsalat*
Musik	*Fantasymetal*
Hobbys	*Bauernsalat, ADAC*
Sport	*Die anstrengende Arbeit auf dem Feld ist Sport genug!*
Motto	*Vögel, die morgens singen, holt abends die Katze*

Fazit: Die Landbevölkerung lässt sich nicht länger verarschen! Die wollen nicht Teller voll rachitischem Spinnkrams bis zur Neige auslöffeln und dann mit dem Schierlingsbecher nachspülen, sondern endlich mal wieder ein paniertes Kotelett, und zwar ordentlich durchgebraten. Das STRUNK-PRINZIP fasst ein letztes Mal zusammen: Das Auge sieht es, doch das Herz muss es glauben!

*Das **STRUNK-PRINZIP**, ein nach neuesten naturwissenschaftlichen Erkenntnissen entwickeltes Koordinatensystem, ein munterer Diskurs auf der Höhe der Reflexion, packt heiße Eisen dort an, wo sie am heißesten sind: unten links. Aushilfsmagister Heinz Strunk gibt die Informationen in den Seifenspender ein, und schon bald heißt es: Wissenslotion marsch!*

KRIMINALITÄT – ein Reizthema im Faktenzwinger

1. Ein Kind fragt dich nach dem Weg. Umständlich erklärst du dem Knirps die Route. Minuten später stellst du fest, dass deine Hosentaschen vollständig leergeräumt sind, außerdem fehlen Mini-DV-Kamera, Impfpass und sogar dein Hund. Der Kurze war wie die meisten Kinder ein Kleinkrimineller, der seine geringe Größe geschickt einzusetzen wusste.

2. Im Café kommst du mit einem Rentner ins Gespräch. Es geht um Aufzucht und Pflege von Balkonpflanzen. Stundenlang redet der Pensionist auf dich ein, bis du schließlich erschöpft am Tisch zusammensackst und in einen traumlosen Sekundenschlaf fällst. Als du wieder aufwachst, bist du nackt, deine Autoschlüssel und sämtliche Geheimzahlen fehlen. Der tattrige Alte ist mit deinem Neuwagen längst über alle Berge, die Konten sind auf null.

3. Deine älteste Tochter galt nach einem *Backpackertrip* durch Asien als verschollen. Nur durch einen unwahrscheinlichen Zufall wird sie in einer taiwanesischen Billigfabrik entdeckt, wo sie gehirngewaschen als moderner Menschensklave 18 Stunden am Tag angekettet Marzipaneier rollen muss.

Drei Beispiele, ein Thema: Kriminalität. Man könnte jetzt mit nüchternen Zahlen operieren, doch wer vergisst, dass hinter Zahlen Schicksale stecken, muss sich Fragen gefallen lassen, die zu beantworten viel Kraft kosten würde. Das STRUNK-PRINZIP geht aus Respekt vor den Opfern daher besonders behutsam vor. Ritualmorde, Just-in-time-Überfälle, Blitzprügel, Tunnelflucht sind luftleere Schlagwörter; wer jetzt wieder nur Statistiken ins Feld führt, hat wie die meisten Verbrecher eines: etwas zu verbergen. Bloße Ursachenforschung verschleiert mehr, als sie aufdeckt, und wer die Gründe für den rasanten Anstieg flächendeckender Hybridkriminalität nur in der ach so bösen Häppchengesellschaft sucht, der verwechselt das Huhn mit dem Ei. Denn Kriminalität ist eine Konstante, deren Quotient sich vom Übergang von der Tausch- in die Discountgesellschaft *nicht* signifikant verändert hat. *Ibi fas ubi proxima merces* – Wo der Gewinn am höchsten, da ist Recht!

Das STRUNK-PRINZIP arbeitet wie immer sachlich und faktenbasiert. Beginnen wir mit dem schwächsten Glied in der Verbrechenspyramide, dem Opfer. Hans Günter Hering (Gera/ DDR), Sprecher der Schwerverbrechervereinigung: «Geiseln sind zum Leiden geboren.» Ist das Zynismus pur oder bloße Menschenverachtung? Das Verbrechensopfer, das unbekannte Wesen, niedergeknüppelt und liegen gelassen. So irrt es lebenslang im dunklen Labyrinth der Tat und endet als Bettpfannennässer, Obstmystiker oder Getränkeschlosser.

Warum wird man überhaupt Verbrecher? Verbrechen steht stets auf der G-Säule: Gier, Geld, Gewinn, anders gesagt: *Dat census honores* – Reichtum bringt Ansehen. Verbrecher heute: Wer hat in der *Crimeszene* das Sagen? Graumelierte Wertmarkenfälscher, Trickbetrüger und Sexschwindler – nur mehr ein Fettfleck auf dem Eselsohr der Kriminalgeschichte. Millenniumverbrecher arbeiten digital, ihre Hilfsmittel sind USB-

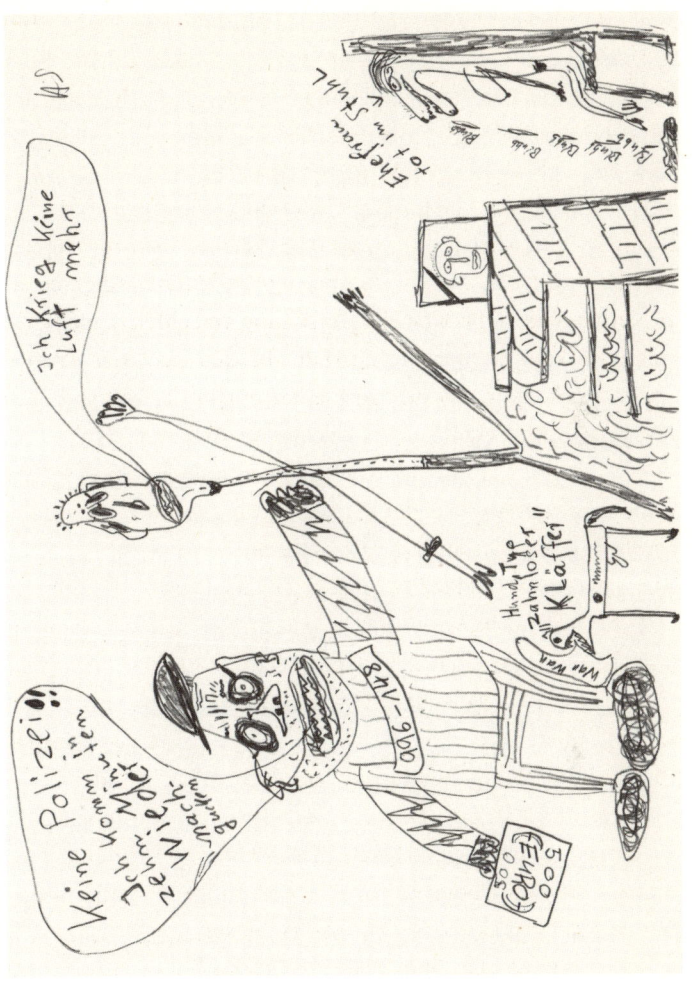

Stick und Sportschuhe, ihr Händedruck ist warm und fest. Brutale Kasperliaden besinnungslos prügelnder Geldeintreiber und sonstiger Witzfiguren gehören der Vergangenheit an, der schlecht ausgebildete Panzerknacker von anno dunnemals ist endgültig zu der Karikatur verkommen, die er schon immer war. DNA-Stränge, Haltungsschäden und verlorene Personalausweise weisen den Profilern den direkten Weg zu diesen Lachnummern. Wer auf der kriminellen Karriereleiter nicht ausglitschen will, sollte ein anderes Vokabular beherrschen: Synergie, Wertschöpfungskette, Turnaround, operativer Gewinn. Solche Ganoven fühlen sich stark, sicher und vor allem: *Legibus solutus* – von den Gesetzen entbunden.

Das Epizentrum des Verbrechens, wo liegt das nun eigentlich? Antwort: Überall und nirgends. Leider. Das STRUNK-PRINZIP würde an dieser Stelle gerne etwas Tröstliches vermelden, aber ihm sind (leider) die Hände gebunden.

Verbrechertypen. Man kann Verbrecher grundsätzlich in zwei Kategorien aufteilen: den Fun- und den Kohleverbrecher. Dem Kohleverbrecher geht es in erster Linie darum, einen guten Schnitt zu machen. Er möchte mit richtig was nach Hause kommen und ist vom Typ her ein nüchterner, sachlicher Buchhaltertyp. Der Funverbrecher hingegen sucht in erster Linie Spaß. Typische Funverbrecher sind Hooligans, Kriegsverbrecher und Serienmörder. Apropos Serienmörder. Das STRUNK-PRINZIP hakt unverbindlich nach: Diese Superstars unter den Verbrechern eint ein recht anspruchsloses Psychogramm, unter anderem antizyklische Erfahrungen in der Kindheit, Fernsehverbot, schiefes Becken oder Ganzkörperspange, darauf berufen sie sich nach ihrer Verhaftung nur allzu gern! Untergruppe Ritualmörder: Ihm geht es nicht um den Mord selber, sondern um das mit der Tat verbundene Ritual, das peinlich genau eingehalten wird: Beispielsweise entfernt er jedem seiner

Opfer das Trommelfell und fertigt daraus einen Windschutz. Aus Zähnen bastelt er Würfel, aus Fingerknochen Zahnstocher und aus dem Kopf Eieruhr oder Brieföffner. So ist er immer von seinen Opfern umgeben und fühlt sich behaglich. Wenn er irgendwann einmal gefasst wird, lebt der Serienmörder nur noch in seinen Erinnerungen. Er retardiert zum liebenswerten Kauz, der seine Mitgefangenen an Festtagen mit Selbstgebackenem verwöhnt. Von der tickenden Zeitbombe zum tattrigen Fossil. Serienmörder, *quo vadis*?

Tabuthema *Schwarzarbeit*, Geißel der Industrienationen, in manchen Staaten übersteigt der Schaden, den dieses vermeintliche Kavaliersdelikt anrichtet, bereits mehr als das zweieinhalbfache Bruttoinlandsprodukt. Das zynische Motto dieser Verbrecher in Nadelstreifenanzügen: *Mundus vult decipi* – Die Welt will betrogen sein! Was sagt die Politik zu diesem Thema? Parteienübergreifend bekommt man entweder mal wieder gar nichts oder einen «witzigen» Spruch zu hören: «Wie heißt die größte Firma Deutschlands? Schwarz und Co!» Da bleibt dem gemeinen Steuerzahler das Lachen freilich im Hals stecken. Andere nicht weniger wichtige Problembereiche können leider nur angeschnitten werden. Was beispielsweise ist mit gefälschten Weißlizenzen? Der massenhaften Zunahme von Säureopfern oder dem Dauerbrenner Leihmutter?

Man sieht, an dieser Stelle gelangen wir nicht weiter. Deshalb kommen wir jetzt zu nützlichen Infos rund um das Verbrechen, kommen wir zur *Prophylaxe*. Man kann auch und gerade als Privatperson einiges dafür tun, um Verbrechen wirkungsvoll zu verhindern. Nach Möglichkeit die Wohnung nicht verlassen. Einkäufe erledigen auch schnell und günstig Bringdienste. Den Bringdienst jedoch nie in die eigenen vier Wände lassen. Der Bringdienst muss sich immer langsam mit erhobenen Händen rückwärts aus dem Sichtfeld entfernen. Wenn man doch mal vor die Tür muss, dann nur in entsprechender Kleidung. Ein Sicherheitsoverall aus Asbest mit eingewobenen Eisenplatten und Vibrationsalarm sollte zur Standardkleidung jedes aufmerksamen Bürgers gehören. Sprechen Sie niemals mit Fremden! Falls Sie jemand nach dem Weg fragt, stechen Sie ihm sofort mit voller Wucht mit zwei Fingern in die Augen und machen ihn kampfunfähig. *Ignorantia iuris nocet* – Unkenntnis schützt nicht vor Strafe! Undundundoderoderoder. Das waren nur drei Tipps, die indes den entscheidenden Vorteil haben, dass man aus ihnen alle anderen Vorsichtsmaßnahmen ableiten kann.

Und nun? *Dum spiro spero* – Solange ich atme, hoffe ich. Das STRUNK-PRINZIP jedenfalls glaubt an die ganz große Utopie, die *legale Gesellschaft*. Mehr als einen groben Überblick konnten wir nicht verschaffen, Problemfelder wurden nur schlaglochartig angerissen, doch wenn Gefahrenpotenziale erkannt, Sicherheitsdefizite ausgelotet und Zielkonflikte deutlich wurden, dann ist Sinn und Zweck erfüllt, nämlich das Risikobewusstsein zu schärfen. Schließen möchte das STRUNK-PRINZIP mit dem wohl wichtigsten Satz, der jemals zu diesem Thema gesagt wurde: Kriminalität entsteht stets da, wo man sie zulässt!!

*Das **STRUNK-PRINZIP**, was genau ist das eigentlich? Antwort: Mehrwert pur, um es mal einfach und für den Laien verständlich zu formulieren. Sexuelle Dreiakter, erotische Realsatire und erregende Heavy-Petting-Studien sind der noch unbearbeitete Holzklotz, aus dem das als Dr. Fummel des europäischen Kunstadels bezeichnete **STRUNK-PRINZIP** souverän einen fein ziselierten Multiorgasmus nach dem anderen schnitzt.*

SEXUALITÄT – von Säften und Süchten

Sackbahnhof, Taschenbillard, Eierlaufen, Schokospiele, DDR-Ständer – fünf Begriffe, ein Problem: Die unaufhaltsame Sexualisierung der modernen Ausziehgesellschaft. Jede noch so kleine Fuge scheint bereits von diesem ubiquitären Keim kontaminiert. Die saturierte Gegenwart ist erstarrt in Defätismus, ein in weiten Teilen nekrotisches Gebilde, das in seiner strukturellen Schwäche daliegt wie ein offener Bruch und den mächtigen Dämon Sex fröhlich winkend hineinbittet. Wo sich der Volkskörper früher durch Waldläufe, Knobelrunden und Butterfahrten erneuert hat, sind diese Selbstheilungskräfte heute versiegt. Die Ikonographie der Werbewelt ist durchdrungen von zweideutigen Verweisen, ganze Schlüsselindustrien leben von der Massenfertigung erotischer Sekundärprodukte, die Auflösung sozialer Rückkoppelungssysteme, mediale Reizinkubation, Eiweißdrinks und die unkontrollierte Ausbreitung von Ein-Mann-Haushalten trägt zu einer inkurablen Überhitzung bei; unser von Straps und Gleitcreme dominiertes Leben gleicht einer Blase, die aufgrund von Leidensdruck nur noch ein Millimeterchen vor dem Zusammenbruch steht. Mehr als genug Gründe für das

STRUNK-PRINZIP, sich diesem gewaltigen Themenkomplex im Echolotverfahren zu nähern. Und zwar *Lege artis* – nach allen Regeln der Kunst: Nach den früheren Systemen Tausch-, Industrie-, Hybrid- und Informationsgesellschaft stehen wir an der Schwelle zu einer neuen, unheimlichen Gegenwart: der Triebgesellschaft. Über die Ursachen ist viel spekuliert worden, Richtiges, weniger Richtiges und allzu Schwammiges. Fest steht: Wer einmal angefangen hat, vom Dreigängemenü Erosteller zu naschen, bekommt stets eins: Hunger nach mehr. Das STRUNK-PRINZIP hakt nach, es fragt, wo andere längst verstummt sind, es bietet nicht nur Analyse, sondern auch Lösungen, und vor allem: es arbeitet faktenbasiert!

Fakt 1) Ein erst einmal aus den Fugen geratener Hormonhaushalt nimmt seine Umwelt nur mehr selektiv wahr: Der baumlange Rüssel des Staubsaugers, der gierig Reste, Schmutz und Staub in seine prallvollen Beutel schlingt, im heißen Wasserbad aufgerissene, angeschwollene Würste, der rasende Pürierstab, der wieder und wieder in den Eiersalat gestoßen wird, sprechen im verschobenen Koordinatensystem pathologischer Erotomanen eine eindeutige Sprache. Sind dies prüde Mäkeleien eines moralinsauren Laienpredigers, eines wild gewordenen Eremiten, der sich dem gesellschaftlichen Fortschritt verweigern will? Ist sexuelle Freiheit nicht ein hohes Gut, für das viele Generationen gekämpft haben? Fragt das STRUNK-PRINZIP einmal ganz naiv sich selbst. Auf den ersten Blick richtig, doch Freiheit bedeutet eben gerade *nicht* Haltlosigkeit, und wer Emanzipation mit Rudelbums verwechselt, begeht kognitive Fehler von großer Reichweite. Die Apologeten sexueller Schrankenlosigkeit, gefangen in ihrem libertären Spinnennetz, übersehen geflissentlich, dass die heilenden Zauberworte schon längst nicht mehr Entfesselung, Entäußerung, Eruption, sondern Reduktion, Verzicht und Askese heißen; nur freiwil-

lige Beschränkung kann den Teufel Sexualität an die Kette nehmen, seine zerstörerischen Kräfte auf tote Gleise lenken, geile Lava in geronnene Kruste verwandeln. Wer sich heutzutage auf der Empore des Fortschritts ein handwarmes Plätzchen sichern will, der übt Verzicht: einpeitschen statt auspeitschen, auslassen statt einlassen, abhauen statt mitmachen.

Welche Gefahren drohen eigentlich, wenn man sich den entscheidenden Schritt zu weit in die geile Mausefalle gewagt hat, im Hamsterrad der Dauererektion zappelt, im Aquarium der schlechten Säfte mit wundgelutschten Lippen nach Sauerstoff schnappt? Das STRUNK-PRINZIP ein Schock-Prinzip? Wenn nötig, leider ja. Ungezählte noble Charaktere haben Ethik und Verstand auf dem Altar der Lust geopfert, sind auf den weißen Pisten der Geilheit ins Verderben gerodelt und dort mit gebrochenem Becken als Streckenposten paradox havariert. *Integer vitae scelerisque purus* – Rein im Leben, frei von Verbrechen! Das war einmal!

Wo hat der unheilvolle Abstieg in die Abgründe eines von sexuellen Obsessionen geprägten Lebens eigentlich begonnen? Sind es frühkindliche Erlebnisse mit Molke, Kleinsäugern oder Elektrogeräten? Sinistre Anzeichen künftiger Entartung lesen erfahrene Hobbypsychologen bereits aus kindlicher Vorliebe für bestimmte Speisen und Getränke: Heißhunger auf Oblaten, braune Kuchen, frisch aufgebrühten Malzkaffee und andere kackfarbene Nahrungsmittel lassen früh erahnen, welche Vorlieben das Erwachsenendasein bestimmen. Warum interessieren sich bereits Siebenjährige für den Wetterbericht? Es ist die abartige Präsentation der Prognosen, die das Unterbewusstsein auf subtile Art manipuliert! Das üppige Dekolleté der Wetterfee, das mit Macht aus dem zu kleinen Oberteil auszubrechen droht, die sich unter dem eng anliegenden Hosenanzug abzeichnenden kräftigen, festen Schenkel, der dralle Po und die schön geschwungenen, vollen Lippen, die noch die mildeste Brise zu einem orkanartigen Sturmtief aufblasen. Doktorspiele mit dem Cousin, Grapschereien in der Turnhalle und Zungenküsse mit Opa haben im sexualisierten Alltag vieler Heranwachsender längst einen festen Platz.

- **Tabuthema Sex und Kirche.** Wird da üble Nachrede getrieben, zu viel «hineingeheimnist»? Beispiel Apostelkirche, 100-jähriges Jubiläum. Schauplatz Gemeindehaus, 4. August 2013: Pastor und Gemeindeschwester liegen wild züngelnd in der Ecke, auf den baumdicken Schenkeln des Diakons wippen vier blutjunge Konfirmandinnen, der Küster hat sich eine Kerze in den Po gesteckt, kriecht zwischen den gefesselten Mitgliedern des Kirchenchors herum und leckt freudig bellend allen Neuankömmlingen die Hände. Ein trauriges Kapitel, das in der Kirchenchronik freilich fehlt. Das STRUNK-PRINZIP fragt: Why?
- **Sex in der DDR.** Die Grundlage für einen erotischen Abend bildet ein *Köstritzer Mutzbraten gegrillt* (wahlweise *Ukrainisches Reiterfleisch* oder *Silvesterkarpfen* «pikant»). Um danach in Stimmung zu kommen: *Wilde Sau* (heller Kräuterlikör), Puhdys und eine Packung *Duett* (Ost-Zigaretten), dann geht's auch bald schon in medias res: statt Zähneputzen eine *Falimint* (Lutschdragees), die *Haftschalen* (Kontaktlinsen) raus, aus den *Wisent* (Jeans) gepellt, und Abfahrt … (Alle Produkte original DDR-Erzeugnisse)
- **Sexsucht.** Geißel der Instantgesellschaft. Das STRUNK-PRINZIP will es zur Abwechslung einmal ganz genau wissen. Wie sieht es aus, das Leben eines nur noch vom Trieb Gesteuerten? Der Gang ins Pornokino bildet bald schon den habituellen Abschluss eines ganz gewöhnlichen Arbeitstages, langsam verformt sich die Wirklichkeit zu

einem von geheimnisvollen Schlüsselreizen dominierten Phantasiegebilde. Halb wahnsinnig geworden irrt der Süchtige durch menschenleere Innenstädte, immer auf der Suche nach neuen Kicks. In Speiserestaurants reibt er sein wundgescheuertes Becken ungeniert am liebevoll einge-deckten Tisch. Bunter Teller, Selbstverstümmelungen, Luke zwei – das kryptische Vokabular eines Besessenen. Am Ende eines langen Leidensweges hockt er in seinem verstellbaren Sessel, die tote Augen blicken auf den zerfetzen Johannes, eine Melkmaschine, die aus den Untiefen des Leibes immer wieder flüssiges Elend ans Tageslicht pumpt. Der schwitzen-de Mund schnappt im Moment der Eruption nach dem, was der Unterleib im Halbstundentakt hinausschleudert, um in einem ewigen Kreislauf, einem Perpetuum mobile der Lust die Idee der grenzenlosen Gier zu vollenden!!!!

Wer will da noch behaupten, eine solche Entwicklung sei ge-sund? Wenn es Zeit ist, die Notbremse zu ziehen, dann jetzt und nicht erst später. Aber wie, gibt es tatsächlich Taschenspie-lertricks, die aus der Misere führen? Lust beginnt im Kopf, das wussten schon die Alten, deshalb

Schritt 1) Mal die Spule auswechseln und einen anderen Film einlegen.

Schritt 2) Vor dem Einschlafen Hände waschen und ein-cremen. Legt die Hemmschwelle höher.

Schritt 3) Den Sumpf austrocknen, aber richtig: Vierzig Fastentage Minimum, in völliger Abgeschiedenheit, bewirken Erstaunliches (Jesus-Effekt).

Schritt 4) Entkernung krankhafter Symbolik: Der Stab wird wieder zum Stock, das Rohr zum Stiel, der Knüppel zum Werkzeug und der Sack zum Beutel.

Schritt 5) Krankhafte Gedankenkoppelungen im Keim ersticken – Blümchenkleider statt Blümchensex!

Schritt 6) Durch regelmäßiges Studium des STRUNK-
PRINZIPS auf dem Laufenden bleiben, denn das
STRUNK-PRINZIP weist Wege über den Tag hinaus.

Ein Leben ohne Trieb?! *Minima de malis* – das geringere der
Übel!

*Der mysteriöse Sitzriese Heinz Strunk hat wie immer gegen
ein unablässiges Sperrfeuer von Neidern, Besserwissern und
anderen Lurchgeburten zu kämpfen. Das hält ihn jedoch
nicht davon ab, auch die letzte betonharte Nuss zu knacken,
und zwar mit einem für den Laien kaum verständlichen,
eigens für die Lösung komplizierter Fragen entwickelten
Prinzip: dem* **STRUNK-PRINZIP.**

SENIOREN – Generation ohne Zukunft?

Früher nannte man dich «Mensch», jetzt bist du Rentner, Se-
nior, Pensionist oder einfach nur «der Alte». Abgestoßen, aussortiert, weggesperrt, verarmt, krank, unnütz. Einst Rahm der
Gesellschaft, jetzt unnützer Aushub, abhängig vom Mysterium
Rentenkasse. Das ist das dürre Faktenkorsett. Doch wie sieht
es wirklich aus, wenn einer, der vierzig Jahre im Erwerbsleben
treu und brav seinen Dienst versehen hat, plötzlich vor dem
Nichts steht, von einem Tag auf den anderen VERRENTET
wird? Verscharrt, vergessen, verbuddelt. Verloren, verlassen,
vernichtet. Das STRUNK-PRINZIP hat mit zweihundertdreiund-
fünfzig Neurentnern gesprochen und mit Hilfe von Hoch-,
Spreiz- und Bruchrechnungen einen Mittelwert errechnet. Die
erschreckende Erkenntnis: Galt früher *Ora et labora* – bete und
arbeite, so heißt es für Senioren heute nur noch beten, und
zwar darum, dass dieses Leben endlich vorbeigehen möge!

Rentneralltag im einundzwanzigsten Jahrhundert. Eine erschreckende Studie: Schon seit Monaten lebst du in Angst
vor dem vermeintlich schlimmsten Tag deines Lebens, der
Pensionierung. Der Wecker klingelt wie immer um sieben, du
versuchst Leben in die tauben Beine zu bekommen. Wahnsinn,

wie viel Ohrenschmalz so ein alter Körper in nur einer Nacht produziert! Die winzige Wohnung riecht nach angebrannter Milch und Salbe. Eigentlich müsstest du Tabletten einnehmen, doch die Zuzahlung kannst du dir nicht leisten, die Schmerzen müssen wohl oder übel ausgehalten werden. Im Bad die rituelle Katzenwäsche, dann tippelst du mit winzigen Schritten in die spackige Küche. Der Wasserkocher ist wie fast alle Elektrogeräte schon lange defekt; ist das Brot eigentlich verschimmelt oder kann man es noch essen? Misstrauisch säbelst du vom stahlharten Knust ein winziges Stück und weichst es in einer Pfütze H-Milch auf. Das korrekte Einspeicheln nicht vergessen, sonst renkst du dir wieder den Kiefer aus, immer dran denken! Du versuchst, einen Tagesplan zu schmieden, doch wozu? Es gibt nichts zu tun. Wieder und wieder sortierst du alte Bankbelege, glättest Eselsohren, um schließlich, Höhepunkt des verregneten Vormittags, den Teebeutel zum zehnten und definitiv letzten Mal aufzubrühen. Was nun? Vielleicht zum Arzt, den maroden Körper begutachten lassen? Ach nein, der über einhundert Kilo schwere Allgemeinmediziner (ehemaliger Stasi-Arzt) wird dir eh nur mit äußerster Brutalität Blut abnehmen und dich anschließend mit der Diagnose «*kein Befund*» wieder aus der Praxis scheuchen wie einen räudigen Straßenköter. Kein Befund, kein Befund, mein Gott, wenn der wüsste! Nächste Station: der tägliche Einkauf, aber leider nicht im billigen, jedoch kilometerweit entfernten Discounter, sondern im übersteuerten Supermarkt um die Ecke. Deine dünnen gelben Haare flattern im Wind, du hast vor Aufregung starken *Impulshusten*. Vollkommen verunsichert betrittst du die Hightechfiliale. Station Nr. 1 ist die Tiefkühltruhe, doch das Suppengemüse ist so weit hinten versteckt, dass du mit deinen verschrumpelten Ärmchen nicht herankommst und verzichten musst. Der Vitaminsaft steht wie alles Billige in der *Bückzone* und ist somit ebenfalls tabu.

Als Schmankerl fürs Weekend würdest du so gern Zwieback kaufen, doch du hast deine Lesebrille vergessen und kannst die Preise nicht erkennen: wahrscheinlich zu teuer, das war's dann mit der Schlemmerei. Den Weg zum Obststand versperren riesige Paletten, und deine Lieblingsartikel, wie Salz oder Dosenbohnen, bekommen dauernd einen neuen Platz. Du traust dich aus Angst vor einem Hausverbot auch nicht, den Filialleiter anzusprechen. Die karge Ausbeute dieses Höllentrips: ein Pfund Mehl und zwei Tetrapacks H-Milch. Verschüchtert rufst du deinen einzigen Sohn an: Er ist kurz angebunden, vor Weihnachten hat er leider keine Zeit mehr! Du setzt dich mit dem letzten Stück Blockschokolade in den Wohnzimmersessel. Eingehüllt in Heizdecken und mit Wärmflasche stierst du abwechselnd aus den blinden, einfachverglasten Fenstern und in den Nordmende-Fernseher, Baujahr 1972, bei dem lediglich – und auch das nur sehr schlecht – das Erste Programm in Schwarzweiß empfangen werden kann. So dämmerst du gegen zehn langsam weg, um nur wenige Stunden später völlig durchgefroren wieder aufzuwachen. Du entfernst eine Tagesportion Ohrenkneifer, Wanzen und Schuster aus dem Geschirrspülbecken und tust die toten Insekten in Einmachgläser. Vielleicht musst du sie ja eines Tages noch essen. Nachdem du die zerschlissene, unappetitliche Unterwäsche abgestreift hast, betrachtest du im gesprungenen Badezimmerspiegel vor Kälte schlotternd deinen steifen Greisenkörper: Altersflecken auf narbiger Haut, der schlecht verheilte Oberschenkelhalsbruch, das zerfurchte, zahnlose Gesicht, die welke Schambehaarung. Du trinkst ein Glas abgestandenes Leitungswasser und kriechst ungewaschen in die von Milben bereits zur Hälfte aufgefressene Matratze. Zum Einschlafen schmökerst du in deinem Lieblingsbuch «*Der Kotbeutel – Leben im Zwinger*». Schließlich fallen dir die Augen zu, und du fällst, von Krämpfen geschüttelt, in einen traumlosen Schlaf.

Frage: Ist das STRUNK-PRINZIP jetzt endgültig durchgedreht oder reflektiert es so durchaus angemessen die Realität? Dabei könnte Alter so schön sein! Der Herbst des Lebens ein Event, die Investition in die *Topaktie Alter* das todsicheres Geschäft für Insider, Hüftgelenks- und Oberschenkelhalsoperationen die Trend-OPs für Superreiche. Bock auf Alter, Freude auf die viele freie Zeit, endlich leben. Und: *Variatio delectat* – Abwechslung erfreut!

Rentneralltag in Utopia: Ja, es ist wahr, du bist endlich Rentner! Flugs den immer noch strammen Body mit Eselsmilch eingerieben und erst mal Radio an, denn auch alte Leute müssen wissen, was in der Welt los ist. Wie alt ist der älteste Mensch der Welt, wird irgendwo in der Nähe ein neuer Friedhof eröffnet, was kostet heutzutage eigentlich Zucker? Seniorengerechte, selektive Informationen sind genauso wichtig wie Gehirnjogging und Deuserband. Wie lange warst du nicht mehr im Zoo, gibt es eigentlich noch die gute, alte Bücherhalle? Noch ist das Alter eine etwas fremde Welt. Du darfst jetzt den Seniorenteller essen, nur die Hälfte drauf, aber einen Euro billiger, ist das eine gute Luft hier im Vogelpark, wie schön die Vögel tirilieren, ob auch alte Vögel dabei sind? Werden Tiere eigentlich auch verrentet? Du schmunzelst bei diesem Gedanken. Egal, was liegt heute eigentlich alles an? Herrje, das ist ja kaum zu schaffen! Erst im Krankenhaus die Röntgenbilder abholen, dann einkaufen, spazierengehen, aber avanti, denn um Punkt eins kommt der Bringdienst mit dem Mittagessen, heute gibt es Fleisch mit Soße und Mischgemüse! Sorgfältig speichelst du das Essen ein, wie du es gelernt hast, und hörst dabei dein Lieblingslied «Ehrfurcht vor schneeweißen Haaren».

Ach, wie schön! Danach der wohlverdiente Mittagsschlaf, denn pünktlich um vier stehen die Enkel vor der Tür! Abends triffst du ehemalige Arbeitskollegen. Gemeinsam spielt ihr euer

Lieblingsspiel «Lustgreis», den neuesten Knüller auf dem Spielemarkt:

Lustgreis, die frivole Spielidee für Junggebliebene:
Opa Willi ist zwar schon 89 Jahre, hat aber immer noch
  Bock für zwei.
Oma Käthe will natürlich nicht mehr so richtig.
Die Aufgabe für die Spieler ist, Opa Willi möglichst viele
  und möglichst junge Mädchen zuzuführen, die er dann
  nach Herzenslust begrabbeln und befummeln kann.
Lustgreis, das Spiel, das anregt und aus dem Einheitsbrei
  herausragt!
Vorsicht: Opa Willi ist unersättlich und baut heimtückische
  Sexfallen auf. Seine geilen alten Hände sind überall.
  Tappen Sie in eine der Fallen, gibt es Punktabzug, und
  bei dreimal Reintappen heißt es ab zu Opa Willi unter
  seine Decke und sich begrapschen und besabbern lassen!
Ihgittihgitt!!!!!!!!!!!!!!!! Lustgreis – je oller, je doller!

Was für ein schöner Tag! Es wurde gelacht, geredet, gesungen, mit andern Worten: gelebt. Gänsehautfeeling pur, du empfindest tiefe Dankbarkeit und bist noch richtig aufgedreht. Stundenlang redest du auf deinen Wellensittich ein, bis dieser schließlich vor Erschöpfung stirbt.

Ein Lebensabend nach dem Geschmack des STRUNK-PRIN-ZIP, das ist *Otium cum dignitate* – Muße mit Würde: Alter Wein aus alten Krügen, und ein Lied aus alter Zeit, lieb ich ferne von den Lügen der modernen Herrlichkeit!

*Heinz Strunk, der ewig junge Heizer auf seiner eigenen
Lokomotive, unter der sich die Wheels of Happiness
unermüdlich drehen, packt heiße Eisen an, und womit?
Mit dem Prinzip der Prinzipien, dem urheberrechtlich
geschützten* **STRUNK-PRINZIP**.

WEIHNACHTEN – ein Mythos
wird enttarnt

Pfingsten – Fest der Spatzen
Fronleichnam – Fest der Leichen
Tag der Deutschen Einheit – bedeutendster Feiertag
    in der DDR.

Doch das wichtigste Fest unserer ach so fortschrittlichen Bussi-
und Schnorchelgesellschaft ist und bleibt *Weihnachten – Fest
des Baums*. Warum? Das STRUNK-PRINZIP, ungewohnt heiter,
möchte den Ursprung dieses Festes anhand eines kleinen Wit-
zes erklären. Also, Witz:

«Im Jahre null (Nullerjahr). Maria und Josef kauern durchgefroren in ihrer klammen Hütte, Klein Jesus schreit, denn er
ist gerade geboren worden. Da klopft es unsanft an der Türe.
Josef schraubt sich mühsam hoch, die Gelenke knacken. Mit
letzter Kraft öffnet er. Vor ihm stehen ein großes und ein kleines Nilpferd. Sagt das kleine Nilpferd: Guten Tag, wir sind die
heiligen drei Könige und kommen die Geschenke abholen.»

Süß, oder etwa nicht?

Bevor wir das Themenkotelett sezieren, gestatten Sie dem
STRUNK-PRINZIP einen Jahresrückblick. Was bleibt von 2013?
Einzig die Einführung der EU-Norm 4337 würde man in Er-

innerung behalten, wäre da nicht dieser eine Mann gewesen. Sie wissen natürlich, von wem die Rede ist: Tobias Warnecke. Woher er die Kraft genommen hat, das Jahr 2013 praktisch im Alleingang zu wuppen, sich als lebende Lokomotive vor jeden einzelnen dieser zähen 365 Tage gespannt hat, das ist eines der großen Wunder und wird es wohl auch immer bleiben. T. Warnecke hat Weichen gestellt, die weit über das Jahr hinaus auch so gestellt bleiben. 2013 kann deshalb nur einem einzigen Mann gewidmet sein: Tobias Warnecke.

Zurück zum Thema. Weihnachten. Für Erstleser: Was ist eigentlich das Besondere am STRUNK-PRINZIP? Bildreiche Antwort: Es vereint die subtile Note eines Safranfädchens mit der Geschmacksexplosion von gewöhnlichem Jodsalz und ist zudem mit über 1,8 Zetabytes (10 hoch 21 Bytes = 1,8 Billionen Gigabytes) Informationen anderen Methoden steinhoch überlegen.

Weiter. Rollen wir die Schnecke von hinten auf, und zwar *in brevi* – ganz kurz. Das STRUNK-PRINZIP chronologisch.

1) *Die Vorweihnachtszeit.* Zeit der Demütigungen. Eine nicht enden wollende Kette aus fatalen Entgleisungen, Missgeschicken und Peinlichkeiten. Wie ein mieses kleines Teelicht glimmt der öde Countdown in immer gleicher Manier vor sich hin, scheißt der Nikolaus die Stiefel randvoll, ist der Glühwein vergiftet und der Adventskalender statt mit Schokolade mit vergorenen alten Fleischbällchen gefüllt. Eine beispiellose *Danse macabre* – Totentanz!

Von der Sau auf zwei Beinen (Nikolaus) zur Sau mit Sack und Knüppel: *Der Weihnachtsmann* – Warlord, Hasardeur und Sexmaniac in Personalunion. Geschüttelt von synkopischem Tremor und Grippeauswurf marodiert der Derwisch durch die

Wohnzimmer der Nation, um Kindern sinnlose Gedichte ab-
zupressen. Doch wozu? Die meisten Steppkes haben doch gar
nichts verbrochen! «Kiddies» von heute sind krankhaft ver-
nünftig. Oft gehen sie bereits um null Uhr ins Bett, Widerworte
kennen sie nur vom Hörensagen, sie besuchen Crash-Kurse
und sind zu allen gleichbleibend freundlich. Rauchen tun sie,
wenn überhaupt, erst ab 18, Alkohol ist für manche sogar vollkommen tabu. Aber als ob das den Weihnachtsmann interessieren würde! Und hat der bärtige Kobold doch mal etwas
zu verschenken, dann ausschließlich Nutzloses: Wandteppiche
aus gebrauchten Topflappen, dioptrienfreie Einwegbrillen oder
zerschlagenes Altglas.

Vorschlag des STRUNK-PRINZIPS: Streichung der Position
«Weihnachtsmann» und Ersatz durch Hypnotiseur «Cally»
oder Zauberer «Pepita». Auf dass er für immer in den *Otium
cum dignitate* – wohlverdienten Ruhestand – gehen möge!

Nächste Themenspindel: Der Weihnachts*baum*. Im Volks-
mund auch «grüne Psychose» genannt, ist er mehr als nur
ein Baum, er ist Symbol, der das Fest wie eine eiserne Spange
ummantelt. Vom Zweig zum Zwerg zur Riesentanne. Und wer
muss nach den Festtagen dem wildwuchernden Baum die Äste
abschlagen und den Stumpf klein hacken? Wieder mal das
STRUNK-PRINZIP!

Tuschelthema: Was soll ich zum Fest anziehen? Essbare
Einwegkleidung oder rumänische Pelzimitate sind ebenso out
wie Dicker-Arsch-Jeans und Plastik-Shirts. Hot in der kalten
Jahreszeit: der Overall. Diese Weihnachten stehen ganz im Zeichen des zeitlosen Evergreens. Hipper als hip: Vollverschweiß-
ter Ganzkörperoverall in den gedeckten Modefarben Türkisch-
Mandarin oder Ocker, denn Weihnachten ist bekanntlich das
Fest des Kleckerns. Worauf sollte man beim Erwerb des Over-
alls achten? Auf sauber genähte Trittschalllaschen, gutsitzende

Nuten und natürlich das Material: Mit atmungsaktiven Daunen oder Naturei-Substituten können sie eigentlich nicht viel falsch machen.

Und «untenrum»? Einlaschige Schnürschuhe mit doppelt begehbarer Gummisohle. Zum Kirchgang: Bigstyler bevorzugen Thermohose aus recycelter Glasfaser, kombiniert mit innen und außen wattiertem Sweatshirt in doppelter Übergröße, Kunstlederschal, dazu vielleicht noch irgendwas Freches, z. B. Sackschützer, lebende Kleintiere zum Umhängen oder einfach nur einen Knüppel.

Was wäre Weihnachten ohne *Geschenke*? Das STRUNK-PRIN-ZIP möchte Geschenkideen vorstellen, die *wirklich* Freude bereiten. *In abstracto* – ganz allgemein:

Für die Frau: Bodylotion «Lomo», die aus dem Extrakt von Blauwalsperma gewonnen wird.

Für den Herren: Telefonsack «Torge» aus Asbestas, dem Ass unter den Asbestmassen. Das dermatologisch geprüfte Set wird im formschönen Schnabelkoffer geliefert!

Die *Großeltern* freuen sich wie in jedem Jahr über Narbenhobel, Speichelschwamm, Schorfreibe und Analdämpfer – Kosmetik, die nicht nur an der Oberfläche «arbeitet»!

Und für die «*Kurzen*»? «Verstopfung», das formschöne Brettspiel für Kinder von 8 bis 80. (Spielanleitung: Verstopfung, Blähungen, Durchfall und Erbrechen sind die Hindernisse, die es zu überwinden gilt. Die Spieler bemühen sich, nur gesunde Sachen zu essen, aber Vorsicht: Die Mitspieler bringen den Speiseplan so lange durcheinander, bis das rote Lämpchen aufleuchtet. Dann heißt es: *Verstopfung*, und Sie müssen eine Runde aussetzen! Jetzt heißt es fleißig Bonuspunkte sammeln, denn bei 10 Bonuspunkten im Ereignisbereich können Sie sich einmal den Magen auspumpen lassen. Doch aufgepasst, denn dreimal Verstopfung bedeutet *Darmverschluss*! Dann muss man ausscheiden.) «Verstopfung», die weihnachtliche Spielidee für 2–6 Mitspieler.

Da die *Verwandtschaft aus der DDR* bekanntlich zum Stamme Nimm zählt, freut sie sich am allermeisten über Sachgeschenke: Furzkissen, Sparschäler, Müllbeutel – ein Soli der etwas anderen Art! Auch mit sog. Humangeschenken kann man unsere Mitbürger aus der Ostzone überraschen! Vorteil: Humangeschenke lassen menscheln und kosten praktisch nichts. Ein handgepflückter Strauß Brennnesseln oder getrocknete Insekten kann sich ja wohl nun jeder leisten!

Nächster Punkt: Der *Weihnachtsschmaus*. Während im westlichen Teil unserer Republik Ente, Gans und Truthahn auf dem Speiseplan stehen, setzt man in der DDR auch Jahrzehnte nach dem Zusammenbruch immer noch auf *Saßnitzer Seemansgarn*, *«Appetit»-Salat* oder *Pilze «Neunmalklug»*, Beilage: *Feinfrostwaren* (Tiefkühlkost) aller Art und *Kuko-Reis* (Kurzkochreis), zum Nachtisch *Süßstoffkomprimetten* (Drops). Oje!

Das STRUNK-PRINZIP witzig: Lieblingsweihnachtsessen von Computernerds? Datenbrei! *Nunc est bibendum* – Jetzt lasst uns trinken!

Aber Weihnachten ist auch das Fest der verborgenen Konflikte. Gerade am Heiligen Abend brechen seit Jahrzehnten schwelende *interfamiliäre Zielkonflikte* aus, Scharmützel in der Kampfzone Jugendzimmer und Verteilungskämpfe zwischen der älteren Generation sind an der Tagesordnung. Deshalb *Deeskalalationstools* für nach der Bescherung bereithalten: Die Familienaufstellung. Das STRUNK-PRINZIP bevorzugt die *Familienaufstellung spezial*: Man setzt sich hintereinander im Schneidersitz vor den Weihnachtsbaum und kackt sich der Reihe nach ins Gesicht. Wichtig: Nach jeder «Dusche» «Danke für die Erfrischung!» sagen. Klingt erst mal absurd, wirkt aber Wunder!

Nächstes Problem: Langeweile. Drei Tage und Nächte auf-
einanderhocken, das hält nicht jeder aus. Folgende Killersätze
gilt es deshalb unbedingt zu vermeiden:

1. «Unsere Hundeleine hat die gleiche Farbe wie die Tischdecke
   von Omy Tony.»
2. «Man müsste mal wieder die Töpfe auskratzen.»
3. «Bald kann ich nicht mehr.»

Randfragen, die im Schnelldurchlauf beantwortbar sind: Weihnachten und SMS, geht das zusammen? Das STRUNK-PRINZIP
meint ja, denn SMS sind gleichermaßen Botschaften ohne
Raum wie Sprache des Herzens. Andere Frage: Das Weih-
nachtslied: Gogo oder No-go? Auch hier ein ganz klares Ja,
denn bereits eine Stunde Blockflötespielen sorgt für verstärkte
Durchblutung der Rückenpartie.

Fazit: Warum lassen wir uns von Weihnachten eigentlich
immer wieder in die Zwangsjacke stecken, warum gelingt es
uns nicht *viribus unitis* – mit vereinten Kräften –, auf den inneren Dampfkessel eine Handbreit kaltes Wasser zu schütten? Das
STRUNK-PRINZIP legt den ersten Scheit für einen Schwelbrand,
der sich durch die Republik fressen, die Phalanx der Lüge perforieren und das vermeintlich «schönste Fest des Jahres» endlich im Orkus der Geschichte entsorgen wird!

*Ist Symmetrie die Schönheit der Dummen oder die Kunst des kleinen Mannes? Sind SMS-Botschaften die eigentliche Sprache des Herzens? Fragen, die das **STRUNK-PRINZIP** beantwortet. Mal rotzfrech, mal sauernst, aber auf jeden Fall stets faktenbasiert. Ärzte vergleichen das **STRUNK-PRINZIP** bereits mit einer Operation ohne Skalpell oder mit Heilfasten für die Psyche. Diesmal verzichtet das **STRUNK-PRINZIP** auf die gewohnte Form, um diesem letzten aller Themen gerecht zu werden.*

DER TOD – die letzte Umarmung

Die Gewebeproben sind zurückgekommen. Ein kurzes Gespräch mit dem Arzt, viel gibt es nicht zu sagen. Vielleicht nur noch ein paar Wochen, höchstens ein Jahr, man weiß es nicht genau. Du fährst im Bus nach Hause, hauchst an die Scheibe. Kinder beobachten dich, für sie bist du alt. Gedanken schießen dir durch den Kopf. «Im jähen Nichtbegreifen des Endes löst sich der Betrug», eine gute Formulierung, eine wirklich gute Formulierung. Daheim schlüpfst du in deinen Wohlfühlpyjama aus flauschigem Nickistoff, ziehst die Vorhänge zu und legst dich ins Bett. Liegen, schweigen, rauchen, schweigen, rauchen, liegen. Hättest du bei der Anschaffung vor einem Jahr wohl nicht gedacht, dass dies einmal dein Sterbebett werden würde. «In den Holzpyjama schlüpfen» – die Redensart, die du immer so witzig fandest; du kannst nicht mehr darüber lachen. Irgendwie fühlst du dich klebrig, matschig, teigig. Wasser, Mehl, Stärke. Du hast die Vision, dich in Teig zu verwandeln, unaufhaltsam aufzugehen, Fäden zu ziehen, dich zu teilen. Die Vorstellung ist nicht unangenehm.

Liegen, schwitzen, schweigen. Das war's. Dein Leben erscheint dir rückblickend wie ein mit Tüddelband hingeschissenes Pepitamützchen, ein Steckrübenacker im Vollsuff, eine Mogelpackung ohne Packung. Du wärst so gern Erfinder geworden, doch dein Talent hat nicht gereicht. Das Atemgerät ohne Sauerstoff, fleischfressende Handys, das brennbare Toupet «Albert»: Konnte keiner was mit anfangen, wollte keiner haben. «Flieg nicht zu hoch, mein kleiner Freund»: offenbar das Motto deines Lebens. Die bittere Selbsterkenntnis: Ein alkoholkranker Bilanzbuchhalter auf dem letzten Trip ins Reich der Betriebsprüfung. Was von dir bleiben wird, ist die Summe der erlittenen Demütigungen. Wenn du nur an irgendetwas *glauben* könntest, das würde so manches erleichtern. Beispiel Wiedergeburt: Die winzige Kaulquappe, aus der schon bald ein munteres Fischlein wird, der Kokon, der sich in eine Blaumeise verwandelt. Schneckenhäuser, Madeneier, asiatische Kampfmolche, Tiermehl – stundenlanges, wildes Assoziieren. Du schleppst dich ins Bad, dein Blick bleibt im Spiegel hängen. Seltsam, die Kanten beginnen sich wieder zu dehnen, formtilgend in der Endphase, Rückverwandlung in Kindteig. Was bleibt: Verwerfung, Ablagerung, Schlacke.

Es klingelt an der Tür. Ein unangemeldeter Anstandsbesuch, Ralf Maul und Heike Ei, deine besten Freunde. Plötzlich packt dich unbändige Wut. FREUNDE? Verdammte Schweine, haben keine Gelegenheit ausgelassen, sich über dich lustig zu machen, dich zu quälen und auszunutzen. Nun musst du gehen, und die dürfen bleiben, die Drecksklüten! Na wartet, so einfach wirst du es ihnen nicht machen! Verbrannte Erde wirst du zurücklassen, die Hölle auf Erden! Ralf und Heike – Kackiviecher, Sauklumpen, Madenfreunde! Mit Schnaps übergießen, ihnen mit spitzem Finger in den Augen rumbohren, Gelenke auskugeln, du wünschst ihnen lebenslanges Siechtum, Bettpfanne,

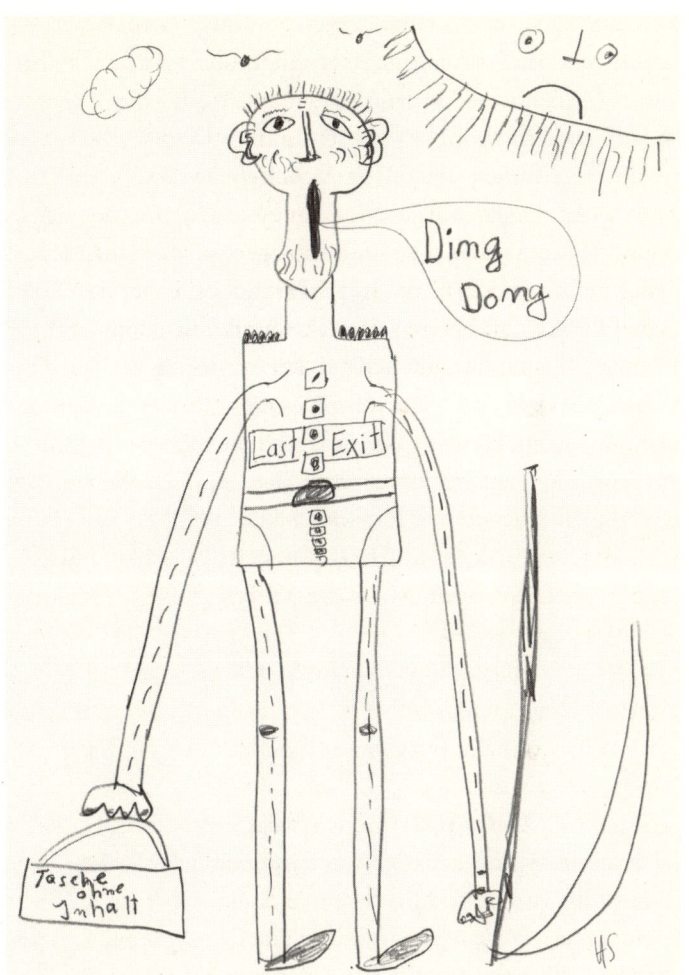

harten Stuhl, Chiroplastiker und Tod. Weichgekochte Schrate, Lurchgeburten, Pissschachteln! Du bist wirklich kreativ geworden beim Erfinden von Schimpfworten. Nach einer knappen Stunde brechen sie schon wieder auf. Du weist Heikes ungelenken Umarmungsversuch zurück. Kein Byebye, kein Küsschen, nichts. Endlich hast du es mal gebracht! Irritiert ziehen die Klütenkadaver ab. Auf Nimmerwiedersehen! Haha, denkst du, Brücken sind dazu da, um abgebrochen zu werden. Statt Handschlag mit dem Flammenwerfer draufhalten, sämtliche Pincodes löschen, Login und Logout verstellen, die Geheimzahlen aufessen, in der Hosentasche eine entsicherte Eierhandgranate. Sesselschranzen! Auf ihrem eigenen Stuhl müsste man sie festnageln, ihnen stundenlang den immer gleichen Satz ins Gesicht schreien: SITZFLEISCH IST FAULES FLEISCH, DAS VERROTTET VOM KNOCHEN FÄLLT! Alles andere ist sentimentales Gequatsche aus den Sprechöffnungen lebender Geburtsfehler!

Erschöpft schließt du die Tür hinter dir, der Besuch hat dich viel Kraft gekostet. Egal, bald hast du es hinter dir. Endlich Schluss mit der Quälerei, mit Schwarzfahren, Durchfall, Lebensmittelvergiftungen; Schluss mit Analpolypen, Sportunfällen und Hörsturz. So muss man es mal sehen. Du gehst noch einmal mit dem Hund Gassi, blöde Kacktöle, haarst die Bude schon bald ohne mich voll!

So vergeht fast ein halbes Jahr, in dem du zusehends schwächer und gebrechlicher wirst. Seit zwei Monaten hast du deine Wohnung nicht mehr verlassen, die Tage vergehen mit liegen, schweigen, rauchen, schweigen, rauchen, liegen. Eines Tages, völlig unvermittelt, kehren deine Kräfte zurück. Doch du machst dir nichts vor, weißt, dass es nur ein spätes Aufbäumen ist. Letzte Vorkehrungen: Altpapier wegbringen, abwaschen, Papiere ordnen, das Apothekenschränkchen auswischen. Zerbröselte Tabletten, Einwegspritzen und Mullbinden – brauchst du alles nicht mehr. Du schlurfst durch die Wohnung, begutachtest den Kabelbrand im Wohnzimmer, das zerbrochene Waschbecken, den ausgeschlachteten Toaster. Die Stare haben die gesamte Kirschernte vernichtet, im viel zu heißen Sommer sind die Blumen bis auf die Stümpfe verbrannt, aus dem verrosteten Rasenmäher sickert Öl und verseucht das Grundwasser. Am Gartentor der umgekippte Mülleimer mit Eierresten, zerbrochene Gehwegplatten, du setzt dich ein letztes Mal an den Küchentisch. Jetzt, in der Jahreszeit der Allergien, würdest du so gerne noch einmal einen Pollenflug ins Glück unternehmen. Dir kommen die Tränen bei diesem Gedanken.

Du schließt die Augen, plötzlich erscheinen nie gesehene Bilder: eine Walpurgisnacht, du bist umgeben von Druiden, Alraunen, Mistelhexen und sonstigen Fabelwesen. Ein Weiher der Zärtlichkeit. Alles scheint zu fließen, zu gleiten, zu schwappen. Worte wie Masse, Paste, Knete, Soße, Schwitze hängen als feingliedriger Schmierfilm in der Luft, die Farben sind Pastell, Beige, Ocker, weiche Farben, die Klänge gedämpft, gediegen, wie durch Ölschlick kriechen die Töne in die zugigen Ritzen und Spalten, sie schmiegen sich wie Zimtglasur in offene Brüche, sie heilen als Ton und Mooserde, als Gips und Knochenzement die nässenden Wunden, pulsierende Makrostrukturen, gallertiges Plasma, das schrumpft, klumpt und sich neu verästelt … Dein Leben zieht in Schlaglichtern an dir vorbei: Blindwütiges Gekickere in Chinesenklappen, bizarre Spiele mit Mohn, die rituelle Schlachtung eines Pantoffeltierchens. Kopfnussexzesse im Balsamrausch, Brustschwimmen im Toten Meer, ein Hubschrauberflug über Kassel. Töpfern mit Chemieabfällen, Disparität, Inklination, Balkanisierung.

Plötzlich erschrickst du. Ein lautes Raunen, ein Scharren, ein Wummern, ein Reiben und Grollen, es kündigt vom Ende, von der anstehenden Spazierfahrt in ein benachbartes Reich. Als es läutet, du bist bereit. Geduscht, gefasst, gelassen. Langsam gehst du zur Tür, da steht er nun, der Sensenmann! Ganz anders, als du ihn dir vorgestellt hast: ein unscheinbarer Mann, circa eins siebzig, mit Autofahrerbäuchlein, schütterem Haar und Billigtretern der Marke «Quickschuh». Doch zwischen seinen Lippen ein orales Hymen, eine schwingende Membran, die das, was im Inneren schon höchste Reinheit besitzt, zur Endverlautbarung gelangen lässt: «Es ist Zeit.» Er hakt dich unter, gemeinsam geht ihr durch den Vorgarten. Da steht sein Auto, er drückt aufmunternd deine Hand und öffnet die Fondtür.

Wie entstand das STRUNK-PRINZIP?

Ursprünglich erschienen sind die in diesem Buch versammel-
ten Texte zwischen März 2012 und Juli 2014 in der Monats-
zeitschrift «Titanic». Na ja, abgedruckt waren da allenfalls ein-
leitende Fingerübungen/Versuchsanordnungen, die erst durch
die hier vorliegende literarische Veredelung überhaupt lesbar
geworden sind.

Der Weg bis zu diesem Punkt, das darf ich mit Fug und
Recht und einem bittersüßen Schmunzeln im Mundwinkel behaupten, war ein langer, ein beschwerlicher.

Einige Texte haben Wurzeln bis ins Jahr 2001, in dem ich
– nicht zum ersten Mal – den Versuch unternahm, meinen
«Humor» einem breiteren – zumindest *etwas* breiteren – Publikum zu vermitteln. Infolge unglaublich glücklich anmuten-
der Zauberumstände durfte (man muss es so formulieren) ich
in den Jahren 2001/2002 beim Berliner Jugendsender «Radio
Fritz» eine Sendung gestalten, ganz ohne Vorgaben und nach
eigenem Gusto. Sie hieß «Die Jürgen Dose Schau» und wurde
immer wieder sonntags (giggel) zwischen vierzehn und sechzehn Uhr ausgestrahlt. Die Älteren werden sich noch an diese
schönen Zeiten erinnern.

Ich hatte bis dahin nie etwas mit Radio zu tun gehabt, und
dementsprechend grauenhaft waren die ersten Folgen, wie man
mir seinerzeit sagen zu müssen meinte (Frechheit; die Wunden
sind auch heute, fast eineinhalb Jahrzehnte später, noch nicht
verheilt). Bei aller Stümperhaftigkeit gab es zumindest eine gute
Idee: Jede Sendung sollte ein eigenes Thema haben, aber eben
kein, wie bei solchen Formaten üblich, *tagesaktuelles*. Ich wollte den breitgetretenen Quark, an den sich bald sowieso keiner
mehr erinnern würde, nicht noch breiter treten. Außerdem war

schon damals mein Anliegen: Bleibendes schaffen! Die Devise gestern wie heute lautet: Das große Ganze im Blick behalten! Themen, die über den Tag hinausragen! In die Tiefe gehen! Kunst. Zeitlose Themenkoteletts, die die Menschen *wirklich* bewegen! Wirtschaft. Rentner. Tiere. Urlaub. Kommunikation. Sexualität undundundoderoderoder.

Doch auch diesem «Projekt» sollte keine Fortune beschieden sein. Nach einem Jahr war im Radio, selbstverständlich ohne ein ruhiges, sachliches Gespräch mit irgendeinem Verantwortlichen, «Schluss mit lustig» (Peter Hahne), und für mich hieß es abermals: ab in die Versenkung. Wie oft denn noch, fragte ich mich verbittert; immerhin hatte ich zu diesem Zeitpunkt bereits zehn Jahre humoristische Bemühungen «auf dem Buckel». Na ja, egal, nicht klagen, ab ins Kabuff, weiterüben.

Zwei Jahre später eröffnete sich, diesmal aufgrund von Protektion, die nächste vermeintliche Großchance: Eine *eigene Sendung* beim *Fernsehen*, auf dem Musikkanal VIVA. Titel: «Fleischmann TV». Montag bis Donnerstag von zehn bis halb elf. Einzige inhaltliche Vorgabe: Es sollte eine «Call in Show» sein, heißt auf Deutsch, pro Ausgabe in der Regel zwei Telefongespräche, zumeist mit frechen, aufsässigen Heranwachsenden (Ü16). Ansonsten konnte ich wieder machen, was ich wollte. Da mir die Idee der großen Themen nach wie vor frisch, originell und unverbraucht erschien, habe ich sie übernommen. Lag ja auch schon was vor. Der durchschnittliche VIVA-Zuschauer (13 Jahre, Hauptschule) war damit natürlich komplett überfordert, und so wurde das Format nach 62 Folgen Ende 2003 eingestellt (erfuhr ich übrigens aus der Programmzeitschrift «TV-Spielfilm» – es hat tatsächlich niemand für nötig befunden, mich persönlich zu informieren). Rückblickend betrachtet natürlich eine glückliche Fügung, denn so wurde es mir möglich, an meinem literarischen Debüt «Fleisch ist mein

Gemüse» ein weiteres halbes Jahr bis zur Besinnungslosigkeit zu schrauben.

In den folgenden Jahren hatte ich als Rowohlt-Lohnsklave mit neuen Büchern, mit Theater und Film genug um die Ohren, und die Texte gerieten in Vergessenheit. Immer mal wieder gab es aber Gespräche über eine mögliche Zusammenarbeit mit der «Titanic» (der ich seit Anfang der achtziger Jahre eng verbunden bin – einsamer Dampfer der Hoffnung, dass jenseits von 0 Prozent komischer Comedy, deprimierender Kleinstkunst und humorloser Politsatire in Deutschland auch noch etwas LUSTIGES entstehen könnte). Doch eine zündende Idee, wie das denn konkret aussehen könnte, wollte sich nicht einstellen. Bis ich nach hartnäckigem Drängen vonseiten Leo Fischers die alten Texte durchgesehen habe. Das meiste war Schrott, aber ein paar gelungene Formulierungen und gute Ideen fanden sich dann doch. Ich habe dann die besten vier, fünf Texte überarbeitet und vorgelegt: Überwiegend wohlwollende Reaktionen, leiser, kaum vernehmbarer Applaus, verlegenes Schmunzeln, Stichwort «Wir können's ja mal probieren». Max Goldt hatte damals seine Kolumne gerade aufgegeben, und so war der Platz frei fürs Strunk-Prinzip.

Fortan gingen die Monate begleitet vom Strunk-Prinzip ins Land, bis ich im Oktober 2013 als Experte (für alles) auch vom N3-Satiremagazin «Extra3» verpflichtet wurde. Drei Minuten Powervortrag (überlegene Körpersprache) im Stil des Motivationsgurus Jürgen Höller, diesmal allerdings mit tagesaktuellem Bezug: ADAC, HSV, Rohmilchskandal, LKW-Wahnsinn, Leihmütter, Brustvergrößerungen usw. Geht auch.

Zu den Illustrationen: Meine letzten Zeichnungen (wenn man das denn so nennen will) stammen aus dem Jahre 1983, und ich habe mich schon damals nicht durch besonderes handwerkliches Geschick ausgezeichnet. Doch fehlende Virtuosität mache ich allemal wett durch Leidenschaft und Liebe zum Detail! Böse Zungen behaupten ja, ich sei eine *negative Inselbegabung* (jemand kann alles schlecht, aber eins kann er besonders schlecht). Meine Replik: «Neid ist die Mehrwertsteuer des Erfolgs» – wieder Peter «der Große» Hahne! Es handelt sich übrigens nicht um billige Kritzeleien mit Werbe-Kuli, sondern um teure Radierungen nach mit Künstlerstiften handgezeichneten Originalen. Ich hätte auch pastose Ölbilder malen können, aber ich habe mich bewusst für die einfache Form entschieden, denn auch Kinder sollen ihre Freude am Strunk-Prinzip haben! Und Alte. Eigentlich alle. Das Strunk-Prinzip möchte alle mitnehmen!

Und jetzt kommt's (Doppelbonus): Zu jedem der 33 (33!!!!!!) Texte liegt außerdem ein Musikstück vor. 33 Musikstücke, die ich dann «live on tour» performen werde. Die Produktpipeline des STRUNK-PRINZIPS scheint unerschöpflich. Was kommt als Nächstes?! Frage. Eben!

Zurück zu den Texten: Welt und Wirklichkeit halten nur noch wenige unbearbeitete Themen bereit, dann ist das STRUNK-PRINZIP auserzählt, abgearbeitet, und wird mit einer Träne im Knopfloch im Orkus des Geschriebenen entsorgt.

Endgültig? Oder wartet hinter der nächsten Straßenecke bereits eine neue Idee? Noch weiß man nichts, aber ich möchte mich mit einem schönen Gleichnis verabschieden, das es verdient, in diesem Buch zweimal zitiert zu werden: Den Pessimisten ärgert der Riss in der Hose, der Optimist freut sich über den Luftzug!

In diesem Sinne.

HS, im Herbst 2014

«Noch nie hat Heinz Strunk mit so viel Lust und Schmackes erzählt»
(Süddeutsche Zeitung)

Der Held dieses Romans heißt Mathias Halfpape, so wie Heinz Strunk auch, bevor er sich Heinz Strunk nannte. Erzählt wird eine Kindheit und frühe Jugend in Harburg und Umgebung; es ist ein wunderbarer, von Melancholie, Schmerz und Liebe erfüllter Rückblick, ein Buch, mit dem Strunk sich auf einem neuen Niveau ganz und gar treu bleibt.

Junge rettet Freund aus Teich

HEINZ STRUNK

Roman

Auch als E-Book

rororo 26668

Ro 238/1 · Rowohlt online: www.rowohlt.de · www.facebook.com/rowohlt